故园映像

袁明扬 著

图书在版编目（CIP）数据

故园映像 / 袁明扬著. –– 昆明：云南人民出版社，
2023.11
ISBN 978-7-222-22074-4

Ⅰ.①故… Ⅱ.①袁… Ⅲ.①散文集—中国—当代
Ⅳ.①I267

中国国家版本馆CIP数据核字(2023)第173058号

责任编辑：马跃武
装帧设计：云南出版印刷集团有限责任公司国方分公司
责任校对：肖　薇
责任印制：窦雪松

故园映像
GUYUAN YINGXIANG

袁明扬　著

出　　版：云南出版集团 云南人民出版社
发　　行：云南人民出版社
社　　址：昆明市环城西路609号
邮　　编：650034
网　　址：www.ynpph.com.cn
E-m a i l：ynrms@sina.com
开　　本：720mm×1010mm　1/16
印　　张：18.25
字　　数：250千字
版　　次：2023年11月第1版第1次印刷
印　　刷：云南出版印刷集团有限责任公司国方分公司
书　　号：ISBN 978-7-222-22074-4
定　　价：68.00 元

如有图书质量及相关问题请与我社联系
印制科电话：0871-64191534

云南人民出版社微信公众号

目　录

乡野精灵

节令片羽

乡韵杂俎

尘世琐言

往事随风

故乡（代序）

故乡，是成长的摇篮，是启程的端点。故乡在人们情感中占有很大的分量。

这里的人事、这里的水土、这里的树木花草、这里的鸟兽昆虫、这里的物候特点、这里的风土习俗……这里的一切一切：画面、声音、气息……都深深镌刻在我的记忆深处。只要闭上眼，那草叶上晶莹的露珠、那麦尖上甲虫的气味、那菜花上蜜蜂的嘤嗡……那悠闲的吆喝声、那激荡的牛哞声、那婉转的鸟鸣声……那长鸣的雁阵、那群舞的蜻蜓、那璀璨的星空……

所有这些曾经是那样的熟悉，这些记忆已经融入血管，浸入细胞。故乡特有的元素，对人的影响是很深远的，影响人的思考判断，甚至影响人的行事作风……

故乡的过往，也许和曾经的玩伴有过交集，但每个人的体验是不一样的。

人们对各自家乡都有着深情厚谊，所以但凡写故乡的文字最能让人共情。叙写者对自己的故乡饱含着深情，诉诸笔端的文字自然情真意切；阅读者读到故乡的文字必然也会引起对自己故乡的怀念，家乡的影像也会一一浮现。

久离家乡的游子，他们心中总有一片故乡的天空，这片星空也总是格外的明亮，格外的亲切。

"君从故乡来，应知故乡事"，谁不热爱自己的故乡，谁不怀念故乡的过往。其实，每个人的心中都有一个难以解开的千千之结，那就是——"故乡之结"。

乡村经历，本自平凡，所见无非乡野田舍，所闻无非鸡犬之声，所历无非鸡皮琐事，然而葭苇萍藓、尘垢秕糠自有生存之理，自有可观之处。一切凡俗琐细，自有可察可品之处，自可津津乐道，冶化性灵。

不揣浅陋，往昔未能忘怀，偶尔写下一点文字，记录印象比较深刻的过往，日积月累，集腋成裘。

故此，把先前有关家乡的文字，群分类聚，集成一册，记录故园风物，慰藉家园情思。

若能，借一册拙文，记一段村史，且能为乡亲立传，为草木正名，乃心之所愿也。

故乡，心之所往，情之所归，难以尽言。

2023 年 9 月　于棠邑

草木馨韵

菜 园

叠石堆山、萍翠池沼、疏竹幽兰、奇花异草……这些美景常见于富贵人家的园林。而对于茅屋数椽的农人而言，房前屋后几畦菜地所带来的乐趣决不输于富贵人家的园林。

相比较而言，富贵人家的园林池沼仅供观赏游玩，而农人的菜园绝不仅仅在于视觉上的感官享受，更多的则是在于播撒了汗水、收获了乐趣。农家的菜园虽不及园林那样精工幽雅，但却不失于自然素朴。

每次回老家，总喜欢在自家的菜园逗留观赏。园中安放一张藤椅，仰卧其间，一任草木馨香在鼻息间缭绕，想象自己身心已融化为一缕游丝和花草菜蔬的精气交汇融合。有时睁眼看看天上微微的云，感受那自在舒卷的闲适雍容，似乎也能参得些许禅意，身体也似乎轻灵飘举。

置身其间的乐趣是美妙的，但我更欣赏菜园里那菜畦上蔬菜瓜果的自足充盈。那是大地给人的一种无私的馈赠，不仅之于口，更之于心灵的亲和圆融。

我家的菜园和邻舍的菜园并没有多少区别，也是围着一圈矮土墙，上面嵌着交叉编织的枯枝。围墙上有几段枯枝竟然起死回生，活得蓬蓬勃勃；也有几段枯枝上攀满菟丝，牵连纠缠，密不透风。显然这是几代人辛苦经营的一个老菜园，这园子里的土地一直在为几代人提供餐桌上新鲜的果蔬。

屋子后面的菜园布局似乎还有点讲究。

园子靠近房屋一面是月季、栀子、牡丹、凤仙一类极其普通的花木，都是先前家里姐妹们的杰作。靠近东边的是五六棵柿子树，每年夏季结满蒙着清霜的柿子，树枝不堪重负，被累累的青柿坠得弯曲欲断。西风乍起，柿子红了，被采摘下来，用蒲篓盛着。先前不堪重负的枝条一朝分娩，解释重负，在风中自在摇曳。

西边是瓜地，中间是数片菜畦，紧北端是一个狭长的水池。

那中间的碧绿的菜畦，色彩浓浓淡淡，有青菜、菠菜、芹菜、大葱、小葱……有的一块菜畦还分出两截，如半截韭菜，半截蒜苗；或者半截青菜，半截菜秧。最常见的是青菜，似乎四季都有，也总是高高低低、青青绿绿地分出好几茬。

园子里的蔬菜顺应四时八节的变化。诸如"清明前后，种瓜点豆""处暑萝卜，白露菜""白露栽葱，寒露种蒜"之类的农谚，都是老祖先总结的农耕经验，世世代代口耳相传，村民人人知晓，即使乡村的孩童也能脱口而出。

在各类蔬菜中，我印象最深的要算韭菜。清明时节，第一刀韭菜是特别香脆爽口，家里通常在清明节那天才舍得开镰割取。韭菜具有超强的生命力，割过的韭菜只要得些肥料便会疯长，有时吃不完还送给左邻右舍。韭菜就如人的头发，剪了还会长的，直到初夏，碧如翡翠的狭叶间秀出一根嫩绿的长茎，没几日顶端粲然地开着细碎的小白花。那时韭菜便不能入箸了，想吃也只能等到明年清明了。

在炎热的夏天，菜园里是极其热闹的。

戳天椒，团团簇簇，尾尖指天，红红火火，最为抢眼；大青椒，皮青厚肉，累累垂挂；茄子紫而发亮，饱满富态……

西边还有几垄瓜架，黄瓜已开花结实。带着嫩刺儿的瓜芽着实可爱，顶着一朵金色的小花，颇为羞涩。绿叶间也有已经成熟的瓜条，隐藏在茂密绿叶间，青亮浑圆。刚下瓜架的黄瓜是青涩，这种味觉的记忆至今还在。

还有几垄西红柿，先前往往是青白的果子刚有一片红晕，第二天便不知去向了。家长无须盘问，只要将眼光在孩子脸上逗留数秒就不难找到答案。

西侧还有一片瓜地，阔叶间是浑圆的白瓜、南瓜、香瓜、菜瓜。孩子们最留意的是首先是香瓜，其次是菜瓜。记得小时候，总会仔仔细细地在粗糙的藤叶间翻检一边：东边的还小，西边的已经落蒂，北边的没几天可以吃了。可是往往等过了几日那能吃的香瓜早就没有了踪影，可真是"莫道君行早，更有早行人"，家中的小妹总先我一步。后来我把并未成熟的瓜崽子摘下来，但没有料想没有成熟的香瓜竟是那么的苦涩难咽。

菜瓜形似黄瓜但远比黄瓜粗大，口感总是那么甜甜咸咸的。在夜间纳凉的时候肚子饿了，我们总会乘着月光顺藤摸瓜，因为脑海里早已有了清晰的菜瓜分布图，无需灯烛。

还记得家长总是要把成熟的瓜籽拌和草木灰粘贴在墙上。寒冬腊月里，看着墙上那一小块灰黑色的泥块，总联想到来年菜园里潜伏在藤蔓间那乍现乍隐的香瓜儿，总盼望时光飞转。

后来到外地念书，渐渐与泥土脱离了联系。但每逢长假回家也总会到菜园东走西转，乐趣已转换为对花草树木的欣赏。

有一年五一长假回家，看到西边的一畦菜地上满是茎蔓纠结的豌豆，就像染上一层秋霜，那茎蔓碎叶间点缀着饱胀的豆荚，弥散着阵阵的清香。原来是豌豆。我记得小时候在麦田里老半天才能找到一株豌豆，便直接揪下那嫩荚送进口中，反复的嚼着，那甘冽青香的气息一直在牙齿间弥散。

母亲说："今年正碰上市场卖豌豆种子，就点了一块地，全家舍不得吃，都等你放假回来，可豆荚已经老了。"

豌豆茎蔓葱郁翻卷，清香阵阵。那是我所知道的唯一一次在菜园种豌豆，因为我吃不上，母亲就不再种了。

料理菜园要花上很多的工夫，翻地播种、施肥浇灌都要流很多汗水，大概正是自家料理的园地，所以从泥土里生长的花花绿绿的瓜果蔬菜才那样倍感亲切。

在我的印象里，菜园弥散的总是清香的气息，不似郊区菜农那大片菜地，那里总是嵌满臭烘烘的粪缸。菜农种菜为生，完全根据市场的需求，根据赢利的需要，起早摸黑弯腰在大片单调的菜地里辛苦劳作，只能等蔬菜出售后，点数衣兜里的钱钞，才有一点的趣味。自家菜园则是率意经营，播种的是乐趣。

菜园提供的是自家餐桌上的菜肴，农人可以根据自家的喜好播种。喝着老酒，嚼着香喷喷的蔬菜，嚼着自己辛劳换来的乐趣。

小时候，父亲晚餐时，通常喝着小酒，倍感得意，有时用筷子敲打着青瓷碗，唱一段京剧，旁若无人，自得其乐。自家园子里都是家常蔬菜，但给父亲带来的口福之乐远胜鱼肉荤腥，因为父亲在咀嚼中体悟出自在潇洒的人生快意。

　　菜园与园林相比，更贴近泥土更贴近生活，菜园里播种的是一种心情，是一种乐趣。

蒜 香

一畦蒜，一畦韭，是乡村菜园的通常景象。

自从张骞出使西域，把大蒜带回中国，大蒜便成了国人的最爱，几乎家家户户都离不开它。大蒜和其他蔬菜不一样，它既是蔬菜，也是调料，既能去腥增味，也能杀菌提鲜。

乡村插秧种菜都按照一定的节令。谚语"白露栽葱，寒露种蒜"，在寒露这个节令最适宜大蒜栽种。

大蒜是耐寒作物，还有一个较长的休眠期，炎热的夏天正是它的休眠期，只有在寒凉季节才会苏醒发芽。

夏天，枯茎缠绕的种蒜就挂在土墙上，到寒露时节才被取下来下种。

圆润饱满的蒜头，抱在一处沉睡，此时被粗糙的手指掰开，分解为十来个蒜瓣。蒜瓣放在筛子里，被村民粗壮的五指轻轻地梳弄着，翻检着，白膜飘散一地。被翻弄的蒜瓣使劲散发着辛辣的气味，这正也是它苏醒的气息。

栽种之前，要把菜地翻动一遍，晾上几日，这样可以增加肥力。

栽种大蒜，村民叫"变大蒜"。其实并不复杂，只是按照一定间距，把蒜瓣插在菜地上。大蒜在土地里只露一点白尖，密密麻麻，恰似插在穴位上的银针，这也许就是"砭"的内涵吧，只是乡村土语称作"变大蒜"，一代代村民都这么叫。

大蒜下种后，还要覆盖一层草木灰，除了增加肥力，也为了御寒保湿，大蒜尽管耐寒，但不能低于零下五度。还要经常浇水，只需两三天，蒜尖上就冒出嫩芽，接着一天天长高，大约一周时间，蒜苗就长成了。新长成的蒜苗笔杆条直，鲜碧可爱。

蒜苗可以割下来炒鸡蛋，炒干子，鲜美可口。吃面条时撒上一撮蒜花（切得琐碎的蒜苗），也是妙不可言的。蒜苗里洋溢着阳光的气息，可以提神开胃。

蒜苗和韭菜一样，割了还会长，可以吃一冬一春，只是到了夏天蒜苗变老，蒜叶变枯，不能作为炒菜。这时，所有的养分都汇聚到根茎，大蒜头藏在泥地，一天天壮大。

做种子的大蒜，要长到根茎饱满，才被挖出来，编结在一起挂到墙上，自然风干。

一般大蒜长到七成熟就被拔出来腌制，作为下饭的咸菜。

蒜地一般很松软，大蒜可以轻松地被连根拔起，必要时借助小锹轻轻地挖。连根拔起的大蒜露着白花花的球茎，堆在一起，菜园弥漫着迷人的蒜香。

晚间，村上人点着昏黄的油灯，用大木盆子盛着刚洗好的白根青茎。带杆的大蒜被整齐地叠放在一起，村民用大菜刀咔哧咔哧切着，房屋里散发着呛人的辛辣气味。

蒜杆被切好后，撒上大籽盐，村民用结满趼子的大手反复搓揉，最后盛进一只口小肚大的陶坛里，用木塞泥封起来。过些时候，也就十天半月光景，大蒜就被腌制成了，这时就没有了辛辣的气息，有的是腌制后的芳香气息。

想吃了，卷起袖口，伸手到坛中抓取满满一大把，放在青花大碗里，浓烈的芳香诱惑着你的神经，白嫩的蒜根吸引着你的视线。喝稀粥时，嚼着腌大蒜，口中香喷喷的，胃口大增。这也许就是村民喜爱腌制大蒜的原因。

在腌制的季节，因为白天有做不完的活计，所以家家户户都在灯影下默默进行。那时整个村庄的空气中都飘散着沁人心脾的辛辣蒜香。这味觉的记忆太强烈太刺激了，似乎一直氤氲在我的记忆深处。

村民祖祖辈辈在土里刨食，按照世代总结的农耕经验，依据二十四节令栽种农作物，编成耳熟能详的农谚，口耳相传。不仅如此，还根据节令收获土地里的喜悦，享用自己的成果。

就拿腌制泡菜来说，季节不同腌制的泡菜也不同，也就会有不同的气息在村头飘散着。盛夏腌制萝卜缨，那是清淡略带丝甜的气味，初秋腌制青菜是淡淡青草的芳香气味，深秋腌制芥菜是幽微的辛辣气味……

有时村庄的往事也竟会与各种蔬菜的气味融成一片，在各种气味的牵引下，记忆中的相关情节就会渐渐清晰。

蒜香，辛辣，清新，洋溢着阳光的气息，最难忘却。

茭 白

茭白，俗称茭瓜。

我家就有几大丛，就在门口塘洗菜码头旁边。

冬天，水位落下去了，茭瓜枯丛搁浅泥岸，枯叶纷披，堆叠遮掩，成了野猫野狗的窝窠。

春寒料峭，枯黄的朽叶下，是一窝鲜碧的锥芽，新鲜喜庆。旧叶死，新芽生，生死相递，茭白完成了一个完整的生命周期。

芽一天天壮大，叶一天天长高。到了初夏，池塘边又是蓊蓊郁郁苍翠一片，与去年别无二致。南风习习，绿叶摇曳，绿影怡人，茭白的根茎却珠胎暗结，仿佛偷喝了子母河的神水，肚皮一天天鼓胀，再难遮掩。茭白风情独具之时，却正是人人垂涎之日。

母亲说，今天中午炒茭瓜，把任务交代给我，特意吩咐掰三四根就行。

我专挑粗大的根部，用力掰拧，不一会就折了四根，盘算这四根白条怎能炒上一碗，又顺手掰折几根。拿回去，母亲说太多了，两根就能炒出一大碗。果然切成细丝，两根就堆满一大碗。母亲说，茭瓜炒熟后不折耗，还要放红辣椒等一些作料，只会多，不会少。多掰了，只能明天后天继续吃，就不新鲜了，连续吃几顿胃口也败了。

经验来自教训。成家后，逢到买茭白时，我显得很老到，不假思索，只买两根。看看旁边一口气买了四五根的眼镜男，不由得暗笑：一定是第一回买茭白。那人也瞄一眼我手中两个茭白，心里也许嘀咕：这个眼镜男也太小气了吧，两根也不够一碟子。

我买回家，配上辣椒，肉丝，足足能炒上一大碟，也想象那个买四五根的眼镜男回家，在砧板上切丝时，一定懊恼不已。

茭白作为入时的炒菜，鲜嫩爽脆，清香可口，全家人都喜欢吃。

整个夏天，都能吃到时鲜的茭白。茭瓜根被掰取后，就成了一个虚窠，依次用手捏一捏，全是空壳，再没有可掰折的了。没有了根茎，叶子也一天天地失去生机了，只有生在水沼深远处的，人们懒得下水，兴许能逃过一劫。

吃茭白取其鲜嫩，错过时机就不能入口了。到了夏末，瓜茎又老又硬，切开来满是黑色斑点，令人生厌。

人吃不得就扔给猪，我家的小黑猪旋转着小尾巴，晃动着肚皮，兴兴头头地一溜小跑，跑过来迫不及待地大嚼特嚼，白渣满嘴，继而意兴阑珊，胡啃乱嚼，大概老茭白实在没有什么嚼头，小黑最后发疯地一顿乱拱，悻悻地回到墙角，气哼哼地眯着眼睛，睡觉了。

真是，茭白老了，连猪都懒得拱。

茭白这种奇葩的植物，只会怀孕，不能生子，却能靠根芽生死相递，着实令人感叹！

其实，茭白原先有着高贵的血统，和高粱水稻一样都是谷物，同属"六谷"（稻、黍、稷、粱、麦、菰）。原先也会长出长长的穗子，也能结出饱满的谷粒，就是传说中的菰米。

菰米，也是的古诗词里常提及的"雕胡"《西京杂记》云："菰之有米者，长安人谓之雕胡"。

据说菰米饭，香浓软糯，在各种谷物中最为珍贵，也特别受人追捧。如杜甫的"滑忆雕胡饭，香闻锦带羹"；王维的"郧国稻苗秀，楚人菰米肥"；李白曾有"跪进雕胡饭，月光照素盘"。唐代各派大诗人的芬芳诗句，对菰米无不敬爱有加。

这是后来读书得到的知识，也曾想象家中的茭白突然长出一串串长穗子，穗子一天天饱满，把籽掰开，里面是晶莹的米粒，脱去谷壳，煮一煮，满屋飘香，接下来尝一尝古人称颂不已的雕胡饭，那是何等的惬意。这只是臆想，因为我从未看到家里的茭白结过一串穗子。

菰米在古代既然是六谷之一，那也普遍，但是"菰"如其名，孤独不群，命运不齐。

早在西周时，人们就发现菰遭受黑粉菌的寄生，植株便不能再抽穗开花，转而茎尖形成畸形肥大如纺锤般的菌瘿，称之"菱郁"。大概如同人一样抑郁，生了一肚子闷气吧。国人对吃不乏大胆的冒险，西周先民发现这种菌瘿细嫩可食，竟是一种美味可口的蔬菜。

到了西汉，在《尔雅》里就有记载："出遂又称蘧蔬。"晋代郭璞注："蘧蔬，似土菌，生菰草中。今江东啖之，甜滑。"

古人对菰菜的记载，从未中断。

到了唐朝末期，水稻在我国普遍种植，成为人们的主食。这时，菱草就很少采籽，渐然从谷物中分离，却成为餐桌上一道芬芳爽口的蔬菜。

人们也许觉得菰米，不如菱瓜划算，就拔出结穗子的菰，专门培植菱白，以期超值收获，到了宋代基本完成人工选种。

再后来，人们只知菱白，不识菰米。

人常说五谷，原先却是六谷，只因菰米亡菱白生。正如《乐经》一失，世间再无《六经》，只有《五经》。一个物种的消亡，也是一种文化的消亡。

小时候，我对菱瓜这个叫法很是困惑，叫瓜而不是瓜。瓜果通常是可以生吃的，有一回，我偷偷的咬一口，觉得还不错，只是有一点水腥味，所以不敢吃，嚼一口就吐了。其实根据古人的记述是菱白是可以生吃的，"春末生白茅如笋，即菰菜也，又谓之菱白，生熟皆可啖，甜美。"（李时珍引苏颂语）

既然能生吃，那么叫"菱瓜"也不错的，但我想，用来生食大概饥不择食吧，因为炒食的口感远胜于生食，除非有特别的嗜好。

关于菱白的命名，李时珍是这样的诠释："江南人呼菰为菱，以其根交结也。"

所谓"诗无达诂，文无达诠"，时代、风习、地域、人文等等，无不影响人们的认知。小小的菱白自古以来就有很多的叫法：菱白笋、菱筍、菰手、菰笋、菱瓜、蒿巴、蒿笋、蒿巴笋、蒋草、雕胡、菱郁……洋洋大观，不一而足。叫法不同，理解各异，但国人的喜爱却是一致的，因为菱白是我中华的特产。

清代乾隆时期，随园老人袁枚还专门研究炒菱白的最佳方案，在《随园食单》中有这样一段记述："茭白炒肉,炒鸡俱可。切整段,酱醋炙之尤佳。煨肉亦佳,须切片,以寸为度,初出瘦细者无味。"这样的精致,完全是贵族家传,寻常人家哪能这般考究。

到了清代中期,奇书厨膳秘籍《调鼎集》专门总结了茭白的八种不同吃法:拌茭白,茭白烧肉,炒茭白,茭白酥,茭白脯,糖酥茭白,酱茭白,酱油浸茭白。

茭白的食用非炒即拌,颇为方便,只是调料不同,口感稍异。

茭白,家喻户晓,如今人们但识其今生,却少知其前世,可叹。

前世菰米,今生茭白,也算是我中华餐桌文化的千古绝唱。

红 薯

冬日午后，漫步街头，一股浓郁香甜的气味缭绕而来。这是烤红薯的味道，好醉人的醇香！

在这干冷的空气里，烤红薯的味道略带一点焦煳的香气。这香味绵长而醇厚，郁结在空气中，宛如清亮香醇的槐花蜜浸在透明纯净的冰水中，丝丝缕缕地溶着。

不知不觉，我走进这香阵里上，被甜蜜香糯的气息包裹着。

一个小贩在街头檐角下的一个大铁炉边，用铁叉翻动着。宽大的炉口边沿还散乱地放着几枚已被烤得焦煳斑黑的红薯。

几个衣着入时的女孩经不起这薯香诱惑，都围了过去，不久每个人手里都拿着烤熟的红薯。女孩剥开红薯那焦煳的表皮，那金灿灿的肉质露出来，袅娜着丝丝白气。大概烤得很熟烫，女孩小心地咬嚼着，脸上荡漾着快乐的光泽。她们边剥边吃边走，让香醇的气味也一路缭绕着……

红薯，这极其普通的食物，竟给冬日的街头平添一道靓丽的风景。

在乡村，红薯是常见的植物。

夏季，村民在河岸的斜坡地，就着地势用土堆成几列窄窄的长垄，把从集镇上头来的红薯的茎藤剪得齐整，按照一定的间距，依次插在垄尖上。随后，每天早晚用水瓢仔细地浇灌一遍。不多日，紫红的茎杆上长出柔弱的茎须。再经过几场暴雨的泼洒，那茎茎绊绊的红藤绿叶便爬满窄垄。藤叶左右蔓延，垄垄之间结成一片。放眼望去，一片绿叶红蔓蓬蓬勃勃地覆盖在斜坡上，洋溢着一派生机。

到了清秋时节，在金黄的稻海间，那一片碧绿的藤叶便酷似沙漠中的绿洲。

那红薯的嫩藤也是极好的蔬菜。村民总是在茂密的茎叶间，用剪刀剪下一把嫩嫩的藤苗。剥离表皮，便是鲜嫩的绿茎，用红辣椒一起煸炒，鲜美黏糯，香气扑鼻，转眼间就成了餐桌上的一道佳肴，吃起来香糯爽口，唇齿芬芳。

到深秋，田野没有了其他庄稼，红薯先前那荷钱似的碧叶也渐渐地枯黄卷曲，瑟瑟的秋风下，那暗红的藤蔓扭结在一起，像大地的神经纵横交错地露在地表。那土垄上布满大大小小、深深浅浅的裂纹。仔细看那一道道裂口下，满是饱胀着红嫩的生命，原来肥硕的红薯已经迫不及待地挣裂了土地。那情景是感人的，让你感到生命的圆浑充沛。

黄叶飘零，西风乍起，便是红薯收获的季节。村民用铁锹轻轻地翻动土垄，那浑圆饱满的红薯便快乐地滚满一地。那被不小心的铁锹铲断了的红薯，露出白茬茬的肉，冒着露滴般的汁，散发出新鲜的薯香。

村民一家老小也总是用箩筐肩挑手提，脸上也流溢着收获的喜悦。

村民把红薯运回去，堆在屋角。他们似乎并不大喜欢吃，大多把挑选剩下的红薯随意堆放在猪圈里。圈里的猪极其喜欢嚼带汁的鲜红薯，吃累了，便躺在地上懒懒地嚼着，肚子圆鼓鼓的，满嘴是红薯的白茬浆汁。吃红薯的猪总是长得膘肥体壮，毛发乌黑贼亮。吃红薯的猪多半是年猪，也就是把这猪养到腊月，宰杀过年。吃红薯的黑猪肉很板扎，吃起来有咬劲，也香甜。

红薯，我们这里多叫"山芋"，大概适应山区生长吧。也偶尔听人叫"番薯"，很显然是外域传来的。红薯的原产地在遥远的墨西哥、哥伦比亚等南美洲地区，后来传到南洋一带。红薯落户中国，并非易事，还有着一段令人感动的故事。

明朝末年，祖居福州长乐乡的一个秀才，叫陈振龙，他放弃了科考，到吕宋岛（今菲律宾）经商。他见当地种的一种叫红薯的植物，很奇特，不仅耐旱易活，而且生熟都能吃，可谓"功同五谷"。他想到，当时华夏民众生活极端困苦，很多人食不果腹，衣不蔽体，假如能把红薯移栽国内，就能拯救更多饥荒之民，那可谓善莫大焉。这位悲天悯人的读书人，暗下决心，要把红薯引进国内。

可是，当时吕宋岛是西班牙政府的海外殖民地，西班牙政府命令严禁红薯出口。陈振龙多次尝试总是功败垂成。最后心生一计，将薯藤绞入船绳中，海关检查官尽管仔仔细细盘查搜身，却哪里想到红薯藤会被编绞在一根船绳里，这样成功地把薯藤带回福州，尝试培植，数月之后竟长出累累甘薯。

明万历二十一年(1593年)夏，闽中大旱，五谷歉收，振龙就让儿子陈经纶上书福建巡抚金学曾，建议试种番薯，以解粮荒。巡抚命令各地如法栽种，大获丰收，福建饥荒得以缓解。红薯之功，不可磨灭。

后来，明末科学家徐光启还在《农政全书》里专门写了一篇《甘薯》，列数其利，并大力推广栽培技术。

经过这些有识之士的大力宣扬，各地纷纷仿效。红薯具有很大适应性，被广泛栽培，民众广受其利。

据说，大清王朝就是仰仗红薯之利，人口激增三亿。

红薯后来竟扎根中国大地，一度成为华夏民众的主食。正是由于红薯的耐旱而容易生长，一直成为人们的"患难之友"。

据长辈说，在困难年代，是红薯救活了很多人的命。长辈们说在六七十年代，家乡人就曾爬火车到河南、安徽等地的山区，购买山芋干，一家老小靠嚼山芋干得以活命。山芋干就是把红薯切成薄片晒干脱水而成的薯干片。晒干的山芋切片粉白而干硬，经水反复蒸煮，才会变得松软甘甜。但长期以此为食便不香甜，反倒麻木了人的味觉神经。

如今，城市的人们偶尔把红薯去皮再切成滚刀块，和大米一同煨煮，那香甜粘糯的口感真的很美。或许因为人们对红薯有着特别的情感，吃着这红薯心头总有一团暖意。

如今，红薯成了人们的休闲食品。在饭店里餐桌上吃着烤红薯，也会听到啧啧赞美之声，也总有人说，"据科学家说防癌食品第一是熟红薯，第二是生红薯"。看来红薯真的和人们有着剪不断的感情呢。

在冬日街头漫步，闻着这焦烟香醇的烤红薯的气息，不由深深的饱吸一口，让思绪和这香气一同飘散开来……

双 菇

双菇，是乡间最常见的植物，在杂草离离的田埂、堤坡总能寻到。

双菇是乡间的俗称，应该叫"山慈菇"，缩略为"山菇"，念白了就成了"双菇"。

其实，明代李时珍在《本草纲目》中，对双菇有着较为详细的描述："山慈菇处处有之。冬月生叶，如水仙花之叶而狭。二月中抽一茎，如箭杆，高尺许。茎端开花白色，亦有红色、黄色者，上有黑点，其花乃众花簇成一朵，如丝扭结而成十分可爱。三月结子，有三棱。四月初苗枯，即掘取其根，状如慈菇及小蒜，迟则苗腐难寻矣。根苗与老鸦蒜极相类，但老鸦根无毛，慈菇有毛壳包裹为异尔。用之，去毛壳。"

李时珍用老鸦蒜作比方，老鸦蒜，是石蒜类，据说就是彼岸花"曼珠沙华"的根。

石蒜类植株特性是，先抽出一根总梗，然后开花，花的末期或花谢后出叶；也有一些是先抽叶，叶枯以后再抽葶开花，花开时看不到叶，有叶子时看不到花，花叶两不相见，这一类的花都叫彼岸花。老鸦蒜先花后叶，双菇则先叶后花，尽管花叶次序不同，但都花叶都不能同时相见，均被称为"彼岸花"。

也就有"彼岸花，开彼岸，只见花，不见叶，生生相错"的说法。

双菇先叶后花，叶将凋，花方绽，彼此擦肩，因此，在古人那里背负着"无义草"的恶名。

双菇，冬天长叶，新生的叶子娇嫩鲜碧，有双叶，有单叶。乡间称双叶的叫双菇，单叶的叫单菇。

村中老人都说双菇的根能吃，单菇的根不能吃，单菇的根吃了会耳聋。对这种说法我一直存有疑问，因为无论双叶还是单叶，根茎都包裹着一个毛壳子，剥开棕褐色的毛壳都是一样的圆，一样的白。况且也没有听说谁因为吃了单菇而耳聋的。

但村庄那些老人有着丰富生活经验，他们的告诫也许有一定的道理，或许单菇就是有着很大的毒性。当然怀疑归怀疑，谁也不愿意冒着耳聋的危险去挑战善意的忠告。

通常长辈的告诫总会被懵懂的孩童奉为圣旨，当成魔咒。

双菇到初春时，抽出一根笔直的茎梗，一尺来高，在众多的杂草中比较突出。再过一阵子，茎梗开始孕育花苞，春阳乍暖，花苞绽放，白色的小花在绿草间星星点点，颇为美丽。

到初夏时，花谢结子，籽有三棱，双菇的风光已过，在野草间淡然隐没。

仲夏时节，苗叶渐渐枯萎，泥地里的根茎却变得饱满结实。这才是挖双菇最佳时节，等到苗茎枯朽腐烂，根茎藏在泥土里，地面上没有一点头绪，那就无从寻找了。

在乡间，在双菇没有长苗之前就开始挖了，尽管这时球根还很娇小，但吃起来鲜嫩可口，长老了就不好吃了。

乡村的孩子都是自然之子，对田野里的花花草草都很熟悉，对能直接带来口福的植物更感兴趣。

儿时，孩子们都提着柳条篮，拿着小铲子，低着头，在堤坡上，或在田埂间，仔仔细细，如寻针芥，那番认真，着实可笑。

双菇是很容找到了，但要分辨双菇和单菇得要格外仔细的，假如误把单菇当双菇，吃了就变成聋子，那是得不偿失的，那将会成为全村人的笑柄。

起先，总是跟着有经验的大孩子后面，认真学习，恭听教诲。经过大孩子的耳提面命，再相互传授，村童大多能准确区分双菇与单菇。

印象中，单叶的单菇较多，双菇就像四叶草一样稀罕难寻。

找到一株双菇，心如撞鹿，非常兴奋。用小铲子在娇嫩植株根部轻轻地挖，生怕铲坏了球根。挖出来的植株裹着泥土，满是清新草根气息和新鲜泥土气息，这是让人陶醉的气息。轻轻剥开泥土，再小心翼翼地把茎叶放到柳条篮里。

不仅须要寻找辨析，还得要费气力去挖，半天也只能挖到二三十株，这已是不小的成就了。

回到家了，还要把棕褐色的毛壳去掉，再剪去苗叶。脱去毛壳的双菇着实可爱，白白嫩嫩的，冰球似的，足有小半碗。这样小，这样嫩，真担心放到粥锅里被煮化了，又担心散落在一大锅稀粥里再难寻找。最后，外婆出了个主意，帮忙用细针穿一根白棉线，把这一粒粒的冰球子给串成一挂项链，放在粥锅里煮。

晚饭煮好了，从粥锅里钩出来，一股淡淡的清香，亮晶晶的，恰似一挂珍珠。用冷水浸一下，揪下一粒送到嘴里，轻轻一嚼，黏黏糯糯，淡淡清香，美妙可口。不一会，手中只剩下一个空荡蔫软的细线。吧嗒着嘴，觉得并过瘾，口里一直回荡那黏糯清香的气息。

有一回，挖的比较多，足足串了两串，大快朵颐之后，便觉得头晕晕乎乎的，有醉酒的感觉。我隐隐意识到双菇吃多了上头，心底真有点害怕，因为贪嘴而中毒很是丢人的事，也不敢对任何人说起，好在毒性并不大，不一会就没有了眩晕感。

自此以后，我对挖双菇的兴致逐渐淡化了，再也不敢多吃了。

成年后，我查看《本草纲目》才知道双菇的确有一定的毒性。在《本草纲目》中，双菇还是一副药材，主治疗肿，还能解各类蛇虫蛊毒。查阅了相关资料，也终于弄明白，双菇只是民间的普遍叫法，它其实有着植物学意义的名称，叫"山慈姑"属于兰科植物，和前面提到的老鸦蒜不是一个科属。从外观看，兰科叶子狭长，花左右对称；石蒜科，则多呈伞形花序。

有了科学的认知，也弄明白了事理，但失去了先前的神秘。在乡村，质朴的村民对大自然的馈赠全凭经验和感性，也许感性层面的认知更有美感。

挖双菇，是一段难忘的生活经历，但凡童年在乡村生活过的人，都不会忘怀吧。

茅 针

茅针，就是茅草中间那根细长的嫩茎，酷似一根细针。

茅针特别之处，是针里面藏着一条寸把长的嫩蕊，这条嫩蕊却是绝佳的美味。茅草叶片狭长，像兰草的叶片，但茅草叶坚挺干硬，两面都很毛糙，边沿锋利如刀，叶尖尖锐如刺，形似矛刃。到了秋天，枯茎上菅花瑟瑟，似高举的缨枪，古人称之为"茅草"，形神兼具，极其恰当。

秋天，茅草枯败纷披，茎秆高举，白花招摇，这时又称作"荻草"。春天，茅草初生叶芽，处于花苞时期，茅针紧紧裹束着花穗，这条花穗是能吃的，北方人视之为谷，所以，茅针又称作"谷荻"。

茅针，各地有不同的叫法，南京地区叫"茅胀"。应该是方音土语把"针"念白了而衍生出"胀"的音。

对于"胀"这个读音，如何书写达意，又有不同理解。有人叫"茅杖"，认为那根嫩茎细细长长的像细杖；有说叫"茅胀"，是因为那鲜嫩的花蕊最终把裹束的嫩叶撑得鼓鼓胀胀的，像窈窕的孕妇；也有说叫"茅帐"，认为嫩蕊的颜色是白的，又可以撕扯平展，像白纱帐。

这些都是自话自说，都是根据茅针的某方面特征而生发出来的想象，虽说荒诞，但也能表达茅针的某些特征。

清明谷雨之间，正是拔茅针的最佳时节。

清明时节，时雨滋润，万物萌生，田埂、沟坎、山坡、堤岸，滋蔓着鲜碧的野草，也点缀着星星点点的白花。满是青草的馨香气息。青草的气息，就是青春的气息。田野青春洋溢，人畜感发。

脱了厚重的棉衣，穿上轻薄的夹袄，村童像空中的云雀在田野奔跑；牛犊不时发出悠长的哞叫，对田野尽情美赞。

春阳感发，万物萌动，乡村静好。

家乡的田野是一本永远翻不尽、读不完的天书。村童对故乡的沟沟坎坎、花花草草了如指掌。

这个时节，村童最钟情的当属拔茅针。

经过几番雨润风熏，茅草怒放，恣肆蔓延，田埂、堤坡上已是葱茏一片。

碧绿的茅草蓬勃茂密，茅针就藏匿其间。在杂草离披间寻找茅针也非易事。有经验的孩子都在向阳坡地寻觅，茅草习性就是生长在向阳的坡地。

丛绿之间，茅针笔立，像根针一样插在绿草之间。茅针也绿色的，偶有一抹淡淡的褐。茅针没有色差，茎管细小，难以寻找。

当然，唯有难寻，才显珍贵。

茅草，丛丛围簇，尖利如刺，锋利如刀。刀枪剑戟，层层护卫，生怕外来者掠夺那根珍贵的"金针"。那根茅针避免盗取，也极尽伪装，粗看也只是众绿之中的一根普通的细草，显得低调而卑微，不招人耳目。

对于掠夺者，尖利的草叶是极为不满，或刺或割，想尽办法要让侵略者心存畏惧。我的食指曾被叶刀划过一道口，手掌也曾被叶尖扎过一个孔。血溅绿叶，悲而不壮，剧疼微痒，倍感难受。如今依然心有余悸。

假如存有一万分小心，趁锋利的茅草叶打盹的时候，轻轻捏住茅针的顶端，只消轻轻一拔，茅针就驯顺而出。在几根尖利长叶中，那根裹束茅针的叶管留下一个深深的空臼。失去了茅针，就失去子嗣，茅草伤痛欲绝，瑟瑟颤抖。

村童，全然没有对生灵草木的一点悲悯，况且茅草就是草菅，在村民眼中也只是杂草。

也不是所有茅针都有蕊，有的茅针本身就没有孕育子嗣的能力，剥开后只是一个没有成型的嫩片。被空茅针戏要一回，孩子颇为气恼，说，"哎，倒霉！手气不好，摸到了一个瘪实！"

拔到有蕊的茅针，免不了一番激动，有的孩子迫不及待地剥开针叶，抽出嫩蕊，欣赏一番，把玩一番，再把那条柔软洁白嫩蕊放在口中，细细地嚼，黏黏糯糯，丝丝甜甜，缕缕清香，美味可口。

也有的孩子把几根嫩蕊搓拧成一根麻花，得意洋洋地在小伙伴面前炫耀。有的把几根嫩蕊搓成团，有的捏成饼……村童陶醉于各自的想象与创造中，嘻嘻哈哈，快乐至极。

老祖母反复叮嘱，茅胀不能多吃，吃多了肚子了会长虫子。那时卫生条件很差，村童经常闹肚子，吃过宝塔糖后，排泄出好多蠕动的长绦虫，那情景恐惧而魔幻。

拔茅针的光景也不长，也就在清明谷雨那十来天时间。再过些日子，茅针果真怀了身孕，鼓鼓胀胀。嫩蕊胀裂欲出，那就吃不得了，放在口里，嚼来嚼去，也只是一团棉絮，只会败人胃口。

到了夏天，茅草的茎秆长高了，上面招摇着白花花毛茸茸的茅花，酷似狗尾巴，花中藏着草籽，细小如芥。

到了秋天，茅叶渐渐枯萎。茅草花被风吹散，种子飞向四方，落地生根，来春萌发。这也就是所谓，"人生一世，草生一春，来如风雨，去似微尘。"故旧终完结，新生将登场。茅草如人生，人生也如茅草。

秋季，也有村民挖嫩白的茅根。把挖出来的白茅根，洗净，晒干，除去须根、叶鞘，捆束在一处，就是一味中药——"白茅根"。

白茅根可以洗干净生吃，口感冰脆甘甜，可以清热止血。村民通常把晒干的茅草裹束在报纸里，挂在屋墙上，来年夏天煎煮当茶，用来清热解暑。

成年后，清明节带自己的孩子回乡村，教孩子拔茅针，孩子怯生生的，既好奇又害怕。剥开茅针那条嫩蕊，满怀疑惧地嚼一嚼，随即吐出，说没有巧克力好吃。

这代的孩子已经和土地割断了联系，对大自然倍感生疏。时代在发展，生活在提高，各种鲜美可口的超市零食琳琅满目，乡间的野草野菜自然无法与之相比。

每代一人生长的环境不一样，对事物的认知也会发生偏差。童年时代的我，就是在泥土里滚爬出来的，经过泥土的浸润熏染，心灵自然存有泥土的因子，那花草树木的芬芳气息早已融入血液。

清明回家，总会到田埂坡地看看，找寻童年的影像。

拔茅胀，是一代人的童年，也是一代人的过往。

芦 荡

儿时，村子南边是一大片芦苇荡。

暮春时节，麦苗吐穗，碧草离离，田野成了的绿色海洋，而这一大片芦苇像则像潮汐后定格的大片浪涛，突兀在无边无际的绿海之中。这大片隆起的绿涛，在绿色背景的衬托下，又像吸聚着绿的菁华，更像绿的命脉，绿的精魂。芦苇又像把这厚重的上好的绿承托起来回馈上苍。在绿的海洋中芦苇荡是那么显眼，那么吸引人的视线。在习习微风驶荡下，芦苇又渐次漂洇开来，那是整齐划一的难以化解开来的绿波。

芦苇荡除了给人带来视觉美感，还能给人带来更为美妙的听觉享受。

芦苇荡是鸟的天堂，这里能欣赏到各种动听的鸟啼声，各种美妙的声线相互交错，繁复而华丽。

其中，有一种不知名的水鸟，那叫声最为特别。那声音贴着水面传来，蕴蓄着水的灵透，透过苇叶的幽香，悠悠地传来，"咚，唧唧……""咚，唧唧……"，我虽不像公冶长那样能明白鸟语，但也能从这优美的鸣叫声里，感觉到小鸟自在舒适，似乎在赞美它的家园。儿时最爱听这种无名小鸟的叫声，常常坐在堤岸聆听，完全被这种声音陶醉了，这种鸟啼声一直在我的记忆深处由远而近地划过。

傍晚的时候，鸟儿叫声成了华丽的交响曲，让人心醉神迷。

繁星布满天空的时候，有时传来阵阵蛙鼓，浮动着整个村庄，把在睡梦中的村庄给浮托起来……

水乡这片芦苇荡，总给村上人无尽的惊喜，更给孩子们带来无尽的想象，这里也是孩子的天堂。

初夏时节，孩子们卷着裤管，小试水温，悄悄地钻进芦苇丛中，那可不是玩捉迷藏的游戏，而是冲着那带着体温的鸟蛋儿。鸟儿把精心编制的窝巢竟随随便便地挂在苇竿上端，孩子们只要轻轻地把芦竿拉成弓形，就轻易地连窝端走。多年之后才知道，这种挂枝结巢的小鸟，叫"震旦雅雀"，是珍稀鸟类，被誉为鸟类中的大熊猫，那时满荡里几乎都是这种鸟，唧唧地叫，叫声很动人。

有时顺手从水里捞起野菱角，连嫩壳也不剥，就放到嘴里大嚼特嚼起来，那涩中见甜的滋味至今依然能回味。

当然，芦荡里也不全是愉快，有时遇到一条警觉的水蛇在苇间水面，昂着头骄横的游着，又让孩子们心如撞鹿，连连躲避，此时又会想起大人们的告诫——荡中有大莽，心中就布满了阴影。也总是过了好多天后，才会渐生那冒险的勇气。孩子们在这大片的芦荡中饱尝了种种冒险的刺激，淬炼了勇毅的品性。

这十几亩的芦苇，更多的是给村民带来无尽的恩赐。

端午节前几天，村上男女老少，都挎着竹篮，到芦荡深处采摘最为宽大的苇叶。那苇荡深处传来哗哗地响声，偶尔还传来苇竿的断裂声，不时也传来鸟儿磔磔的惊飞声，那是一个忙乱的时节，也是一个欢乐的时节。

傍晚，村社碾场边那排公房前，排列着几十个椭圆大木盆子，那是村民从家中自发抬来借给生产队的，其实，就是男人夏天用于洗澡的长木盆。村里有这样的习俗：男人专用长木盆，女人专用圆木盆，冬天男人也可用圆木盆洗脚。男人用的长澡盆可以兼作他用，甚至可以用来晒面粉，但女人用的圆木盆断然不行。有个冒失村民扛来自家的大脚盆，被队长一顿数落，硬是在村民的奚落声中，红着脸把圆木盆扛了回去。采来的芦苇叶厚积着，浸泡在长木盆中，吸足了水分，显得更加鲜碧。

远近的其他村庄的人们都聚来，自觉地排好队，候在这排木盆前。购买时大多伸头看着秤杆上的星线，会计噼里啪啦把算盘打得飞快。孩子们像小狗一样在热闹的人群中钻来钻去，快乐地玩起捉迷藏游戏。孩子们有时不小心踩到大人的脚面，必然招来一顿臭骂。孩童们在满耳论价声、调笑声中分享着大人们的快乐。

芦苇给村子带来了尊严与体面，孩子们只感到过节似的热闹，并不能真正领会到芦苇给村子带来的富足，只感到芦苇似有魔力一样，把四乡八集的陌生面孔都吸引来了。

秋天，村南边的芦苇荡远看白浪浪的一片，在秋风中一遍一遍地翻卷雪涛，那又是一种悲壮的美，枯黄的苇秆承托着厚重的白云，又似饱经风霜的老者。

傍晚，红霞映照，天空和芦花一律血色，成片的鸟阵从天边飞来，像密集的飞蝗，齐集芦丛之中，又如万千箭镞飞落，酷似诸葛亮草船借箭。不一会那芦荡里欢噪沸腾，鸟儿为争占地盘而争吵，为分享旅行见闻而交谈，为筹措明天的计划而讨论……此时此刻芦苇荡已成了鸟儿快乐的家园。叽叽喳喳的叫声，如同天上的繁星。

冬天枯水季节，村上男男女女又像那密集的鸟儿齐集荡边，挥舞亮闪闪的镰刀。只见刀举刀落，满耳是芦竿折断的声音，如泛起的潮声。不一会，大片的芦苇倒下，垛成垛，旋即运走，剩下空空荡荡的一片积着白亮亮浅水的水洼，洼中满是剩下的根茬。突然间的空空荡荡，让人无所适从，无法承受。

公房前，苇竿整整齐齐地堆成了小山。那时村民修房造屋，还用不起望砖，苇竿成了主要的材料。村上的苇竿粗壮有力，因此，四乡八集的修建房屋的人家，总会赶着驴车辘辘而来。讲好价钱，又满载而走，往往把皮鞭甩得噼啪作响，似乎满载一车的喜望。

每到春天，芦苇的宿根又冒出青嫩的芦笋，在春雨的滋润下，又一天天疯长，直到满眼是深绿的青纱帐。

在孩童的心中，芦苇带来的最直接的快乐，就是端午节那天。前一天的晚上，村上人把分给自家的苇叶洗净，放在大铁锅了煮熟，剪去尾梗，齐整叠放，浸泡在大木盆里。同时放着一束细细长长的韧如丝线的野草，那是田埂渠畔生长的一种纤长的野草，村民叫作"三棱草"，可以替代丝线来裹束粽子。糯米淘洗过，浸泡过，白粲粲的，堆放在米箩里。

包粽子这类精细活自然由妇女们承揽的，她们把苇叶圈折成锥形，用勺子把白米放进去，压实，再用苇叶封好，裹紧。用野草茎扎紧，是最后一道工序，是用两排白粲粲的牙齿和灵巧的双手密切配合而成的。这样一个精巧的粽子就包好了。当然她们的动作非常快捷。记得母亲能包好几种花样,什么小脚粽、三角粽子、四角粽子……而且也很麻利,速度极快。

晚上,孩子们在馥郁的浓香中,做着一个个甜甜的梦。

第二天,睁开眼,大人们都下田插秧了,厨房里飘出缕缕诱人的清香,移开灶台上的大锅盖扑面的浓香激荡肺腑,煮熟的青黄色的粽子之间还漂着白花花的咸鸭蛋,一青二白,甚是分明。在那物质匮乏时代,这又是多么奢侈而富足啊。

家里有大一点的手巧的女孩,都会用五彩丝线为小弟小妹编织一个小巧的线囊,孩子们都会拣最大的一个咸鸭蛋放在小线囊里,然后骄傲地挂在胸前。丝线中白色浑圆的咸鸭蛋,在胸前沉甸甸的晃荡好几天。

是啊,在那物资匮乏的年代,村民都沉浸在幸福的情绪中,也正是来自这片芦苇荡的恩赐。

后来,搞方程划,乡里规定必须把这片芦苇荡整治为河道和田地。后来某天,在外念书的我放假回家,途经芦苇荡,却被眼前的一切惊呆了,那十多亩的芦苇荡,竟然在我的视线里消失,眼前只是河道和田地,留给我无尽的伤感与叹息。

村里人也照例承袭古老的习俗,每年端午节都要包粽子,但只能在集镇购买苇叶,再也没有那片神奇的芦荡了。

芦荡消失了,永远消失了。

野 草

暮春时节，田野最有生机。

金黄的菜花、碧绿的麦苗、繁杂的野草、款飞的蛱蝶、展翅的甲虫、嘤嘤的昆虫……春光一派，令人陶醉。

这时节，野草品类最为丰富，荒坡野地、田埂沟渠，碧草连天，令人惊喜。

乡野田塍间最惹眼是青苔子，弥散着一股热辣熏炽的怪味。牲畜不近，顽童不碰，无用而寿，因而鲜碧欲滴，蓬蓬勃勃，细蔓缭绕，碎花点点，蓝艳妖娆。

野草虽然娇弱卑微，但都有自己的生存之道。

有一种草，叶片边沿长满锯齿，茎上也有密刺，稍不留神就会把手刺破，叫"蓟"或者"大蓟"，它的花朵也很特别，像一个紫色的绒球。

蓟尽管外观不友好，但它的嫩苗和嫩叶可以当作蔬菜食用，可以蘸酱，也可以凉拌。蓟也是药材，能凉血、止血、消肿，小孩得了痄腮，就可以挖一株蓟草，洗净，捣烂，敷在红肿的腮上，很快就见效。

有一种野草，叶子似马齿苋，上面蒙着一层鼠灰色绒毛，有酷似老鼠的耳朵，叫鼠曲草，又叫佛耳草，灰土土的颜色让人联想到令人厌恶的老鼠，村民叫它"老鼠贡"。鼠曲草花小而黄。整体形貌不美，让人敬而远之，这样也许可尽天年。其实，它并没有毒，还能调中益气，止泄除痰。

还有那浆汁丰沛的苦草，白色的浆汁会从折断的嫩茎处细泉般流出，苦涩难闻，还有少许毒性。

野草大多各自从外形、色泽、气味等等把自己保护起来，得以全身远祸，可谓用心良苦。

还有一类野草，很可爱。它们不伪装，一任自然，采择自便，牲畜喜欢，村民热爱。

野豌豆、鸡眼草、碎米荠、马兰头、牛蒡菜，还有着奇怪名字的锅巴荠、老哇筋、牢豆子。是牲畜最喜爱吃的，有的也是可口的餐桌珍品。

其实，碎米荠，未开小花前就是可上餐桌的荠菜。一旦开出米白的小花，便筋老叶枯，不被采择。

荠菜，是很普遍的，田野空地随处可见，和其他野草别无二致，但却称作菜，就能上得了餐桌。人们对荠菜是极其热爱的。《诗经·谷风》有"谁谓荼苦，其甘如荠"的记载。《尔雅》中也有："荠菜甘，人取其叶作菹及羹亦佳"的说明。可见荠菜在我国生长最少亦有两千年以上。

荠菜自古就是餐桌上的美味佳肴，与其他野菜相比起来，荠菜的味道是最好的，不腥不苦，味道纯正，还有一股淡淡的清香。可炒，可烩，可做馅，可做汤。

荠菜不仅是普通百姓桌上的佳蔬，也是皇家贵族的美食。唐代的"春盘"，宋代的"春饼"，其主要成分就是荠菜。"春日春盘细生菜""盘装荠菜迎春饼"，可见古人对荠菜是多么的喜爱。

"荠菜"谐音"聚财"，一直受到人们欢迎。乡村认为三月三是荠菜花的生日。三月三，也就是古代的上巳节，人们喜欢野外踏青，那时荠菜开花，星星点点，粲然一片，点亮人们的心情。

农村歌谣"阳春三月三，荠菜当灵丹"，"三月三，荠菜花开赛牡丹"。村民采摘整株的荠菜花，带回来煮鸡蛋吃，可以治头痛、防儿童发烧。也有村妇将荠菜花插在头上，说荠菜花是"眼亮花"，戴了之后，眼力更好。

荠菜甘甜，但还有一种野菜味道较苦，就是"苦菜"，村民叫它"苦荬苔"。苦菜既然是野菜，那就能吃，"良药苦口利于病"，可以用来清热解毒，消痈排脓，祛瘀止痛，如今生活条件好了，人们反而喜欢吃点"苦"，被称为"富贵菜"。苦菜的形态和荠菜相似，一簇簇的，只是叶子边沿如稀疏浅齿。

这些光怪陆离的花草世界总会诱发人们的想象力。有时村民根据野草的外形也发明很多稀奇古怪的名字，诸如那趴伏地表叶面像癞蛤蟆皮的被叫作"癞蛤乌子"，还有形似老鼠耳的鼠曲草，叫"老鼠贡子"，野草莓被叫作"蛇果子"，说是蛇吐的唾液变成的，告诫孩子不能吃，我曾经就偷偷尝试过一回，小心地把"蛇果"放在嘴里嚼而不咽，淡而无味，也就作罢。

要从复杂的野草中挑选出家畜喜好吃的野草还真要费一番工夫，但先前村童们在大人们手口相传中，早已熟悉各种野草的生长习性，总能在很短时间内铲满一篮猪草。

春光里，在洋溢着一派迷人春色的野外，野草自然是游戏的主题。

最常见的是斗草的游戏。孩童们围坐在草地上，彼此列数手中的野草，叫错名字，叫不上，以及品类不全的自然认输，而报酬是给赢家一把野猪菜，尽管微薄可哂，但心情是喜悦难禁，所谓"笑从双脸生，今朝斗草赢"。

乡村向晚格外动人。晚霞漫天，暮色渐起。

绿色旷野，牧者骑在牛背上哼着小曲，牛儿悠悠地晃动尾巴，往村落踱着，不时发出一声惬意的哞叫。

村童在水边把满篮猪菜洗得鲜艳澄碧。回来时，把菜篮连环提携宛如雁阵，也总把笑声一直抛洒到天际。天空不时掠过一两抹鸟儿急急归巢的黑影。

往事如天空微云飘浮，却是一幅幅恬美而虚幻的画面。乡村田野让人能饱尝春天的馈赠，让人徜徉在和融的春光里。

如今的孩子在书本或电视上专心致志，疏远了土地，错失了童年，忘记的本源。

在这春天的，田野荒郊一株小草就是一个春天的故事。

水 草

独坐水边,看着平静的水面,内心也会变得安静。

水里冒出一圈圈气泡,水面荡起一圈圈涟漪……眼里这一池幽碧的水,钟聚着天地的灵气,是有着性命的。

在水边可以长时间的看着,总会有奇迹,总会让心灵得到意外的抚慰:这边一只长脚的水虫在水面急急爬过,划出细细的波痕,总会让人想到,仙风道骨、衣裾飘飘、凌波微步;那边水面突然跃起一条盈寸白鱼,在空中急速扭动一下腰肢,却分明是水面盛开的一朵银亮多芒的鲜花,尽管只是昙花一现的幻影,却定格在记忆深处……

不错,那边真有一朵小花,一朵郁黄色的小花,周遍的水面还星散着几片铁青的圆叶,是荇菜。虽然是娇弱的几片,但却是久违的荇菜呢。记忆中的荇菜叶似乎被这几片星圆的叶子复制开来了,成为浩大的一片……

一、荇 菜

清明前后,村南水灚里,一夜间便冒出一枚枚嫩绿的小圆叶,像飘散着一池的星星。

被村民称做水灚的池塘其实是一组断断续续的水系。从高处远处看:一大片一大片的白亮亮的池子,由同样白亮亮的狭长水道连缀着,像一根银带拖挂着一串玉片。

这大大小小的灚水一个冬天都在沉睡。荇菜的出现,就像灚水睁开了惺忪的睡眼。一群挖猪菜的村童便在水边惊叫着,银亮亮的童音在水边散落。有的孩子搂抱着水边弯曲的老柳树,用枝条捞着荇菜的圆叶。有的孩子调皮地甩脱脚上的鞋子,卷起裤管,试一下水温,便笑嘻嘻地往前探着,身后翻卷一路水花。孩子用手轻易地采到紧贴在水面的圆叶,轻轻一拉,那潜在水中细如丝线的纤茎被拉得老高。啪,轻微弹响,那圆圆的叶子便如一片沁凉薄冰留在小手里。水里的孩子嘻嘻哈哈地笑着，岸上的孩子每人也分到一份惊喜。

那油油滑滑冰冰凉凉的一小片叶子柔软娇嫩极了，含在嘴里细细慢慢地嚼，清香甜涩里拌和着无限的沁凉。

那时我是孩子堆里最顽皮的一个，在不适当的季节下了水，总会遭到同伴告密，总不免被母亲拿着枝条追出院落，但很快便忘记了挨打，孩子的心灵一如那清明的灞水。

还记得外婆给我讲的故事，说那老狼变成外婆的模样骗升子和斗子开门，升子和斗子问外婆脸上怎么没有了那块大黑痣，狼外婆就是趁着月色，在水里捞起一片荇菜叶，贴在脸上，骗升子斗子开门。我才知道这荇菜的叶子还可以做狼外婆的道具。便和小朋友们把荇菜的圆叶贴在脸上，怪声怪调地模拟狼外婆的口气说："升子，斗子，撮簸口子，把门开开，我可是你们的真外婆哩。"

那故事依然记得，那荇菜贴在脸上沁凉的感觉依然还有。

后来读《诗经》，才知道那开篇之作《关雎》就吟咏了这荇菜，"参差荇菜，左右采之"。那几千年前，古代少女就乘小船在水中专注地采摘荇菜，清风徐来，纤纤素手轻灵地将这圆圆的叶子，一片一片地采摘下来。那是很美的画面，不由引得岸边的少年怦然心动。

后来也知道这荇菜和江南一带的莼菜很类似，莼菜制作的羹汤滑腻鲜美，家乡的荇菜有种青涩的甘苦味，是不适合制作汤羹的。

初夏的时节，荇菜密密地挤满一池，那黄色的小花高举着，那是荇菜极盛的时节。不久那圆叶变成古铜色，没多久也就枯萎了。

荇菜也只是一季的水草，虽只有短短数月的光景，但总留给人诗意的遐思。

二、鹅水草

村外那圆如锅底的池塘，村民称为锅底塘。初夏时节，这池塘里的水草已经很密匝。水草牵牵绊绊的，有的形如松针，有的形如流苏，有的形如飘带……水底下是深深浅浅黑压压的一片，那种须权交错的凌乱，是很难形容的，反倒成了乱的意象。日本古代和歌里就有"今生生疑团，心如水藻乱"的句子，直接拿水藻形容内心的纷乱。

那有水草的池塘很少有人下去，据说水藻会缠着人的腿而叫人难以解脱，那情形很可怖。

野外那叫锅底塘的池塘，水很清澈，黑压压的水藻就沉浸在水底，只有寸许的游鱼成群结队地在其间曳尾觅食。有时用泥块抛掷下去，"咚"，水面溅出一朵水花，那鱼群一下子银光点点地霰散开来。那泥团悠悠地在水藻间落着。鱼群旋即又云聚而来触碰那不明之物，纷纷扰扰，争论不休，最后又怅然地曳尾而去。

"水至清则无鱼"，这是素朴的常识。村民是不到这锅底塘来捞鱼摸虾的，家长也叮嘱孩子不要到有水草的池塘游泳。这反倒成就了这池塘里的各种水草，水草任性的疯长着。

后来发现这水底的一种水草，凡是养鹅苗的村民都要采的。这种草褐中带金，狭长的叶子像飞天提婆的飘带。其实这种水草叫菹草，又叫虾藻、虾草，村民叫作渣草或水渣草。

村民看准了这鹅水草，用两根长长的竹竿伸进水里一夹，然后把两根竹竿用力绞动着。那水草在水中的断裂声通过中空的竹竿，传到手中，传到耳中。那水中气泡续续地冒着，鱼群早已惊散。村民把卷缠着渣草的竹竿往怀中用力拉拽，像和水里的怪物争夺着自己落水的孩子。旋即那水底浊水翻卷而上。村民拉脱了水草，顺便在水里涮一涮，很满意地把两根竹竿与先前旋转的方向反转一下，那漂亮的水草便脱落在大竹篮里，一股水草的腥气在空中洇开。只要往水里绞三两下就足够家里的鹅雏吃上几天。

那水面飘着断裂的水草，很凌乱，几枚小鱼在起哄似地追着漂浮水面的一片叶子。没几天那池塘又恢复原样，那一点水草并不影响池水的大局。

那村民扛着沉甸甸的竹篮往回走。那篮子里的水一路溅落着，泥地上飞扬起泥土的腥气。

村民回到家中，在庭院的树下，并着两条长凳，上面压着一张宽阔的砧板，把满把水渣草一拧，用快刀"咔哧咔哧"地切着，一边用刀轻轻地一推，剁碎的鹅草便落在一只大木盆里。那"咔哧咔哧"的声音很有节奏，那清新的水草气息飘满庭院。

那大匾筐里的鹅雏大概很熟悉这种声音，隔着盖布闻到了这清新的气息，一起起哄似的呦呦地叫着，那匾筐四周听得鹅雏用小嘴抗议地敲啄着。那情景是很热闹的。

村民抓一把碎米粒往盆里一撒，再用大手一搅和，金褐透明的碎草上沾着星星似的碎米粒。

这时可以把鹅雏放出来了。揭开匾盖，一股热浪浪的腥气。嫩黄的小鹅苗跌跌撞撞地伸伸腰肢，旋即迫不及待地奔向食物，伸着脖子吃着，直吃得脖子鼓出一个小疙瘩。

说也奇怪，等到那鹅雏渐渐褪去了身上的鹅黄，自己可以户外觅食，便不再食用那水草了。

想来，这水草是乳口小鹅极其喜欢吃的，一直伴随小鹅成长。

三、鸡头米

村子南边密布着水系，大濠由西向东流进大河，与大濠相连是由北向南的另一独立水系——黄泥沟。其实也是一串池荡组成，有的段落长满芦苇，有的段落长满水草，有的段落长满菱角。而最南边一带的水塘比较浅，却被鸡头米那阔大带刺的绿叶密密匝匝地占领了。

鸡头米，我们那儿叫鸡头苞。到盛夏的季节，那密叶间突然高擎着一个刺球似的脑袋，上端还微露着紫色的花瓣。远看分明是昂得极高的鸡头，那是一种在鸡群中挑战的姿态，抑或是一种引吭高歌的姿态。

那鸡头米浑身长满了刺，是不允许人靠近的。尽管外表很不友好，但无论是根茎还是芡实却很诱人。

每次孩子们都要把裤管捋得很高，极为小心地斜着身用脚蹬踏着它那淤泥中的根须。但每回总被那尖利的密刺刺伤手指或腿脚。被连根拔起的茎叶，象落地的降落伞一般被孩子拖到岸边。孩子们用牧鹅的竹竿对准布满密刺的根茎一阵敲打，直到被打得身首离分，再小心地撕开根茎带刺的表皮，露出白花花的管子。那管子嫩脆多孔，青涩香甜。孩子们喜欢生吃，而村民则用来和红辣椒一同炒了吃，那口感清香浓糯，美极了。

那鸡头似的房苞，被一层厚实的密布着利刺的皮紧紧地裹束着，要想吃到那芡实，就得不怕疼痛，经得起刺扎。孩子们凡是吃到鸡头米，就得经受这样的挑战。记得我每次被扎得鲜血淋漓，疼痛钻心。

那带刺的厚皮终究会被剥掉的，露出的是一团紧束的白瓤。白瓤里是一粒粒芡实，被一层膜包着，膜下便是一个圆似珍珠的硬壳包裹的芡实米。用鲜血换来的东西是自然珍贵的，那层层包裹的芡实米是洁白的，是香糯可口的。

乡下的孩子都知道，那鸡头米的生长阶段不同，那味道是不一样的。

孩子们还为鸡头米起了好多名字。刚结实的壳是淡红色的，很软，里面是一包香甜的浆汁，我们称作"小红子"。过一个阶段，那珍珠似的壳是鲜红色的，依然较软，里面的芡实有了些劲道，我们称作"大红子"。再过一个阶段，那硬壳而变暗，里面的芡实很有力度，我们这时称为"糯米饭"，大概和糯米一样的黏糯了。最后，那壳变成褐色，坚硬得很，里面的芡实干硬成粉末，外面的膜反倒松垮无力，这时又被称做"老忧子"。

孩子们总是把批开的鸡头皮随处乱抛，又被太阳烤灼得像鞋掌一样的坚硬，不小心总被扎在脚上。那时乡间的孩子都是赤脚的。我好几次被那厚皮上的密刺扎在脚板上，疼得龇牙咧嘴，只得坐在泥地上，扳着脚，一根一根地往外拔，再用泥巴灰一抹，便一瘸一拐地追赶着在前面疯跑的染着红顶记号的我家的鹅群。

那鸡头米的记忆是香甜的，但想来也不免觉得手脚间还有隐隐的疼痛。

四、野菱角

在黄泥沟一带有一片野塘，初夏的时候，清幽的水面浮散着细碎的绿叶，零星地开着四瓣的小白花。有这些绿碎叶点缀些许小白花，池塘便有了生机，也就有了希望。

再过不久，那花儿谢了，那碎叶的底下，就有了青豆般大小的雏儿。

孩子们是等不及的，探到水中，捞起紫色的细茎牵连着的水淋淋的一簇碎叶，把那叶下的那点雏儿给揪了下来。

那野菱角的雏儿长着嫩刺，还不足以扎手。剥开青涩的皮，里面也只是白色的一点浆汁。孩子们总是用衣角兜着，懒得去剥，直接扔进嘴里慢慢地细嚼，那青涩甘甜的感觉也很不错。

等到接近秋天的时候，那菱角已经长得很坚硬了，菱肉的味道也美极了。只是那刺总能扎破手指，那刺虽没有鸡头米的刺密集，但野菱角那硬壳上的四根青刺不但尖利而且密布着肉眼难辨的倒刺，采菱角时总不敢有丝毫的懈怠。

我们总是坐在长木盆里划开密集的碎叶，仔细地翻检着，再小心地把青色的野菱角揪下来，放在木盆里的小竹篮里。有几回只顾着采摘竟与同伴的木盆撞到一起，木盆来一个底朝天。那水里牵牵绊绊的细茎绞缠在手脚间，粗糙的碎叶和尖利的菱刺扎在身体上又疼又痒。好在水边长大的孩子水性极好，总能摆脱凌凌乱乱的茎叶的纠缠。

但那水中有一种看不见的小虫，村民称为鸭虱子，叮得我浑身奇痒，害得我一连好几天都不敢靠近水边。

那成熟的野菱角的米粒是很香糯的，手巧的村民把它磨成面，放到水里煮沸，再冷凝成醴酪，和其他菜肴一道炒了吃，那味道爽滑浓糯，香而不腻，回味无穷。

五、余话

家乡的这几种野生水物，人可尽用，只要你有了一份闲情。物没有主，采之自然，这倒更增添一份情趣，更有一份回味。

只是那荇菜和鸡头米倒是极其清幽的雅士，不能有半点污物的侵染。如今农药和化肥的普遍使用，家乡很难看到这两类植物的影子。那种散荡开怀的乐趣也深藏在记忆深处了，想来总有一点悲悲凉凉的感觉。

水，总是灵透的，水中之物也总是脱俗的。

菖 蒲

菖蒲，是田边沼畔寻常之物，但却有着较深的文化底蕴。

菖蒲在上古时代就被当作神草。《本草·菖蒲》载曰："典术云：尧时天降精于庭为韭，感百阴之气为菖蒲，故曰：尧韭。"

菖蒲形似韭，而壮大，又有韭那样旺盛的生命力。称为"尧韭"，说明在尧的时代就有了菖蒲。菖蒲被看作圣物，只是一种象征，并不是说像韭菜那样能吃。大概出于人们对尧这样伟大帝王的怀念，或许也因为菖蒲所具备的坚挺的状貌和纯正的馨香。

古人云，"周文王嗜昌菹，仲尼食之以取味"，就是周文王嗜好吃菖蒲根的腌制品，而孔子倾慕前贤而嗜其所嗜。

菖蒲，是有毒的草本植物，吃多了会产生幻视，即眼前会出现幻觉。腌制过的菖蒲根是否有毒，毒性大小如何不得而知。现实生活中，也没有谁去尝试。周文王也许有特殊的口味，或是喜爱菖蒲的清香高格，还是后人附会，也未可知。至于孔子慕前贤而嗜，多半是行为艺术。

菖蒲只是一种草本植物，却与古代几位最伟的人物有着不解之缘，可见其不同凡俗。

菖蒲后来成了端午时节的娇物，就如同清明的柳条，中秋的菊花，代表一个特定季节的来到。

菖蒲叶子似剑，俗称"蒲剑"，乡村家家户户在清明那天把蒲剑和艾蒿一同悬在门楣，据说可以消灾祈福。长辈还说，魏征梦中斩杀误事害民的东海老龙，用的就是蒲剑。

小时候，对成年人的古怪行为很不理解，觉得成年人有时同我们孩子一样的天真。但也觉得除了春节，一向并不被关注的门楣，此时一边艾蒿，一边蒲剑，很美丽。门庭碧绿，清香宜人。

如今想来，门悬蒲剑，也许是物质贫乏时代人们的一点精神寄托，也表达村民对美的一种素朴追求。

如今人们怀念故旧风物，这个习俗一直都在沿袭着。

在乍暖还寒的时节，水边还很寥落，只有丛丛碧绿的菖蒲傲然秀立于水畔，人们能从寒苦中，感受到一种不屈的品格，也期盼着热烈奔放的夏季早点到来。

在整个夏天，菖蒲始终在水边郁郁苍苍地丛立着，蒲剑高高地指向炎炎烈空，似乎是后羿的支支神箭，要把酷烈的日头射落下来，又似乎举着只只绿剑，向烈日骄阳显示不屈的意志。

在炎热的夏季，看到水边的丛丛绿意，心理多少有点清清凉凉的感受。

绿色固然给人视觉的安宁，但最为特别的要数菖蒲的馥郁芬芳的气息。这清香，会让你忘记酷暑，给你阵阵惊喜的清凉。像把你的心肝五脏，用天山的雪水洗涤一遍，又用冰凉薄荷的芳香熏熨一遍……那沉郁的清香，在烈日熏炽下，更加馥郁。若有清风播散，则会让人联想这该是"蕙的风"了。

说道"蕙"，据说是兰的一种。兰草的芳香是屈原常常提及的。屈原辞赋中构建一个"香草之缤纷，草木之婆娑"的草木世界，提及诸多芳香的草木。以前读《楚辞》不免痴想，屈原在泽畔行吟，所吟咏的楚地花草难道就没有这生于水边芳香宜人的菖蒲吗？

其实，菖蒲只是通俗的叫法，在屈原笔下有着更多诗意的名称。

《离骚》："荃不察余之中情兮""荃蕙化而为茅"；《湘君》"荪桡兮兰旌"；《湘夫人》："荪壁兮紫坛"；《少词命》："荪何以兮愁苦""荪独宜兮民正"。

这里的荃、荪就是菖蒲，只是诗人赋予更为雅致的名称。荃，的解释见于《辞海》。《本草衍文》（宋）云"菖蒲也，又谓之兰荪。生水次，失水则枯，根节密者气味足"。《梦溪笔谈》（卷三·辩正）也记载"有云香草之类，大率多有异名，所谓兰荪，荪，即今菖蒲是也"。两者稍有差别，只是前者当一物，后者当作两物。其实大可理解为泛指一种即"兰荪"。

宋代李德裕还写了《溪荪》一诗："楚客重兰荪，遗芳今未歇，叶抽清浅水，花照暄妍节。紫艳映渠鲜，轻香含露洁，离居若有赠，暂与幽人折。"这兰荪在水边，楚客指屈原。

可以想见，屈原泽畔行吟，水边寻常可见碧绿如剑的菖蒲，无论不屈的外在形态，还是勃郁凛冽的清香，都会一次次让诗人激动不已。诗人即景咏怀，以所见香花美草自况，再自然不过了。

菖蒲，只是我们民间熟悉的草木，然而在诗人的笔下竟有这诸多诗意勃发的美名。

菖蒲的芳香从屈原那里一直飘散到现在，这曾经让屈子激动不已的植物，如今只是在清明节时才被想起。

农历五月五日，包粽子、赛龙舟是为了怀念屈原的，这门悬"兰荪"如果理解为怀念一生爱好芳洁的屈原，应该更自然不过了。当然，艾蒿也有一种苦涩微辛的香味，只是难以考证屈子是如何赋予其诗意的名称罢了。

每次回故乡，我总喜爱在往昔熟悉的池沼边流连，偶尔采得一株菖蒲，那在浅水里的根茎白嫩可人，蕴涵一抹淡淡的绯红，已是可爱，而那馥郁的清香，更能宁息燥气，醒人心智。

可以想见，屈子披发行吟于泽畔，整个灵魂理当被兰荪熏醉了，与兰荪的芳香融为一体，口中飘然而出的诗句自然有着迷人的芬芳。

在炎热的酷夏，想到菖蒲那绿色、那清香，浮躁的心渐然平静了许多。

水　仙

　　坐在新居窗前，看到的是对面住宅的一扇扇窗格和晾晒的花花绿绿的衣物，也总会看到对面陌生的眼光。

　　在这时节，我总怀念旧居窗外那片水杉林。

　　春天里，那片水杉林总是摇曳着绿色，摇曳着诗情……

　　真的奇怪，在人烟阜盛的喧嚣环境下，人与人近在眉睫，反觉得格外的别扭、挤压，全然没有自然景观那样可亲可近。

　　去年夏天，在搬进新居之前，买了一盆仙人球：硕大的青花盆，硕大的绿刺球。仙人球占满了整个盆面，根根银刺恣肆展开，鲜碧的球体蓄积着勃勃生机。我着实感受到生命的饱满与偾张。我每天都在几案前逗留，体悟自然的神奇与生命的张扬，甚至想象出这仙人球胀裂瓷盆神奇的一幕。

　　但过了一个冬天，仙人球渐然萎缩，原先鲜碧饱胀的机体变得干黄皮皱，坚硬的银刺显得凌乱委顿，通体像一个蜷缩的病刺猬。再后来底部一侧流出了绛褐色的黏液，原来内里全部糜烂，只剩下一个勉强的外壳。最后破碎瓦解成一堆乱刺：宣告一个曾经饱满鲜活的生命已然消亡……

　　我的自尊受到不小的打击。后来听说，仙人球是热带作物，经不得寒酷，经冬必死。但无论如何我明白自己不善于料理花草，也暗暗告诫再不能栽花养草，荼毒生灵了。

　　年前某天，朋友送给我大大小小几个水仙球。看着褐衣白体的几个圆滚滚的根茎，我心里嘀咕：这能活吗？能开出美丽的花吗？

　　尽管心存疑惧，但还是把仙人球养在盛雨花石的瓷盆里。

　　一连几日，没有动静，不免焦躁。

　　有一天，褐色的球衣里竟冒出一个青黄的嫩芽，尖圆如豆，娇嫩可怜：水仙生命的迹象显现出来。让我兴奋的是，除了换换水，没有花费星点气力，球体竟然长出了芽苗，这真是太神奇了。"水仙"之名果然不是浪得，"得水能仙与天齐"的赞美也绝非夸张。

没多久,所有的球茎都醒了似的,一个个嫩芽探头探脑地顶破球茎,来到陌生的新世界,客厅内弥漫着生命的气息。全家人每天起床第一件事都要到客厅几案前,张望一番,大声说出各自的感知。女儿说:"每天都在长高一厘米!"妻子说:"哟,一夜间长这么高了?!"空气里弥散着欣喜。

有一次,我换水时发现,水仙的白白的根须在雨花石的缝隙间潜滋暗长,盘曲扭结,和一枚枚雨花石都已经绞结成一个整体了。其生命力的顽强让我惊讶得说不出话来。

随着光阴的流逝,嫩芽抽成了碧绿的叶条,仔细看是四片,像老家菜园里大蒜的叶子。也难怪六朝人称之为"雅蒜"。看来我们南京一带人喜欢把风雅世俗弄成啼笑皆非。像蒜不假,但前缀一个"雅"字,一雅一俗生硬地拼接在一起就不自然了。难怪明人文震亨在《长物志》说:"得为水仙,其名最雅,六朝人乃呼为'雅蒜',大可轩渠(可笑)。"

水仙的碧条长得越来越高挑,但看不出有开花的迹象,心中不免怅惘。

有一天,妻像发现新大陆,惊奇的宣布:"快开花了!"我和女儿一起凑过来,惊奇地问:"在哪儿?哪儿?"只见四片叶子之间有一个狭长的包膜,大约是花苞了。

一连几天花没有开,只是花苞日益饱满,立在一个浑圆翠绿的细茎上,细茎也日益高挑,花苞像一个绿蜻蜓颤颤地倒立在上面。

我无比兴奋,因为即将见证一种花草的生命奇迹。

一天,花苞绽裂了,里面长出一连串纤细碧绿的菱形嫩茎,都顶着一个个小小的蓓蕾。

没过几天,某个清晨。中间一个较为高挑的细茎上的蓓蕾绽放了,娇羞欲滴。到了中午这朵花完全绽放了:六片洁白娇羞的小花瓣,中间一个金盏似的小黄花,里面是嫩黄的三根须蕊。好美,难怪水仙有"银台金盏"的说法。

一时间,花都开了,青碧的条叶间点缀着黄白小花,幽幽的馨香在客厅卧室间飘逸，新居内洋溢着生命的活力。

我见证了水仙花生命绽放的全过程。我没有花费些许气力，只给她换换清水，她却以鲜花碧条回馈全家，点亮了美好的心情。

"水仙一花，予之命也。"清代李渔此话表明说水仙花，是自己生命的一部分，不免有点矫情，但可以代表人们对水仙的深厚情感。

水仙花茎抽发得足以盈尺，不免头重脚轻，开始向一侧倾斜，妻用红丝带把她们的根部挽拢起来，但依然疯疯地长。柔弱的茎条纷披倾侧，不由令人担忧。

物极必败，这是宇宙规律，谁也改变不了。我真不忍心看到她残败的那天。

无论如何，这时节正是水仙花盛开的时节，生命恣肆张扬，不枉一春的时光。我何必自作多情悲天悯人呢。且细细品味这"凌波仙子"葱根碧叶、银台金盏，且细细品味这幽幽淡淡的清香，且细细享受这大自然的恩赐吧。

水仙，真奇，真美！

杨 花

"阳春二三月，杨柳齐作花。"阳春天气变暖，杨花漫天飞舞。

似流萤，点点流逝；似飞蛾，急急飞奔；似雪花，片片起舞；似白羽，起起落落……何其美妙。

杨花，无根无凭，漫搅天空，挥之不去，濛濛扑面，迷乱双眼，令人生厌。

暖春，一冬的寒气渐然消散，走出户外拥抱春晖，心存冲动，心怀希冀，但面对晴空中白色飞絮，不由触动情思。

际遇不同，心境各异，或誉或贬，抑或有之。

遭逢背弃者，看到眼前飘飞不定的飞絮，或有诸多的感慨。

这飘飞不定的杨花不似牡丹高贵，不如莲花高洁，不比菊花脱俗。而大凡这些漂浮之物、流逝之物，大多无根无凭，这又与易变的人心何其相似。杨花轻浮，流水易变，杨花、流水也就一同背负起"水性杨花"的恶名。

物性本如此，毁誉皆随人。

古往今来，阳春时节，杨花如约而至，漫天飞舞，自在活泼。

杨花似花非花，似梦非梦，似有似无，曼舞轻扬，因缘随化。沟渠、池沼、绿树、幽径、房前屋后……绵絮飘摇，无处不在。

杨花，空负花名，无绚丽之色，无诱人之香，日下无影，月下无形，虚渺空寂，卑微平淡，然而杨花恣意率性，浪漫多情，情思飞扬，婀娜一季。

其实，古人眼中的杨花并不是杨树的花，而是专指柳絮，是柳树的种子和种子上附生的茸毛。

在古代诗文中，杨、柳、杨柳，其实都是指柳树，而且多指垂柳。

古人交通不方便，长途远行多走水路，柳树又多种植在水边，采折柳条比较方便，而且柳与留谐音，也能表达惜别之情。诗经中"昔我往矣，杨柳依依"，指的就是飘摇的垂柳。

今天所说的杨树多为白杨，和柳树是两种不同的树种。白杨树也称"鬼拍手"，树叶随风喧嚣，为人不喜，其树的形态也缺少垂柳的婀娜。只是白杨树的花和柳絮极为相似，也随处飘舞，以至于现代人每每对古诗词中的杨柳产生误解。

古代有无杨树？如果有，那么真正意义上的杨树又称做什么？还是后来从国外引进的？都无从考证。也许古代文人雅士看到"万条垂下绿丝绦"的垂柳，随风飘扬，便把柳称作"杨"，"杨"属于平声，"柳"属于仄声，或杨或柳，或平或仄，吟诗作赋，全凭需要，何其方便。

杨花似花非花，有形无影，无功无名，任性自我，狂放一生。

杨花卑微无名，虽有一季的生命长度，但潇潇洒洒，尽情展示，岂不快哉！

"不斗秾华不占红，自飞晴野雪濛濛。百花长恨风吹落，唯有杨花独爱风。"

杨花，风之精灵，风之舞者，洒脱随性，毁誉随人。

花　语

暮春时节，四面摇绿的乡间，花儿点点，粲然浪漫。

乡间的花也只是极普通不过的几款。普通即贱，贱得让人不觉得惊奇，贱得让人们不为之心动。家乡的花，如同熟识的邻人，天天见面不觉得什么，但若几日不见就不免怀念。

如今那些花花草草早已成了过往，不免感叹，但厮磨日久，往事依依。

一、野蔷薇

在乡间极为普遍的花是野蔷薇。暮春时节正是其繁盛的时候。村头野外那一丛绿云间，撒满点点细碎的小白花。花朵上方，总看到一只小蜜蜂低旋成一朵云雾。蜜蜂似乎对野蔷薇总是鉴赏玩味不足，也许它也能感受到那野蔷薇花香的特别：细如花针，悠长馨远，清清凉凉。

但对于孩童而言，更专注于野蔷薇那碧绿柔嫩的枝条。用手轻轻一掐，再极为小心地批开密布红刺的绿皮，娇嫩滴翠的透明茎肉便乍现眼前。放到嘴里细细的咀嚼，那冰冰凉凉的液汁一直凉爽到心尖上，那青涩微甜的幽香则一直缭绕在唇齿之间。

野蔷薇的粉红嫩刺也总会扎伤孩童的指头，留下一滴殷红的血迹，但那美味柔茎的诱惑总能激发孩子们的热情。陶醉其间的乡间孩童总是嘻嘻哈哈地把笑声洒落在丛丛茂密的野蔷薇之间。

野蔷薇，家乡人称做"刺骨佬"，大概是其浑身密布着粉红的细刺的缘故吧。野蔷薇给我印象最深的，第一就是那常常刺破我手指的细密红刺，其次便那点点白花的馨香余韵。

野蔷薇的缤纷凋谢也多少令人感伤。那片片粉叶飘落如雨，纷落一地，不免滋生一线惆怅之情。但你会惊喜地发现花萼处竟吐出豆粒般的青果，或许正如东坡先生吟咏的"花褪残红青杏小"，感伤处也多少有些慰藉。

野蔷薇成熟的果实也是小如豆粒，但果子很红，青绿之间摇曳着火红的小果子，那是多么动人呢。

野蔷薇的红果自然不如山里红之类的果子好吃，但辛辛甜甜的感觉很能刺激人的味蕾，让人难以忘怀。

野蔷薇花期虽然有限，但那可口的嫩条儿，从春天一直到秋天都可以采到，你可以在那冰爽青涩的液汁里感受到花的颜色，花的香味。

二、木槿

这时节，木槿也该开了的。那木槿的花要比野蔷薇的花大得多，也总是呈现即将收拢的姿态。粉红的花朵像是皱纸扎就的，害羞地的藏在粗糙的绿叶间。

木槿的花，朝开暮落，故而又有"朝开暮落花"这样悲悲凉凉的名字。李笠翁倒看出了些许禅意，以为"木槿者，花之现身说法以儆愚蒙者也。花之一日，犹人之百年"。愚蒙如我者不曾有过这等觉解，更何况那时节是正值愚蒙的孩童时光。那时只是看着早晨带露的木槿花谦逊地开着，而第二天的早晨那粉红的花朵竟零落一地，不免心存一丝惋惜。

木槿花香清淡，但花蕊很奇特，形似钉螺，但娇弱轻灵，上面满附金色花粉。我们总是粗暴地把木槿的花萼扯掉，再把花瓣一片片掐掉，只留下细细长长的淡黄花蕊。那花蕊的底端黏似胶水。孩子们总喜欢把花蕊粘在耳垂上，像异域蛮夷，一路嘻嘻哈哈地招摇而过。孩子的奇思妙想，总会吸引大人们的惊喜目光，会招来善意的啧啧称赞，也会招来刻薄的戏谑嘲骂。

那时，邻村紧靠我家有一个驼背老妪，她的菜园篱笆墙上的木槿花开得极为繁盛，自然吸引来如蜂蝶般好奇的孩子。而那老妪是最难亲近的人，在孩子的眼里她就是童话书里骑扫帚的巫婆。她驼背而面部严酷扭曲，没有人见到她笑过，那时节认定她的笑一定比哭更怕人。她平素头上总裹着一方边角绣花的蓝布。总背着手在她的园子里巡视，嘴里叽里咕噜的咒骂着。

有一回，她看到孩子们嬉笑着攀附在她的篱笆墙上，便趔趔趄趄地一路骂了出来，什么"遭炮子的"，什么"遭冷枪的"，还有什么"有娘养无娘教的"，极为难听。

孩子一哄而散，继而用一排幼稚的童音回击，什么"老巫婆"，什么"老棺材"，还有什么"万人嫌，祸八方"。她也只能无助地坐在地上骂着。她知道自己无法追到孩子，即使抓到又不能怎样，只有通过漫无目的咒骂才能发泄心中恶气。

也许村民讨厌她骂人，某个促狭鬼，在她的墙头横出的烟囱里堵塞上乱砖碎瓦。她做饭的时候被烟火呛的够呛。那回她足足骂了一个星期，连祖宗三代都骂了出来。

有一回早晨，我看到她弯着驼背在地上极小心地捡拾什么。感到很好奇，躲在她的篱笆上茂密的木槿枝叶后偷偷地看着。原来她在把地面零落的木槿花捡拾起来，还用衣角兜着。这回没见她絮叨骂人，只是抿着干瘪多皱的嘴唇，蠕动松弛的喉咙，还不断用袖口擦拭着昏花的老眼，原来干枯的眼窝里还流下一滴泪水。

我意外的发现后来竟成了公开的秘密。隐约知道她与两个儿媳关系都不好，一个人独住在老宅。再后来一连几天听不到她的骂声，人们不禁念叨起来，提醒她的两个儿子去看看。儿子破门而入，那老妪竟安静的躺在床上过世了，木槿篮子里已经盛满了干瘪的木槿花。

那老妪虽然儿孙满堂，却原来是这样的孤苦，后来也能理解她不通过漫骂不足以发泄的心头的郁闷。那朝开暮落的木槿花人概让她心有所会，触动感伤的情绪了吧。

那木槿暗褐的枝条极其柔韧，村民总把它栽种在篱笆边，也总会用木槿的柔韧的枝条编织心里的梦。那柔枝在巧手的村民手里欢快的跳跃，变化出种种奇迹：一只精巧的花篮、一只肚大口小的鱼篓、一张粗朴但很结实的藤椅……

记得先前我那耳聋的祖母总弯着背拿着镰刀出门，用不上半天工夫，弯背上总多了一捆木槿的枝条。一连几天，祖母坐在后院，默默地编织着：半大的猪头篮、敞口的大罩、坐上去吱呀有声的小凉凳……极具艺术想象力。

木槿这普通而质朴的花木，原给我心头沉积了许多难忘的影像……

三、栀子花

野蔷薇和木槿是野生的，生命力很强，是人们很少去打理的花木。野蔷薇虽则没有多少直接价值，但去之不尽，人们也懒得费力气去整理。木槿可做篱笆，也可以编织生活器具，人们自然任其生长。

村民对花木的感情也自然不同于对水花生的态度，那水花生蔓延成灾，侵占农田，村民总是一边用刀锄砍伐着，一边诅咒着。而花木却给人带来审美的情趣，点亮细腻的心思。村民不但不随意砍伐花木，而且还在自家后园墙角专门辟地栽种些花花草草。

栀子花，就是专门用来观赏的花木，人们总要刻意地栽在墙角屋后。

栀子花也很奇特，每当那初夏雨水淋淋漓漓之时，却是它盛开之期。那潇潇不歇的雨水让人心情也变得格外的潮湿疲惫。

一早醒来，院落里丛绿之间蓬蓬勃勃的开满了洁白肥硕的花朵，还有无数沁绿的骨朵正箭镞般待次开放。那浓郁的香味在空气里流淌，心情也便如得见阳光般地灿烂起来。

村民次第打开自家的木扉，长长地吸足一口芬芳的空气。不久，这香气飘满了整个村落，也飘满整个乡镇。

人们说笑着，把栀子花别在胸前衣襟，或干脆拈花鼻尖。因为栀子花是洁白的，自然不能带在头上的，村民沿袭古老的传统，只有家有丧事才能头带白花。

人们有的还用一碗水养着，让花香持续地在屋内流溢。还是孩子最有想象力，有的孩子用丝线把栀子花结成一个佛珠似的栀子项圈，圈在脖颈，神气活现地一路招摇，让香气环绕着自己。

有时不免痴想，大概人类总喜欢芳香的气息，也可以推想当初流放的屈原一路颠沛困顿，已没有诗意可言了。但那水泽边蓬蓬勃勃的香花野草却点亮了诗人的眼睛，也是那花花草草的浓郁芳香复活了诗人那几经干涸的诗魂，也正是在花草间流浪，从口里飘出的诗句是才带着各色花草的气息。

栀子花开的时节，也是村民心情最灿烂的时节，村民自然不是诗人，但那芬芳的空气里的盈盈笑语却是绝妙的诗句。

四、凤仙花

记得原先老宅后院墙根挤挤挨挨地长满了凤仙花。或许那密集的花叶太多太琐，绿叶红花过分地铺排反而令人审美疲倦，不能引人心动。

那花的绿茎出落的很高，叶子密如桃叶，但比桃叶鲜嫩多汁。那花是简单的几瓣，但颜色却繁多：大红、粉红、紫红、白黄……花也极易零落。

后来知道凤仙花还有很多别名——指甲花、透骨草、金凤花、洒金花、小桃红。据说因为它的花形翘然如凤，所以才有凤仙的美名。

这花生命极旺，家里姐姐们头一年随手撒一把小如芥子的黑籽儿，第二年春天便蓬蓬勃勃地疯长起来了。父亲嫌这花草紧长在墙根，会使雨水浸透到内屋，要用镰刀锄割。姐姐们编织了很多理由才保住这花草的性命。记得其中最有力的一条理由是这花能避蛇，因为老屋这时节总有蛇光顾。果然出奇，自有凤仙花居室附近再没有看到蛇的踪迹。

其实，后来我发现，姐姐们有自己的心思，她们把那凤仙花的碧绿柔嫩的长叶放在石面上撒上一小把明矾，用木椎反复砸着，直到稀烂，便挤撮硬币大的一点依次放在每个指甲上，口衔丝线，一手缠绕，用麻叶裹扎得结实。第二天，指甲红若桃瓣，炫人目光。后来读到元代铁笛道人《凤仙花》诗中描写染红指甲的女子弹筝时，手指上下翻动，恍若桃花红雨纷纷飘落情景的那句"弹筝乱落桃花瓣"，也就想象姐妹们那纤指点红的娇态。

最让我感兴趣的不是那花，也不是那用染指甲的叶，倒是那成熟是的果瓣。那金黄澄透形如白果的果子其实由几根韧瓣包裹成的，只要轻轻一碰，果瓣突然裂开，随即向内一卷一缩，那黑乎乎的种子便弹落一地。

我总是用指头往那娇弱敏感的果瓣上轻轻一点，那果瓣像条件反射般蜷缩如蜗壳，还把黑籽儿弹射我一脸，酥酥麻麻，美妙异常，乐得我像傻瓜般嘻嘻哈哈地大笑。

我总觉得那凤仙花的果瓣是有知觉，并且和那时的我一样的顽皮。

五、花事余话

女孩最喜爱花花草草。家中有姐妹，院子里花的品种也就多了起来，但也非仙品，无非鸡冠花、月季、玫瑰、杜鹃之类极为平常的名目。但每当这时节我家的后院就会被花草装点的烂漫之极。

也记得，小时候常听祖母念叨一句："人无千日好，花难四季红。"我就牵着她衣角，让她去看后院那"月月红"，祖母总是一笑无言。

现在可以在花园里观赏到各种名贵的花木，但那花木似乎离我很远，而记忆里的花木却是那么近切。

灯 草

记得多年以前，老屋窗内总挂着一束用旧报纸裹着的细草儿。那草灰灰白白，纤纤细细，绵绵软软，轻轻一拉中间是肉眼难辨的细孔。放在嘴里一嚼，绵软如絮，淡然无味。这是什么草？家里为何宝贝似的放在通风的窗口裹束珍藏？

孩子的好奇总是来如风去如影，而大人们的事总是神秘而有道理的，似乎也无须追究。有时追究不在当儿，反而会遭到家长的一顿数落。就像在腊月里点豆腐花时，家长极其虔诚，忌讳孩子多嘴多舌，因为据大人们说孩子插嘴会犯忌，豆腐就不能凝结到一处。在这样的浓厚的神秘氛围下，孩子没有了话语的权利，孩子和大人之间似乎成了两个不相干的世界！

但唯一例外的是祖母，她会絮絮叨叨不厌其烦地给我解释种种疑问，总让我的求知欲得到满足，但总招致祖父的责骂："聋子不怕雷！"

祖母是个聋子，听不到别人的话，别人要在她耳边大喊一阵，再加上一些复杂的手势方才明白。正因为耳聋，平时同别人交流的机会很少，总是游离村民之外，默默做自己的事。或许正是这种大沉默反而让人产生些许敬畏，村夫农妇因"言多必失"而常犯口舌之争，沉默却有着一种神秘的力量。

也许大沉默有大智慧，正所谓"大道无言"。她因长期劳累身体弯曲如弓，这样也极容易拾取地面上那些被人遗弃的小物件，那些东西在别人眼中没有什么价值，她却以为有价值。比如村民把因病而奄奄一息的小鸡小鸭扔到路旁渠畔，祖母若看到这个待死的小生灵，就会弯着腰极小心地把垂死的小生命捧回来。祖母会在家中后院地面上放一碗清水，在白碗边披放着一片蔫软的菜叶，旁边还摆放一根小木棍和一只用来舀水的葫芦瓢。祖母把小生灵反扣在那枯黄色的葫芦瓢里，用那根小木棍笃笃地敲着，一边呼唤着小生命的名字，大概祖母临时给这只不幸的小鸡鸭起了一个好听的名字，什么"小花"、"小翠"之类的。

祖母敲喊总会引起祖父的反感，但祖母听不见，也看不见，因为她闭着眼睛，用一种奇怪的秘语向空中为小生命虔诚地祈祷着。说也奇怪，祖母一遍一遍温馨呼唤与轻柔的笃笃敲击声竟把小鸡鸭的游魂给唤了回来。小生灵最后总会怯怯地睁开眼睛，祖母连忙用濡湿着清水的菜叶在小生命的脑袋上、身体上轻柔地抹一遍，那可爱的小家伙竟摇摇晃晃地挣扎着站了起来，经过一段时间照料，小动物最终活蹦乱跳，健康成长。

耳聋腰弓的祖母在村民眼里自然是一个奇怪的人。村民得了小灾小病也总会找祖母帮忙，祖母也很固执决不收别人的礼品，连谢谢也不要，因为她耳朵根本听不到。

有一年秋天，秋雨绵绵，黄叶零落，天气阴冷。村民大多窝在家里。女人安静地待在家中编织毛衣，男人在屋内抽着浓烈的烟卷，一边逗最小的孩子说笑。田头已经没有什么活计可干，村民一律老老实实地待在家里，安静地过着各自的小日子。

我家院内突然出现一阵急急的脚步声和一阵嘈杂声。原来村里一个后生受了风寒，肚子疼得哇哇乱叫。多雨的黄昏，泥泞的乡间小路，加上一笔不菲的费用，就医也成了乡间奢侈的事，乡间偏方草药自然成为首选。

这户村民急急匆匆地来到我家，央求祖母想想办法。

祖母弯着背从老屋窗后，极其小心地抽下两根那银灰色的细草。

病人平躺在祖父的床上痛苦地痉挛，又哼又叫，他的父母以及兄弟姐妹都焦急地围在床边。

床边点着一盏昏黄的豆油灯——一只青瓷小碗盛着些许香油，碗口披着一根粗棉线，下端浸在油中，上端颤动着微弱如豆粒的火苗。但这一点光线也能把人影拉的老大，似乎把本来就拥挤的弥漫烟熏味的漆黑老屋给胀破。

只见祖母，用那纤细的小草在油碗里一浸，再放到小火苗上一点，那得油浸润的干细小草一下子燃起来。祖母连忙吹灭，只剩下一小截红红的余烬。这时病人的亲友很配合地把病人的腹部衣服捋了起来，肚脐肉一下子裸露出来。大家屏气凝神专注地看着下一步的行动。只见祖母用小草的余烬轻快地朝病人的肚脐上方一扎。"啪"一声细响，袅绕一丝娇弱的青烟，病者的丹田如平静的池水被蜻蜓点破，泛过一丝难以觉察的涟漪。

在祖母的手中这小草倒成了一枚精巧的银针。祖母反复的点燃再在病者的肚脐四周点烫。大家耳鼓里满是"啪啪"的细音。病者腹部也留下一圈密密的小斑点。很快病者感觉舒坦，不久也和平常一样说笑。

我对这小草产生浓厚的兴趣，后来缠着祖母打听，她说这草叫"灯草"，还说这种草长在偏僻的野地，外貌也很普通平常，一般人也不识得它的功用，其实是个好宝贝。

这灰白纤柔并不起眼的小草原来是用来点亮自己，而给病者以希望的，这草儿竟这般奇妙。

祖母去世后，一段时间还看到老屋窗前那一束灰白细草，但再也没有人用过，后来连这束草也看不到了，再后来老屋被二哥家的高楼替代，老屋只能出现在梦里。

我想起祖母就会想到那一束灰白纤弱的细草，想起那一束灰白纤弱的细草也自然会想到祖母。

后来我查阅了有关"灯草"的资料。才知道灯草，又叫龙须草，属于中药材。回老家问上了年岁的老人，过去乡村点油灯，通常用灯草来做灯芯。灯草专门燃烧自己照亮别人，如今都用电灯，灯草渐渐淡出人们生活，也早已被人忘记。

灯草和祖母一样，却成了我遥远的记忆。

桂　影

今晚月光如纱，在这素淡的青辉下，居处后面的园子更是美妙。

这园子白天里除了池藻栏楯，便是蓊蓊郁郁的各色名贵树木。在这样的夜晚一律黑魆阴森地静默着。微风过处，树梢开始密语，继而把月华揉碎一地。一阵阵馥郁的芳香也伴着空明的月影飘散开来，这醉人的芬芳足以让人意乱情迷。这是桂花，好浓郁的香味。

想来白日里在人群中和对方用着同样的心力相互琢磨着，消耗了多少的光阴，竟忽视了身边这自然造化给予的美好馈赠。也真的要感谢这夜驱散了世俗的汹汹人群，能让渴望安静的心灵在无边的月色中自在地飞翔。

无须顾及这浸透衣衫的薄薄凉意，且坐在石阶上，如园中的一节枯树，做哲人般地沉思。这桂花的香气不断地撞击神经，让人在意识中唯有它的存在。我闭目翕动鼻翼，认认真真的品味这迷人的花香……

这香是浓糯的，似乎拌和着酥油的味道，从鼻管到喉咙印下重重的香痕。记得郁达夫先生在他的几篇小说里都曾描述过这桂花的味道，说这桂花的香气很撩人，能激发人的情欲。我倒觉得在这香涛中，有一种富足饱满的幸福感。是啊，这迷人的桂花香让人一次次在下意识的状态下做起深呼吸，似乎要让整个人都被这桂花的香阵熏得明透。

这香气在薄薄的微风中，一抹儿浓，又一抹儿淡，像和着月光的韵律。这香又像这月光般静静地笼着这静谧的园子，真的会让人想到是月宫里那棵老桂树传来的芳香，它沿着月华一直播散到人间。难怪杨诚斋要说，"不是人间种，疑从月里来；广寒香一点，吹得满山开"。

啊，这月下桂香倒逗引得思绪如蜂蝶一样地忙乱起来了……

是啊，在这草木摇落的清秋时节，竟然有这样一段多情的让人缭乱的芬芳。这怎么不让人怀疑起它是否人间所有，而凡俗的人类又哪有这样的福分来消受呢。

"秋花之香者，莫能如桂。树乃月中之树，香亦天上之香也。"李笠翁这煞有介事的言论也正合着我意。

但又不禁痴想，世间名贵花木多不胜数，而古人何以认定月宫中有的是这桂树？大概是"夏星繁，秋月朗"，秋天是赏月的佳节，而这桂花也正是在这时节如金絮般高高地挂在绿叶间，流溢着浓烈的香气，尤其是如今宵的月夜，伴着月光静静地喷泻着，这当然让人联想到它是月宫仙物了。

百花大多在春日争艳，而能在肃杀的西风下绽放吐蕊，除了菊花大抵只有桂花了。那菊花属于低矮的草本，傍地而生，香气播散本没有了优势；且香气平淡还带有些许药味，只能观赏难以入鼻。而这能高达15米的木本乔木占尽风光，芳香自能远播，更是这芳香不仅宜口而且宜鼻，又是这样浓烈香甜。想来，真奇。

我想，李易安也应在这样的月夜吟唱那首《鹧鸪天》的吧。"暗淡轻黄体性柔，情疏迹远只香留。何须浅碧深红色，自是花中第一流。梅定妒，菊应羞。画栏开处冠中秋，骚人可煞无情思，何事当年不见收。"

这易安咏花之作颇多，但从未见她如此推崇某花为第一流。想来这桂花"暗淡轻黄""情疏迹远"貌不出众，色不诱人，但却能馥香自芳。这正暗合了词人对内在美的追求与咏叹。娇憨的易安也竟抱怨起屈子来了，你屈原当年作《离骚》，遍收奇花珍卉，来喻君子修身美德，唯独桂花不收在其列。一定是你屈原情思不足，那么何以竟把香冠中秋的桂花给遗漏了。想来这不平也真为月中仙子人舒了一口气闲气呢。

还有一个痴人，自称"书蠹诗魔"的张岱还认真考辨一回桂花的花型花色。在他的《夜航船》里说："草木之花五出，雪花六出"，"因地六生水"，所以雪花六出；"土之产物，其成数五，故草木皆五，惟桂花乃月中之本，居西方，四乃西方金之成数，故四出而金色，且开于秋"。

如此说来，桂花的花型四瓣、色泽呈金是暗合五行的，原来宇宙万物如此神秘，皆有因果的。

是啊，这桂花是这样的奇妙而可爱，总给人美好而悠远的记忆。

先前文学作品里常提到桂花糕、桂花茶、桂花酒。还有《红楼梦》里湘云说酒令时，拿丫头们取笑，说的"这鸭头不是那丫头，头上没有桂花油"，想必这桂花油也曾成为富贵人家时尚的芳香之物呢。

也想到郁达夫先生在《迟桂花》中，对桂花茶的描写："那绿莹莹的茶水里散点着一粒一粒的金黄的花瓣。"是啊，这在视觉上已经很养眼，再闻着那和着雾气的芬芳气息，品啜它一口，那一定会让人酥软了半边的。

…… ……

夜深了，西风来得更频，石阶更增添了身上的凉气。月上树梢，桂影摇摇，花香阵阵。"永夜闲阶卧桂影"，这句宋词不觉也飘到口边。

但木樨的花香总挡不住这秋夜薄薄的凉意，不由怅怅地走出园子……

老 杉

早先，河堤的护坡台上矗立一排排高大的水杉。

夏天，绿色细叶遮天蔽日。树根下，积淀着一层层枯干琐碎的细叶，是陈年往事的落叶，最底下的一层已经腐化成泥，滋润着杉树。

水杉林随河水蜿蜒，像绿色的长城。

水杉林近乎原始状态，有时附近村民把枯叶扒到一处，堆集起来，用大罩挑回家。枯叶引火烧饭，烟火中袅绕着杉木的香气。

雨季，水杉浸泡在水里，只露着绿色的树冠。

那时我还担心这杉林会被淹死，后来洪水退去，水杉依然矗立，显得威风凛凛，只是浸泡过的根部似乎有点臃肿。这才恍然，水杉原本就是可以在水里生长的，不然怎么会叫水杉呢？

河堤上种植水杉主要就是保护河堤。

蜿蜒的水杉林成了一道迷人的风景。

夏日，白鹭在绿树梢上飞翔，绿幕青纱，白影优雅，妙不可言。

入秋，霜染的杉林涂着一抹一抹的铜色。

深秋，杉林颜色变深，写满岁月的沧桑。

临冬，水杉黑粗的主干支撑着一树古铜色的细叶，恍如罩着一身战袍。大堤作屏，树一律静静地矗立着，像参禅入定的僧侣。

最为高大的老杉树，年岁已久，道行很深，高出大堤许多。一只灰喜鹊栖息在老杉树的顶端，骄傲地扭动着脑袋，俯察万物，品鉴众生。

树，看似冰冷木讷，其实内蕴深厚。

一个弱小的胚芽，自裂地破土那天，就默默潜滋暗长，长成一棵害羞的小树，长成一棵茁壮的大树，再长成一棵沉稳的老树。

一棵树，呈现给一代人往往总是一个姿态，当这代人埋进泥土，又以另一种姿态呈现给另一代人……

树饱经四季轮回，阅尽人世沧桑。

一棵老树往往是经历几个朝代的巨人，默默地看着脚下演绎的一个个悲悲喜喜的故事。

树，是很好的朋友，孤寂时，只要有一棵老树相伴，就会感到温暖。

树，以静默的姿态，伴人参悟。

现在除了土地庙前的那棵老树，再也看不其他什么老树了，一个没有老树的村庄便丢失了岁月，丢失了灵魂。

冬 树

冬天，萧疏的树干和错落的村舍结合在一起，甚是美妙。

冬树仿佛一根根矗立的桅，村舍恰似一面面斜扯的帆。

树木和花草一样都经历过春荣夏茂，曾经遮阴蔽日，一度辉煌烂漫。但经不起秋风秋雨一次次凌厉地杀伐，曾经光华的茂叶飘摇零落，所剩无几，实在不堪目睹。

到了冬季，气温陡然下降。风，又调换一个方向，无情地对树木进行一次次摧残。

北风，嘘着满满的寒气变成寒流震撼一切阻挡之物，高高矗立的树木首当其冲。曾经对抗西风的劲枝，再也没有力气抵挡北来的更为凶悍的铁骑，纷纷摧折，零落一地。

经过北风多轮侵凌扫荡，树木剩下的只是光秃的枝干。

退去铅华，尽显风骨，这样树木就被风霜塑造成了冬树。

没有了繁枝茂叶的遮掩，屋脊、瓦面、墙体、飞檐的真相也显现出来了，村庄不只是绿荫环抱的美，村庄的线条轮廓也以美的姿态呈现出来。

树木萧疏，村庄寥落，冬树、村庄构成一幅意态萧疏的画面。这画面隐藏着生机，含蕴着人烟的温馨。

野外的冬树则最为感人。衰草离披，芒花瑟瑟。三两棵枯树格外醒目，黑乎乎的干、稀拉拉的枝。冬树就这样倔强地矗立在空荡荡的荒野。

在寒气逼人的严冬，人们穿上厚重的寒衣，树木却卸掉层层包裹，露出清奇的骨骼。

树木以一种姿态长时间矗立在荒野，一任寒风吹彻，一任飘雪凌压。荒野的冬树是大地幻化出来的精魂，让人看到的是一种不屈的意志。

冬树给人的感动，在于坚强，在于坚守。

某年冬天，去北方。一过淮河，车窗外，多是离离枯草，了无生机。

突然看到一闪而过的身影，不禁为之一振。

原来，荒野上竟有黑魆魆的杂树。树木三三两两，静默地矗立着，守候在空荡荡的荒野，犹如田野间劳作的身影。

更惊讶于枝杈上顶着一个黑乎乎的鸟巢，一只寒鸦在寂寥的天幕上划一个悠长的弧线，栖息在巢枝上。那时间心头涌起一股暖流。荒野、老树、寒鸦，尽管冷寂萧条，但生命的奇迹足以令人震撼。

一路上，尽是这样的画面，荒而不败，生命是以退守的姿态对抗寒冷，积蓄能量守候春天。

喜欢在乡村行走，喜欢仰视一排冬树。粗干上是仅存的疏枝，在蔚蓝的天幕上尽显秀骨清相，没有繁枝密叶，有的是真诚，有的是风骨。

冬树，对抗寒风的智者，勇者。

废 园

一个偌大的废园，由一个看门人守着。

空荡的会堂，废弃的庭院，破损的场地，纵横的小道，粗大的悬铃木。

荒败透出一股悲怆的情调，令人感伤。

偶尔，听见野猫的嘶叫。墙头上，一只猫，目光带有敌意。

西风把这个园子吹得苍老。

园子里满是炫铃木的阔叶，如干枯的手掌。掌叶在风的拨弄下，幽灵般满地旋转，划出沙沙的声音。声音尽管略显枯索，但时而急促，时而舒缓，极有韵律，这是属于静谧废园的特有的音乐。

一座座低矮的房舍，一排排粗壮的悬铃木。树木的大叶，枯黄干脆。房顶、幽径枯叶堆积。头顶枝柯繁密，黄叶厚织，遮天闭日。

天地间尽是凋零的黄叶。涉足其间，咔哧咔哧，落寞空寂。

这个园子是一个被闹市抛弃的荒园。曾经有一段时间每个周末都要到这里来加班，闲暇时我会静下来，坐在冰冷的水泥台阶上，傻傻地看着飘零的落叶，阅读一片片黄叶的最后的生命历程。

西风吹着，一片叶子飘下来，划一个不太规则的弧线，静静地掉在其它落叶身上，没有一点声息。另一片被一阵风吹得老远，在空中腾跃了好几次，才终于在地上安妥地躺下……

叶子都以不同的方式零落，每片叶子都有树叶的魂灵。

这里被遗忘，满地的黄叶，无人打扫，一切安好，归于自然。

天黄黄，地黄黄，这里一派苍老的气象，呈现自然的本色。

一片叶子，历经了完整的生命历程：春日嫩黄，夏初嫩绿；盛夏格外鲜碧，在炫目的阳光下闪着迷人的光泽；早秋青黄驳杂，让人联想到头发的花白；仲秋枯黄，晚秋完全干枯……

一片叶子，无关紧要，但自有存在的道理，对于一棵树而言，需要叶片进行光合作用，得以顺利地生长。

一片树叶在阳光下，或在放大镜下，叶子脉络清晰，精美无比。叶子长成何种姿态，都是上帝的合理巧构。

一片树叶凋零，对一棵树而言，也是一个重大的事件……

只要是叶子都会凋零，尽管有时间的先后，凋零是每片叶子的宿命。

凋零，是一个极其短暂的坠落过程，属于枝叶终结生命特有的方式。

又一片树叶在树枝上纠结一下，坠落了，在空气的阻隔下，悠悠下落，没有声息。

树叶的凋零，很安静，很平淡，很自然……

一片叶子凋零了，来年还会在原有的地方长出新的叶子，但不再是原来的那一片。

一片叶子凋零，也意味着一个季节也结束了。

废园，无人料理，但这里的树木花草却以各自的形态充分演绎生命的过程。

眼前是深秋的废园，枯枝败叶，生命枯竭，但自然而真实，令人感动。

乡野精灵

精 灵

生态破坏使野生动物在人们的视线中逐渐消失。家乡那些神秘的野生动物现在基本绝迹，在我的记忆中只有零星的碎片。在印象中野生动物是极富灵性的，似乎拥有很高的智力，总是表现出种种奇特的举止，一经接触便让人难以忘怀。

大凡有林木丘山的地方总会有鸟兽虫蛇的出没，家乡水系密布，周边也不乏丘山密林，那正是它们栖息之所。幽灵似的身影总会在村民的视线中一闪而逝，自然让村民产生几多敬畏，使那被泥水浸泡的近乎木讷的神经变得更加警觉与纤敏；也激活人们的思维，茶余饭后多了一些奇谲诡怪的故事。

与极具灵性的物种共生共存，彼此熟悉了解，精灵鬼怪自然成为村民闲暇谈论的话题。

一、野狼

野狼，在家乡我平生只看过一回。印象中是一个秋天晌午，薄阴的天气，河堤上满是枯黄的高粱秸。在河对面的丘岗上突然多了一个灰色的身影。在我眼里同村里的土狗似没有两样，只是那目光对河这边长久地凝视着，令人不寒而栗，继而又踯躅到冈峦的高处对天空昂着头发出一声悠悠长长的怪叫。

那时我很小，身旁的二哥压低声说："这就是狼。看，它是夹着尾巴的！"听二哥惊惧低切的告诫，使我本能地寒毛倒竖。那灰狼的确是夹着尾巴，这才感觉到它的浑身上下充满着野性，全不似土狗那般温顺。

那灰狼大约发现了河对面的猎物，但无奈于脚下横着一带白亮亮的河水，不久便折身消失在对面的沟谷里。

狼出现得突然，消失得也突然，只给我的脑海里留下一道鬼魅似的身影，但那在冈峦上翘首长嗥的姿态却一直定格在我的记忆深处。

那是我在家乡唯一一次看过的狼。这条狼大概是从对面马头山或峨眉山下来，沿着河谷在周边游荡觅食的，但给我幼小的心灵生硬地植入了警觉机敏的形象，而这个充满野性的形象时常在灵幻中腾然而出。

后来也没有听谁说遇到过狼，大概山林不断地被人挤占，猎人那黑洞洞的枪口随时隐藏在树后，以及村民一次次地拿着刀叉围追堵截，使得那极其聪明的狼群断定这里不再是久居之地，毅然决定做一次集体大迁移，迁徙到远离人烟的荒山僻野去。

我有时也想，大概这狼是和这里的人们做最后一次道别，用一声长嗥做一个了结吧。这嗥叫声或许在向村庄宣布：你们将没有了朋友抑或敌人了。是的，和对手较量多了都熟悉对方的那一点伎俩，有时心存一念，在心里默念多了便有了牵挂，一旦失去了对方，情感上反倒难以割舍，敌与友便很难界定了。我断定，那只灰狼大概是一个很多情的狼呢，那悠长的嗥叫便是一串复杂难懂的狼语或者是一句劝诫人类的箴言。

我庆幸自己平生能真正看到一条自由游走的野狼，庆幸那狼在对面和竟我对视数十秒，还能听到那断续悠长的嗥叫声，更庆幸有那明亮的河水给我构筑一道安全的屏障。

说真的，我们对狼的了解与其说来自别人的经验，不如说大多来自道听途说。

记得小时候在饭桌上偶然提及狼，外婆便连忙打住，说吃饭的时候不能提到狼，还要我用小手在碗底抓挠几下，据说这样可以破除禁忌，否则在野外真的会遇见狼。以后每次在饭桌上不小心提到狼，外婆总停下手中的饭碗看着我，我便知趣地在热乎乎的碗底抓挠一下。我真不相信吃饭时提到狼便真的会遇见狼，更不明白何以在碗底用手抓挠一下，这又是哪类盟约？然而这神秘的举动，反而促使我对狼更充满无限的敬畏。

有一次，也正是初夏插秧的时节，听外婆说一个有关狼的故事。说她家远方的亲戚和村民都下田赶水插秧。那亲戚家两周岁的孩子没有人照料，便用蒲席垫着坐在田头，由孩子自个儿玩耍。夜幕将垂，村民都在水田里低头弯腰，趁着最后一抹晚霞，稀里哗啦地趟着水急急地插着，每个人面前很快铺展开一片青青的秧苗。这时，一个村民突然惊叫："狼！"人们寻声望去，见田头孩子身后正坐着一条母狼在专注地添舐着孩子的脊背，孩子竟自顾玩耍没有知觉。孩子的母亲发疯似地跑上岸。那狼倏地消失在暮色中。再看这孩子的背部一层嫩皮已经没有了。

外婆说这个恐怖的故事在于告诫村民们：不要只顾着劳动，还要想到孩子。但我而今倒认为，如果这是一个真实的故事，那孩子的母亲倒要感激那条狼，那条狼完全可以把孩子叼走，但竟不忍心，只是在孩子身上做一番温存舔舐。当然孩子那香甜娇嫩的皮肤是断然禁不起母狼那粗糙的舌吻。留下一点记号也算是对那位粗心母亲的善意提醒，假如遇到的是完全没有人性的恶狼，那么后果定然不堪设想。

还有一回，跟大人们到附近的山野铲一种可用作燃料的巴埂草。大概旷野的冷寂使人们产生丰富的联想，人们也喜欢用说话填补心头的空旷。一个上了年纪的老妪说了一个关于狼的故事。说是她过世的父亲曾亲身经历的事。一天，老爷子在外赶路，累了，随便在野外一个石头上坐下，从腰间拔出烟杆，点燃了一锅烟。一阵喷云吐雾，一袋烟的工夫，看看日头不早，便对着身边一块灰麻石咄咄地敲着烟锅，插好烟袋起身便走。突然看到身旁的灰麻石也立了起来，竟是一条老狼。老爷子吓得差点没尿裤子，但那老狼却像绅士一般走向了远方。

这个神奇的故事反倒说明狼对人并没有十分的敌意，似乎很想与人交流，无奈语言成了障碍。

后来还听说，五条狼结成的群便成了神，所以有"五狼神"之说。但五条狼如何的神话，倒不曾听说过。只是后来看了贾平凹先生的《怀念狼》，才让我眼界大开。那商洛地区崇山峻岭，正是狼群出没之地，那里自然有着更为传奇的狼故事，小说真有点像狼故事的大汇编，看了总让人魄动心惊。

但贾平凹先生最终所感言的是狼正在消失，而人类也在退化。的确，"狼来了！"过去无论孩子还是大人乍一听都要心房一缩，而现在很少听得这样恐吓的话语，即使听得也不会让三岁的孩童感觉恐惧。因为在现在的孩子意识里狼已经是一个很抽象的概念，至多想到的是动物园里那被圈养而目光里退却了几多野性的家狼。

二、黄鼬

鼬，我们这里叫黄鼠狼，主要栖息河谷、土坡、灌木丛以及田间或树下的洞穴中。介于丘陵和平原之间的家乡正是鼬的生活环境，鼬在这里是极为普遍的。这种动物行动也很诡秘，很难寻觅到它的行踪。

每当在夏日的午间，村民正在午休。家养的鸡崽子乘主人午休，穿过洞开的后门，偷偷潜入菜园中觅食。困倦的村民睁眼闭眼懒得理会，依旧流着口涎打着呼噜。

突然，后园子里的鸡崽子们从喉管间发出不同寻常的警告声。园子里，明晃晃的飘着游丝的空气突然凝固了，就像一根绷紧的弦，一触即发。凭经验这园子里已经遭到了不速之客的入侵，村民总会从浅梦里猛然惊醒过来，站到园子当中咄咄地大声训斥。只见园中那几只偷食的鸡子一个个俯首低回，颈翎倒蠹，似乎在不知深浅地警告伺机偷袭者不可跨越临近自己的最后防线。大概听到主人的呵斥，只听得玉米叶一阵惊怵，一条细黄的身影如一道闪电一闪而过。

这在农村是极其常见的情形了。黄鼠狼的确没有什么好声名，但我们这里的人们很少去竭力相残的。尽管有"黄鼠狼给鸡拜年"的说法，但村里很少听说谁家的鸡鸭被黄鼠狼叼走。

从前也看到家中堆杂物的角落有几张捕捉黄鼠狼的弓子，是粗毛竹做的，呈一个三角尺的形状，中间有一根极有韧性的竹条。

记得二哥曾经用力扳起发条，微微扣住，上端纤细的丝线系着一块猪肉作诱饵，放在后园黄鼠狼经常出没的幽径。二哥说不管黄鼠狼多么狡猾，总抗不住好奇心或心存一丝侥幸。我们静静地在家守候，大概过了几个钟头，我也早已忘却了捕捉黄鼠狼这档事。到了午间，突然听得咔嚓一声，接着听到翻滚声磕绊声，继而听到孩子般的嘤嘤啜泣声。

分开草径，寻声探去，只见一只黄鼠狼被弓子夹住一条腿，在使劲试图挣脱，但只会徒劳增加痛楚。那家伙扭曲着细长的身躯，排放出难闻的气味，那气味足以把我晕倒。祖父闻声出来，训斥我们一番，我们只得放生。那家伙虽然折了一条腿却依然迅捷，打了一个滚，便消失得没有了踪影。

后来听祖父说，曾经有村民挖后院池塘，发现一窝稚嫩的黄鼠狼崽子相互蜷缩一处惊怵地看着眼前几个拿着铁锹的汉子。这爷儿几个正准备举起手中的铁锹往下落。这时，突然从草丛中闪出一个金黄色的母黄鼠狼，嘤嘤地啜泣着。那母黄鼠狼突然在爷儿几个面前立了起来，抬起前脚，人模人样地作起揖来。爷儿几个都被眼前发生的一幕惊呆，都松脱了下手中的铁锹。那金黄色的母黄鼠狼，一次次地叼着幼崽离开了险境。这黄鼠狼极有灵性的，据说伤害有灵性的动物是会遭天谴的。

听了这个故事，我对黄鼠狼产生了一丝敬畏，再也不去惹它。

后来知道黄鼠狼原来是老鼠的天敌，这狼性是针对老鼠而言的。黄鼠狼能钻进老鼠的洞里把老鼠叼出来，它的速度也比老鼠快得多。老鼠见了黄鼠狼只能束手待毙。黄鼠狼很灵性，很少去伤害村民的牲畜，只是没有猎物而为了延续生命才去给村民家的鸡子拜年。

三、野狐

狐狸是最神秘的动物了，记得长辈们总是反复叮嘱：千万不要去惹它。还说狐狸大仙和黄鼠狼大体相似，只是体形比较柔和。最为简便的区分就是狐狸的嘴部是黑，村民用"乌嘴子"来形象地称代。

儿时，我家与东邻之间是一逼仄幽深的小巷，平素也少往来。某日小巷中传来一种凄哀幽冷的嘤嘤声，似孩儿啼哭。出于好奇，我寻声搜索，发现这奇怪的叫声发自东邻墙脚石隙罅。只要有动静，声便停止。家里人说是狐狸大仙，不能乱说，还说出种种恐怖的故事。要孩子们全当视而不见，听而不闻。

东邻家有悍妇，不堪骚扰。一日，她先说一些诛心话，继而怒火中烧，用木棍在石洞中一通搅和，这嘤嘤的哭声也居然安静了好几日。

某一天，东邻悍妇做狮子吼，破口大骂。平日心中有鬼，骂语中夹七杂八，指桑骂槐，话语中隐约可见家中什么物品遭窃。村民淳朴，习以为常，无人认话。狮子的吼声却替代了狐狸的哭声，这样持续几日。东邻虽防备森严，仍屡屡遭窃。

据说那妇人有一只绣花鞋，甚是喜爱。常逢人夸赞，引人目光注足，歆羡赞叹，而倍感满足。一日那妇人骂中带哭："不知得罪哪个遭炮子的，连老娘的绣花鞋都偷了，缺德八辈子的！"

村中有一先生颇通易理，那妇人求救。先生开列三条秘方：一是从此积善行；二是斋戒几日；三是择日焚香祷告。先生威望甚高，妇人言听计从。

那日，妇人在墙脚石隙罅旁焚香拜祝，观者如堵。

一日清早开门，见绣花鞋整齐摆放在门口，尔后贵重物品陆续璧还。悍妇破涕为笑，倍加虔诚，竟一改往日泼悍之风。

此事是亲身观感，绝非聊斋故事。有时思量倍觉不解，怀疑狐狸那得如许狡黠。再就一事竟改变一个人的恶劣品性，也颇值得玩味。

这是发生在身边的真切的事，人们对狐狸更加敬畏，奉若神明。

前几年，在现在住处附近的草丛间，看到一个黄色的影子在优雅地跑着，嘴是黑的，动作要比黄鼠狼千倍的从容。我说："狐狸，狐狸，这里竟有狐狸！？"旁边一个年长者压低声告诫我："不能说，这里的确有一窝，千万不能惹它。"他还说所在的单位原先一个职工因为对狐狸大仙不敬而遭不幸的故事。

那个职工和工友看牌，小便急了，就在草丛边将起衣裤往草丛里小便，那腥臊热辣的小便正淋到一只受伤的狐狸身上，那职工还一路追着浇淋着，回来还对桌上的牌友吹嘘一番。不久，那职工竟发烧死了。

还有一次，我看到几个村童在公路边的沟嵌中掏螃蟹，在草丛中捉住一只黑嘴的狐狸。其中的一个村童倒提着狐狸蓬松的大尾巴，狠命地往硬地上摔打，那只可怜的狐狸抖动着抽搐着，那孩童还嘻嘻哈哈若无其事。当时我想再厉害再通灵的野兽若遇见懵懂无知的蒙童也只能认命晦气。面对不知敬畏从何来又从何去的蒙童，大概上苍也只能摇头叹息吧。

我也想狐狸的确是很聪明的动物，而《聊斋》故事更是强化了人们对狐狸的敬畏，狐狸似乎是另一世界里和人类有着同样智商的一群奇奇怪怪的小人。在人们的眼里狐狸变化了得，随时就地打滚，就能变成一个貌美如花的美女，或一个豁齿驼背的老妪，或一个须髯皆白的老叟，它非但比人更精灵，还能通向神秘幽冥的黑洞洞的世界，因此，称为仙。

狐狸淡出人们的视野，先前那些种种灵异的事件，先前人们心存的敬畏，都会随着时间的流逝，而被认为难以置信，甚至被视作认知愚蒙。

四、喜鹊

读中学时，我家门前有几棵老槐树，有几个喜鹊窝。

清晨，每当喜鹊在树枝上叽喳啼叫时，上年纪的祖父总倍感精神，也总说今天不知有什么喜事呢。一家人都似乎在满怀喜悦地等待，即使来个客人也跟喜鹊的叫声联系起来，总之，门前的喜鹊似乎时时给家里带来惊喜。

喜鹊，是很温顺的飞禽。在我家枝头安身，足以表明对我家的友善。当然，谁也不愿破坏这种和谐。

一日，村东有一顽劣狡童，竟然心血来潮，对门前这几只窝巢产生兴味。伙同几个同伴，攀附而上，掏了好多绿莹莹的喜鹊蛋。几只留守喜鹊备受惊吓。

有一天傍晚，残阳如血。那个狡童从我家门前经过，突然，几只喜鹊，俯冲而下。那架势令人联想到疯狂的神风敢死队，驾着飞机俯冲美军的航空母舰。狡童促不及放，吓得惊叫不已，头脸留下带血的爪痕。

一连几日，狡童发烧未退，折腾好久，才恢复常态。其他几个顽童也频遭到喜鹊粪雨的袭击。

如今，狡童已经成人，有时回家，我提及此事，他说至今还心有余悸，没想到喜鹊也具有复仇的品性。

五、青蛇

读中学时，有时贪图便道，从偏僻田间小道穿行。途中有一片芦苇荡，逼仄小道一边是斜陂，紧靠苇荡，一边是刚抽穗的麦田。

一日傍晚，我背着书包，哼着歌蹦跳而行，拿着枝条，边走边抽打着路边的花花草草。刚到芦苇荡边，突然发现一条大青蛇盘踞在草陂上，意态悠闲。

我本可以从小道飞奔而去，却顿生顽劣之念，悄悄拣起几片土块，对准青蛇就是狠命的一掷。突然间，蛇如电击，昂起贼溜溜的小脑袋，足有半尺，突突吐练，寻声辨气，判断投掷物的方向，随时攻击。我毛骨悚然，战战兢兢，汗不敢出。

据说青蛇会追击人，我不敢稍动，僵持良久。顿生一计，用手中泥块往麦田一掷，沙沙有声。见那蛇快如闪电，寻声飞身追击而去。我见机，箭步逃脱。

至今想来，心如撞鹿，胆战心寒。

六、蜜蜂

童年时，每逢夏初，村前屋后、满山遍野都长着茂密的红花草。青绿间，红花盛开，骄阳烘炽，香浪袭人。

那时节，蜂飞蝶乱，蜂蝶采花酿蜜，蝴蝶传花授粉，田野飞舞，一片忙碌。

大一点的孩子，对蜜蜂产生兴趣，撕裂蜜蜂的腹部，拉出一包亮晶晶液汁，放到嘴里，舌尖一舔，娇嫩的薄膜破裂，液汁留在舌间，甚是芳香甘甜。

我们用衬衣扑打着，把打得半死的小蜜蜂，裂腹取汁。那亮亮的一端是黑黑的尾刺，我们只顾陶醉在甜蜜带来的味觉感受。竟不小心让蜂刺蜇在嘴唇上，一片嘴唇就会肿胀成另一片的一倍大，成了猪八戒。有的上嘴唇像横着火腿肠，有的下嘴唇像香腊肠。少不了被家长一顿臭骂。

还有一种土蜂，专门在土墙上钻洞。村童一手拿着玻璃瓶，一手拿着一根尖细的小木棍，在村民的墙壁间寻找蜂洞。

一只土蜂嘤嘤嗡嗡地在眼前盘旋，不一会就栖息在墙壁间圆溜溜的小土洞边，蜜蜂在洞边犹犹豫豫好一会，然后倏地爬进去。村童立刻用小木棍往洞里轻轻捅一下，然后迅速地把瓶口套在蜂洞上，蜂子受到惊吓，立马转身，爬飞而出，正好钻进玻璃瓶，村童立马塞住瓶口，土蜂在玻璃瓶里焦躁飞舞，发出嘤嘤嗡嗡的声音，孩子得意洋洋。

捕捉土蜂，是过去村童的游戏之一。

还有一种大黑蜂专门在屋檐芦竹上钻洞，洞口时常有黄色粉末，应该是黑蜂产的蜜了。大黑蜂飞的高，村童只能仰视它那骄傲的舞姿。

有一回，一只黑色的蜂子安静的躺在地上，我用树枝拨弄一番，研究一番，粗粗壮壮，甚是肥美，翅膀在阳光下自带幻彩。我打算捡起来放进玻璃瓶，突然，那装死的大黑蜂尾巴在我右手的大拇指上蜇了一下，留下一根极细的小黑刺，我大拇指疼痛不断扩大，很快红肿起来，疼的我晕头转向，才知道这种大黑蜂有着较强的毒性。

我捏着拇指，跌跌撞撞地跑回家，母亲正在树荫下洗衣服，就用皂角水浸泡清洗我的大拇指，老半天才消肿减痛。

村里也有调皮的村童用毛竹竿捅马蜂窝，那马蜂四处乱飞，甚是怕人。

黄色马蜂体型细长，毒性更大，也有村民脸被马蜂蜇了，很快红肿，眼睛成缝，无法睁开，整个脸部像个皮球。赤脚医生又是打针，又是用膏剂涂抹，好几天才恢复原貌。

后来听有经验的长辈说，即使蜂子栖息在脸上或手上，也无须招惹，它很快就会飞走，它是不会轻易攻击人的，因为蜂子蜇人是舍命一击，那根毒针连着蜂子的毒腺和内脏，针在命在，针亡蜂亡。

蜂子虽是小昆虫，但品性如此刚烈，遇到侵犯，竟然舍生忘死，在所不惜。

自那以后，我对小小的蜂子产生了持续的畏惧，再也不去招惹。

这些生物，大者野兽，小者昆虫，都具有灵性，是先前乡村特有之物，也是过去人们习常的话题，但遗憾得很，人们和大自然越来越疏远，曾经的习常之事一切都已成了遥远的故事。

鸟 啼

清晨，梦中醒来，朦胧中听得窗外传来咒骂的声音："你死！""你死！"……松弛的神经变一下子绷紧了，不由困惑：大清早的是谁这等恶俗！再仔细一听，原来是小鸟的叫声。呀！想来自然界的鸟语竟然这样的奇谲。

真不知是什么的鸟儿？是从哪里学来的舌？刚睁眼就听到无端咒骂，这让人何等扫兴。但转念一想，为几声鸟语而愀然不乐又何其可笑。

是啊，鸟儿的啼叫是另一世界的语言。风物激荡有声，连串成音，难免有与人类酷似的，但各有内涵，并不相通。人们不能如像公冶长那样能识得鸟语，却往往凭自己的喜好，因缘附会，雌黄褒贬。

记得儿时在乡间，夏夜里有一种水鸟，叫声特别奇怪，每每在深夜啼叫"苦恶——苦恶"，叫声甚是悲凉。民间就传说这鸟是由冤魂郁结而幻化来的，夜行人在黑暗里听得这高一声、低一声、近一声、远一声的悲凉低沉的叫苦声，不免毛骨悚然。为了给自己壮胆，夜行人总是高声谩骂，加以训斥，据说那鸟儿很是知趣，此时便会默不作声了。

乡间人叫不出这鸟儿的学名，只是根据其叫声一律称之为"苦恶子"。以至村里人也背地里称那些喜号骂街的泼妇为"苦恶子"，人们似乎总幻想通过这样的比喻来泼泄心中的愤怒，泼妇的谩骂声也似乎幻化成那令人嫌恶的水鸟的叫声了。

人们的想象力总是很丰富的，尤其是我们的祖先。他们生活节奏慢得像犁着地的耕牛，他们便总会用形象思维来填满大段的时间空白，也就编织出许多悲哀的或瑰丽的故事。而那悲哀的部分总会逗引人们积习于心中的悲凉情绪，而产生持久的共鸣。这有关鸟儿啼叫的悲凉故事也不在少数。

清代笔记里有一则"儿归来鸟"的传说。

汴洛深山中，有一种叫"儿归来"的鸟，叫声极其悲凉，叫声总是在眷眷地呼唤："儿归来，儿归来，娘家炒麻谁知来。"

当地人称，过去有个继母，偏爱自己的孩子。一日，继母让前妻的孩子和自己的孩子到山中种麻。出于阴暗的私心把生的麻子给了自己孩子，而把熟的麻子交给前妻的孩子，并强调种谁能种麻成活才能回家。两个孩子很天真，还不知事理。幼小的孩子喜欢吃熟麻子，便私下彼此交换了。由于继母的孩子误植了熟麻子不能发芽，不敢回家而遁迹山中，生死未卜。这位母亲思念悲催而死，化为鸟儿，在山林四处啼叫。"儿回来，儿回来，娘家炒麻谁知来。"在山林上空，远远近近地悲凉回荡……

想来这继母被天意所弄，反倒失去自己心爱的孩子，这叫声自然混含复杂的悲情。

这声音听来是极其悲凉的，它浸透着眷眷母爱与滴血的悔愧。看了这个故事，那凄绝的叫声似乎紧一抹慢一抹地在我耳边回荡。

提到鸟的悲鸣，大家最为熟悉的就是杜鹃了。

传说古蜀国蜀王杜宇被手下大臣鳖灵击败后，不得不退隐西山，最终阴魂幻化成杜鹃。杜鹃的叫声是极其凄厉、最动人哀思，正如李白《宣城见杜鹃花》诗云："蜀国曾闻子规鸟，宣城还见杜鹃花。一叫一回肠一断，三春三月忆三巴。"

这个故事寄托了蜀民对失败者无限的同情。每每读到古诗词有关杜鹃的形象，总会想象杜鹃口边一抹殷红的鲜血。

其实，异类的发音本无确定的内涵，但因人不同而有不同的听感，比如杜鹃，农人又称之为布谷鸟，农人听来满耳朵的是"布谷，布谷"的鸣叫声，看作了催农种谷，而作客他乡的远行人听来便是"不如归去，不如归去"，似乎在规劝着奔波劳顿的游子，故而又叫"子规鸟"。

人的情感丰富而奇妙，即便是子虚乌有的传说，但流传日久，广泛习闻，也往往顺理成章，融入日常生活。

古代志怪小说《树萱录》里就记载这样一个故事。有一个青年才俊在锦城（今天成都）贵族谢府做客，谢家小姐帘幕相窥，芳心暗许。这时，有只不知趣的子规叫了几声"不如归去，不如归去"，触动那公子念家神经，便决然离去。这子规鸟破坏了一段姻缘，那谢家小姐恼羞成怒，对子规鸟的悬恨成了难以解开的心结。后来一听到子规的啼叫便"怔怔若豹鸣"，要侍女用竹竿来驱赶，还说"豹，你竟然还敢到这里来叫吗？"此后，杜鹃便被好事者戏称"谢氏之豹"，后来简称为"谢豹"。

陆游的《老学庵笔记》中还记载："吴人谓杜宇为谢豹。杜宇初啼时，渔人得虾曰谢豹虾，市中卖笋曰谢豹笋。"陆游所处南宋，那时苏州一带的渔夫贩卒都称杜鹃为谢豹，老怪传闻竟融入市井生活。可见，语言的传播力与生存力。

也可见，这杜鹃小鸟的啼叫牵扯出人间多少恩恩怨怨啊。

还有一种鸟的叫声，也被人们赋予特别的内涵。那就是鹧鸪的叫声。

初夏的乡间，在薄雾的清晨，或在幽暗的黄昏，附近丘山上，总到听奇谲的叫声："行不得也哥哥——行不得也哥哥——"叫声清脆哀婉，声声相递，尖利穿透。

这叫声奇谲、凄厉、哀婉，勾起了游子的感怀、思妇的殷盼。这一声声凄苦的音符激荡成离伤之曲的主旋律，与多情的感伤者产生奇妙的共鸣。

此外，还有丁令威化鹤归辽的劝讽叫声、精卫填海的怨怒叫声……一直飘荡在人们的记忆深处。

鸟的叫声原本与人类全无关碍，倒是人类善于联想附会，使得物态人情纠缠不清，岂不知多情却被无情恼，但正是人类的多愁易感，使得平淡的生活多了几许塊丽。

苦 恶

夏天，秧苗长高了，田野一片葱绿。白鹭优雅飞翔，时而落下，隐没在绿色秧阵间。绿白辉映，动静相宜，宁静祥和，甚是美妙。

夜晚，星空低垂，流萤闪烁，蛙鼓阵阵。田蛙起劲鼓噪，声浪足以漂浮村庄、田野、树木……

深夜，蛙声寥落，若有若无，旷野显得格外安静。不一会，出现一种奇怪声音："苦恶——苦恶——"这叫声扁阔而迟缓，却让人背生凉气，汗毛倒竖。

二哥年轻时在矿上工作，夜间披星戴月，抄近路回家，从田野间穿行，总是大声唱歌借以壮胆。

每每听到这种"苦恶——苦恶"叫声，不免头皮发麻，就大声说，"你叫苦？老子比你还要苦，深更半夜才下班回来。你苦什么？！"

听村民说，苦恶鸟叫声不祥，夜里听到到苦恶声，会走背时运。所以，村民听到苦恶鸟的叫声，心里不免发怵，担心灾祸降临。

预知霉运，自然可以破解。一旦听到苦恶鸟的叫声，就要破口大骂，据说这样可以消灾弭祸。

儿时，夏夜里举着火把，在水田间照黄鳝。夜晚，黄鳝喜欢歇在水田边，安静地浮在水面，露头呼吸新鲜空气。灯光下黄色的暗影一目了然，只消张开竹夹子，悄悄探到水里，竹夹子轻轻一夹，黄鳝一时回过神来，在竹夹子上拼命地扭动身躯，徒劳挣扎。把竹夹子放进鱼篓，轻轻一张，黄鳝落在鱼篓。黄鳝在鱼篓里，左冲右突，一番挣扎，最后才老老实实地盘曲着，无奈地吐着白沫。

专心于捕获，满心喜悦。突然，不远处秧棵间发出"苦恶——苦恶——"，心房不免一缩，觉得很是晦气。

这时稚嫩的童音自火光处传来："去你妈的，有老子苦吗？"

这是儿时常有的情景。这样大声呵斥，多半给自己壮壮胆气，也不想真的走了背时运。假如遇到一条蛇，或不小心滑倒，总会抱怨是因为听到这个该死的叫声。

"苦恶——苦恶——"是一种水鸟的叫声，正是因为这特别的叫声，这种鸟在民间被附会着种种传说。

据说，古代一个苦命的小媳妇，生前备受婆婆欺凌，最终被虐待致死，由于怨气太重，灵魂就幻化为一只怨鸟，深夜时总是在田野一声声地叫着"姑恶——姑恶"，姑就是婆婆，"姑恶——姑恶"，就是控诉婆婆的恶毒。

由于地域文化的差异，编排的故事也不尽相同。

儿时，曾经听外婆说，苦恶鸟说是一个恶妇的灵魂。一个盲眼的老婆婆，儿子常年在外，心肠歹毒的媳妇欺她年老眼瞎，就用以蚯蚓拌饭给她吃，说是鳅鳝。某天，儿子突然回来，看见这一幕，立马一纸休书，把恶毒的媳妇赶出家门。恶媳妇死后就化为苦恶鸟，只有彻夜苦叫，才能在水边找到一条蚯蚓来充饥。

随缘教化，是传统文化的一大特色；因果报应，则是传统文化的一大主题。无论是揭露凶恶的婆婆，还是诅咒歹毒的媳妇，这只鸟都是一个冤魂所化，叫声也成了鸟的俗名。

在深更半夜，"苦恶——苦恶——"一声递一声地叫唤，自然令人不喜。

儿时，也常听到村中妇女吵架，总会听到双方对骂，"我看，你就是一个苦恶鸟！""你才是哩，你是害人精，你是苦恶鸟！"

苦恶鸟，显然成了人人厌恶的不祥之物。

苦恶鸟常在夜间活动，人们只闻其声，难睹其容，也只能想象那叫声出自一缕幽魂。能看到苦恶鸟，自然需要一定的机缘。

夏日，那成片的秧田，成了各种水鸟的隐身之所。经常在秧田边游走，自然就能多几分机缘目睹到各种水鸟的身影。

儿时在秧田边钓黄鳝，常常看到灰褐色小秧鸡，身型麻雀般瘦小，腿脚却细细长长。一只稍大的秧鸡鸟走在前面，一群小秧鸡紧随着，楞头楞脑，似乎并不怕人，村民称作"秧咯楞子"。

有几次在西灞附近的稻田，看到一个灰褐色的身影，一闪而过，钻入茂密的秧田里。这种黑色的水鸟，极其机警，难窥真容。尽管只是倏然一瞥，我也看到外形：短尾上翘，头似鸥鸟。

有一次，我追一只逃跑的黄鳝，一直追到稻田深处。

突然，看到几株稻叶子间吊着个拳头大小的鸟窝，鸟窝看似粗糙简单，但枯叶勾连，细草柔丝层层铺垫，颇为牢固舒适。这几株承载窝巢的稻叶早经枯萎。一道黑影突然从我头顶飞过，我吓了一跳。原来是一只小鸟，小鸟很快隐没在茂密的稻田，听到几声"苦恶——苦恶"的哀鸣。这声音不大，但就在附近。我判断这就是传说中的苦恶鸟。

我拨开稻叶，吊篮似的鸟窝散发着淡淡的鸟腥味，五六枚斑斑点点的鸟蛋，摸一下，还热乎乎的。我向来对腥气浓重的鸟蛋不感兴趣，只是摸一下，就离开了。不久，耳边隐约听到"苦恶——苦恶"的叫声，只是这叫声不似先前的哀苦。

窝巢就在大思塘那边的一片稻田里。我知道苦恶鸟的窝巢，时常挂念那里即将有一窝出生的小雏儿。有一回，我看到那一道灰黑色鸟影，一闪而过，几团黑乎乎的小绒球紧随其后，稚拙地挪动着红细的小腿，很快隐没在秧棵间。我前去探看，窝巢的蛋早已裂成碎片，小鸟早已破壳出生，刚刚看到的那几只黑乎乎的绒球就是雏鸟儿，如今竟能在秧棵间行走。"苦恶——苦恶"不远处依稀传来鸟妈妈慈爱的呼唤。苦恶鸟竟是这般的温情可爱。

自从认知鸟苦恶鸟，我才渐渐明白，先前那些传说是人们根据想象编造出来的，可爱的小鸟正是因为叫声不如人意，才成了人类诅咒的对象。

往事依依，但不知如今的田野还有没有苦恶鸟的叫声，还有没有小秧鸡从容蹒跚的身影。

鹧 鸪

立夏、小满、芒种三个节气，正是人间四月天。

四月天，太阳和煦而不酷烈，南风温暖而不燥热。这不瘟不火的南风把麦子、杏子、枇杷都熏得金黄烂熟，于万绿之中，摇曳着一派诗情。

初夏的乡间，村袅薄雾的清晨，或野笼墨纱的傍晚，附近的丘山上，总听得一种鸟儿奇谲的叫声："行不得也哥哥——行不得也哥哥——"叫声清脆哀婉，声声相递，尖利穿透。

这一连串的六个音节的滑音，很难想象源自一只鸟儿之口。很奇怪，这一声递一声的叫声在空中划过，其他鸟雀似乎默然噤声，闭目聆听。

这声音始终在耳畔一声递一声地尖利地划过，难以抹去。

小时候，对自然界充满了好奇。每当阴雨缠绵之日，这奇怪的鸟声自对面的丘山传来，心底似乎就升起一股莫名的暖流。

村中老人准会面露喜色，自言自语：鹧鸪叫，天晴到！

不错，这是鹧鸪的叫声，原是我最熟悉的声音。

先前，我家屋后菜园中，星散着几棵老松树，有一阵子就有两只不速之客寄宿枝头。有一回傍晚，到菜园水池洗脚，一时兴奋，放声高歌。突然，从松树枝头，扑楞楞地飞出几只大鸟，吓得我头皮发麻，心如撞鹿。

后来听母亲说，后园松树上每晚来过夜的是一双鹧鸪子，我才放下心来。大约这对鹧鸪也受到我的惊吓，很少过来栖息了，再后来再也见不到鹧鸪的身影。我也觉察出这种鸟儿的敏感与多疑。

平日里，鹧鸪高一声低一声，在村野叫着，这叫声在不同的方位游走，没有固定的地点，想要一睹鹧鸪的芳容是极其难得的。

儿时，某个傍晚，我正匍匐在田边钓鳝鱼，竟然看到一只形似山鸡的鸟，这鸟羽毛黑白间杂，很漂亮，头棕脚黄。我以前在街市见人卖过这种鸟，知道这就是鹧鸪。这只鹧鸪在草丛间觅食，探头探脑，不时警觉地张望，但凭着超强的听风辨位的感知能力很快发现了我，就突然扑楞一声冲向空中，消失于无形。

鹧鸪如害羞的女子，不太喜欢抛头露面，通常藏在树丛中或草丛中，沉静在自我的空间。

鹧鸪喜欢单独或成对在干燥岩坡上活动，这岩坡一定是深褐色的，这样可以使自己羽翼与岩坡浑然一色，不容易被发现，鹧鸪通过这种借景伪装的本领，很好地实现自我保护。

鹧鸪的活动时间选择在清晨和黄昏，大概也是出于自我安全的考量。这个时段通常在山谷、田间觅食。晚上则在草丛、灌丛中寄宿，并无固定的栖息地，经常变换栖居位置。鹧鸪属于柔弱的禽鸟，只有通过伪装躲藏这一类的栖居方式才能躲过天敌。

鹧鸪虽然胆小谨慎，对外认怂，但对内却特别喜欢窝里斗。雄鹧鸪就特别好斗，在繁殖季节，常因争夺爱情和抢夺地盘而发生惨烈的啄斗，经过一番血腥的撕啄，最终一个山头只剩一只雄性鹧鸪，这只雄性鹧鸪俨然成为一方诸侯，统领众雌。

如此看来，也许是一只雌鹧鸪在高亢而富有理性的叫唤"行不得也哥哥——行不得也哥哥——"呼唤着双方保持理性，不要为了爱情，而厮斗得两败俱伤。

鹧鸪正是叫声的奇谲、凄厉、哀婉，勾起了游子的感怀、行者的离伤、思妇的殷盼。这一声声凄苦的音符激荡成离伤之曲的主旋律，与多情的感伤者产生惊人的共鸣。

"行不得也哥哥——行不得也哥哥——"这一特别的叫声仿佛就夹在古典辞赋的书页之中，只要一打开书页就会嘹亮而出，一声递一声的殷殷呼唤让人鼻酸肠碎，唏嘘不已。

人间四月天，正是鹧鸪天。

书 虫

书虫，银白纤细，顶着两根细长的叉须，拖着三根缨状须尾，以书册为山林，隐匿其间，碌碌爬行，恣意啮噬。一本好端端的书，摆放久了，随手一翻，往往会看到几枚蛀洞，有时也会看到书虫干瘪瘪的尸骸。

书虫之奇，在于偏偏与书籍结缘，又有诸多眼花缭乱的诨名。

《尔雅》称其为"蟫（音银，或读作潭）鱼"，而《说文》也称作"白鱼"。南宋人罗愿编著的《尔雅翼》中记载："白鱼，衣书中虫也，始则黄色既老身有粉，视之如银；故名白鱼……一名炳鱼，又名壁鱼。"除了通常叫衣鱼外，它还常被称作"蠹""白鱼""壁鱼""剪刀虫"等等，都是据形而名的。

而偏偏因为"嗜书如命"的品性，而被叫作"书虫"。

记得往昔一时兴起，整理一部分多年未曾翻检的书籍。难得看见只约莫一厘米长的银灰小虫，两个叉状的触须，三根缨状须尾。突然间它被搅扰了清梦，在书页间急速爬行，煞是迅捷，似林间驯鹿，又如水中游鱼。我趁机轻轻一合书页，再轻轻打开，可怜这娇弱的小虫被压得更扁，斯须化成粉末。

也不由想起小时候，父亲在伏天晒夏之际，顺便把一堆古黄的书册放在户外毒辣辣的日头下曝晒。在那些破旧的书籍间，常常看到一些银灰的虫壳，书页上被这虫子侵蚀的霉迹斑斑，还有活着的银灰小虫，阳光下显得通透而娇弱，在毒花花的日头下一下子失去了斯文，不安地钻进钻出。当时颇感困惑，书籍间哪来这种奇怪而娇弱的虫子，为何偏偏隐没在书籍之间？

面对这纤弱的而又专门跟读书人捣乱的虫子，读书人似乎也并不深恶痛绝，恰恰相反，情感中多少还带有一丝怜惜，要不然哪类昆虫何以见得有这么多令人遐想的雅号？譬如古人又把它称作"银鱼"，多么可爱，又多么活泼啊，看不出半点敌意。

是啊，它缘何偏偏选择这枯燥冰冷的书籍，哪有花丛、土壤、肥料那样营养丰厚呢？更不屑于做那专门在钱钞中爬梭的青蚨。

与其他昆虫相比，这纤弱的书虫还具有不俗的品位，多少世纪以来甘于在枯燥乏味的文字间优游。

在它的戏弄调侃下，青灯黄卷下皓首穷经的寒士，似乎不再寂寞。这弱小的书虫始终在书卷间忙碌，也会让寒士们产生共情。而对于它那点小小恶作剧，只会报以一丝微笑，面对它的娇弱不堪，兴许还会滋生出一丝悲悯的情绪。因此，读书人不但不以书虫为恶，还也常常自嘲自讽为"书虫""书蠹"。

更有意思的是，这小小的游戏于书册间的柔弱生命，也让一些读书人产生痴情幻想。《仙经》就记载，书虫吃三次"神仙"二字，就会化为脉望（据说样子像只肉质手镯）。夜晚，握着脉望向天念咒，会有星辰坠落成丹，食之飞升。据说古代学仙的人，家里都预备一个木盒子，里面养着书虫，拿几千几百张写好"神仙"二字的宣纸喂养，等养出脉望就成仙。

古人的书斋生活未免单调，借助一点浪漫诗情的想象，大可慰藉内心的寂寞与倦怠。

浪漫诗情往往只是人类的一厢情愿。

书虫与书结缘，来自它的癖好，就是喜欢吃含有淀粉和胶质的东西，书籍在装订时要涂上糨糊或者黏胶，如此一来，这种娇弱的小虫必然对书情独有钟，人们常会在书里发现它的身影。

其实，书虫不只是吃书和纸张，有时也吃衣服，又称为"衣鱼"，衣服也是书虫的所爱。

不仅如此，这小虫还特别喜欢吃糖。儿时我曾在家里灶台上的糖罐里，发现两只书虫，静伏着，见到光，就迅速逃遁。

这小虫是见不得光的，总是选择夜晚行动，书籍、纸张、衣服，只要含有淀粉和胶质的一切有机物，都不放过。

独坐书斋的文士，生发一些诗情，但终究是不能容忍珍藏的书籍被无端地蛀蚀，最终找到防蛀的方法，即"芸香避蠹"。芸香一种俗称七里香的香草，小丛生长，叶子类似豌豆叶。叶子十分芳香，秋后叶子间微微发白，如同傅粉，用它防虫据说很有效果。古代文士坐拥百城，珍爱书籍，往往在自己的书斋里放一束芸草，使书虫闻香而却步，使万卷完好而不蚀。风雅的文士也因此而以"芸窗"指代书斋。

读书人对书虫情感是复杂的，常以之自嘲自喻，却又用芸香熏而避之。书虫与读书人之间浪漫的爱恨情仇，真是剪不断理还乱。

书虫，作为地球上的一个物种，看似无比纤弱，无足轻重，却拥有"活化石"的高贵身份。书虫至今在地球上已经延续近了3亿年，而恐龙最早出现在近2.3亿年前，大部分于6500万年前灭绝。书虫却见证了恐龙由出现到灭绝的全过程。

恐龙强大无比最终消失，而这微末之虫竟"既寿且康，与天无极"，这真是印证老子所说的"弱之胜强，柔之胜刚"。

弱小的书虫竟有如此强大的生命力，着实令人可敬可佩。

而今的书本中很难看到书虫了，当然在今天的高科技下，书籍经过特殊处理，多含有二氧化硫的气味，不似古代得之天然的翰墨书香，书虫哪能存身，而电子书籍的风行，更使让书虫望屏兴叹。

如今书虫也只能重新做回"衣鱼"，"书虫"之名且留给那些手不释卷的读书人吧。

秋 虫

秋日西残，暮色渐起，秋虫也渐次吟唱起来。

这声音开始稀疏零乱，继而繁密齐整。"唧唧唧"清脆的弦声敲击着耳鼓。明月升起，光照如水。白日的喧嚣都让给了秋虫的合奏，一浪高似一浪，纠结缠绵，似乎要浮动沉睡的大地。

近来每晚都是秋虫的鸣唱，似乎如约而至。这情形让人联想到西方中世纪骑士文学中常描写的浪漫画面：窗外男子为了赢得窗内情人的芳心，用恬静缠绵的小夜曲对着窗口倾诉着炽热的爱情……

秋虫为何集体合奏，是要强烈诉说什么，还是暗示即将发生什么重大事件？也许秋虫在相互警戒，也许是对世间万物做善意的醒示——寒冷将至。

秋天的脚步逼近了，那一路吻来的西风给草木留下一片片重重的唇印，在这短暂的礼节性的访问后，不久就会遭受更加凶猛地侵略，秋风一路从西边砍杀而来，草木纷纷凋零，天地一片肃杀。

古人认为"以鸟鸣春，以雷鸣夏，以虫鸣秋，以风鸣冬"，四季都有个司值的使者。这秋虫独是秋的预言家，是秋的诗人，是秋的歌者。

在古人眼里，"商声主西方之音"，那么这秋虫的弦声也应是商声，欧阳修认为"商，伤也，物既老而悲伤"。

这声音历来给人普遍的悲切感受，也是词人笔下感秋伤怀的重要元素。

在周邦彦那里，秋虫催织，思妇感怀："暮雨生寒，鸣蛩劝织，深阁时闻裁剪。"夜雨生寒，蟋蟀劝织，思妇为远方的丈夫赶制寒衣。蟋蟀叫声如同催促妇人纺织，蟋蟀俗称促织。雨夜悲凉，又有一声悲悲切切的促织之声，思妇心有所动，思恋良人，才有了制作寒衣举动。一切缘声而起，一切缘声而悲。

在姜夔那里，秋虫悲鸣，满纸苍凉："庾郎先自吟愁赋，凄凄更闻私语。露湿铜铺，苔侵石井，都是曾听伊处。哀音似诉。正思妇无眠，起寻机杼。曲曲屏山，夜凉独自甚情绪。西窗又吹暗雨，为谁频断续，相和砧杵。候馆迎秋，离宫吊月，别有伤心无数。豳诗漫与。笑篱落呼灯，世间儿女。写入琴丝，一声声更苦。"姜夔的这首《齐天乐·蟋蟀》，无论是诗人自己，还是词中提及的思妇、客子、被幽囚的皇帝，尽管他们因各种处境而心境不同，但听到蟋蟀产生的悲凉情绪都是一致的，也只有不谙世事的儿童在篱笆边，兴高采烈，呼朋提灯，恣意捕捉。不更世事的孩童，哪知人间烦恼，词人正是以蒙童之乐映衬内心难以尽言的悲苦。这一切也都是因秋虫之声，而引发出种种慨叹。

秋虫的鸣唱一直刻录在历代诗文中，读来听来总是缠绵而来的絮絮哀音。

这秋虫自然以蟋蟀为主，知堂老人认为"此外有油唧吟、叫咕咕、蛐蛐儿、金铃子、油蛉和竹蛉"，想来它们的声音纠缠一片，成了秋的符号。

蟋蟀最为普遍，自然成为秋虫的代名。甲骨文中的"秋"字就是一只蟋蟀的形状，前面像蟋蟀的触角，背上突出的部分像翅翼。在远古的先民那里，蟋蟀就是人类的朋友，人类通过这秋虫来认知秋天，认知自然物候。

秋风起，虫唧唧。秋风在五行中属于"金"，故有"金风"的说法。这应时而生的虫音也有金质丝线弹奏出来的质感，清脆而缠绵。

然而，这秋虫之音，在闹市很难听到，也很少有人在意。也唯有在人类浮躁声息消歇的夜晚，才能听得到这一浪浪的大籁之音。

在乡间，不论白昼还是夜晚，那叠叠虫音如那微风中摇曳的金煌煌的谷浪，铺积厚实，密不透风。

去年这时节，曾回一趟老家，特意在村子南边的田野欣赏满眼秋熟的稻谷。那一浪高似一浪的秋虫的合唱，似乎要把我整个人给漂浮起来。那金属般质感的叫声很有力，很齐整。我感觉脚下是秋虫之音铺就而成的，我真的不敢轻易落脚，生怕惊扰这多情的"乡间行吟诗人"。但这种担心纯属多余，虫子就在脚边，依然骄傲自负，使劲地唧唧吟唱，似乎证明我只是一个陌生的过客，它们才是这片家园的主人。在这无边的清朗的声浪中，我闭上眼睛，整个人都轻灵起来，似乎飘飘地飞腾了起来……

乡村野地，遍地秋虫，生命充沛勃郁，叫声恣肆酣畅，全然不是闹市里的秋虫那样，只能在满街拥挤的肉体中，找寻一个角落或一丛花草，小心翼翼、迟迟疑疑地鸣叫。

秋虫尽管卑微弱小，却是秋的生命，秋的精魂。它与人类一同生长，与人类为伴，在几千年的文化册页中总少不了它的鸣叫。

在历代诗文中写到秋虫，总怀有一丝悲悯的情绪，总认为这秋虫的叫声似乎是一曲悲伤的挽歌。而这乡间的秋虫的鸣叫完全听不到一点悲愁的情绪，反而觉得它们似乎嘲笑人类的多愁善感，自作多情。

这清越繁密的声浪让我恍恍感悟到：茫茫宇宙中，无论自负的人类还是卑微的秋虫，原本都是宇宙中的一点灵气；在上苍的眼里，人类和秋虫一样的柔弱且无关紧要。我们与这虫子本无区别，我们倒要诚心地感谢秋虫给我们带来这美妙的天籁之音，由纤弱而合成的大美之音。

"唧唧唧唧""唧唧唧唧"，这声音有时还真的刻录在耳膜上，让你难以入眠。这正是那善良的秋虫在提醒你，不要一味的忙忙碌碌，且放下一切看似紧要其实并不重要的事情，静下心来走近自然，在和谐的自然音籁中感悟人生的真谛。

"唧唧唧唧""唧唧唧唧"……且放下，且聆听，听听那秋虫的吟唱。

蛇 话

一提及蛇，总会让人毛管倒竖，脊背生凉，脑海里也会出现这样的画面：盘曲的身躯，高昂的脑袋，突突有声的信子，幽幽冷冷的眼光。

蛇，始终处于一种高度戒备状态，如弦上之箭一触即发。蛇，极具有攻击性，对人似乎并不友好。

在野外行走，观看迷人的风光，心情甚是愉悦，突然间看到一条蛇盘曲在面前，必然身如触电，神经紧绷，不敢懈怠。

蛇的存在使人不再那么肆无忌惮，蛇的存在也似乎提醒人不要忘记脚下存在的凶险。

在记忆中，在初夏的季节，家乡的田野沟渠常常出没蛇的身影。在家乡通常看到的是水蛇、红蛇、青蛇、赤练蛇。

那水蛇，并没有什么毒性，但那身繁复纹饰总让人不寒而栗。在乡村，常常看到水蛇贴着水面追击猎物，身后拖着一道细细的水线，闪动粼粼幽光。从那从容扭动的姿态，可以看出水蛇极其自负，俨然水中一霸。

在乡村，通常看到极其残忍的一幕：那虎踞池边的青蛙，正专注地等待时机出击一只在其上方低旋的飞虫。一条水蛇悄悄地挪移着身体，突然奋力一击，咬住青蛙的一只脚。那青蛙受到意外攻击，奋力蹬踹，努力挣脱。那蛇迅速盘结，身体如一根柔软的皮带一圈又一圈地紧紧箍束，那可怜的青蛙肥胖的身躯被勒得几欲断裂。青蛙依然伸腿挣扎，那水蛇极有耐心，不断收紧身子，把青蛙盘束得和自己一般的苗条绵软，再一节一节地吞咽。眼看着一只肥硕的身躯在撕裂的蛇口间只剩下一条抖颤的蛙蹼，渐渐地那蛙蹼也消失得了无踪影。

蛇的吞咽是极其残忍而血腥，那一团血肉在蛇细长的身躯里隆起得那么夸张，真担心蛇因贪婪而撑破肚皮。

红蛇，俗称水闷子，浑身皆红，背部有着暗色的斑点和花纹。身体不像水蛇那样细长，倒显得短粗紧凑。

在印象中，花纹越是鲜艳的蛇越让人发怵。我虽然没有被红蛇攻击过，但也有几次有惊无险的遭遇。

夏日午间，太阳烤灼得地面发烫，块块水田里秀满碧绿的秧苗。在炫目的光线下，那旷野裛绕着透明的水汽，一闭眼似乎漫天飞舞着紫蝴蝶。

我独自在旷野田塍上弯腰找寻水田里的鳝穴。终于找到一个溜圆的水洞，水面还上下浮动。伸进穿着蚯蚓的硬钩。钩沉手重，用力一拉，窃喜又是一条肥大腻滑的黄鳝。正准备用手来掐其脖颈，可拉出的竟是一截红色的身躯。刹那间，我似乎被抽空了身体，空气似乎凝固。手忙脚乱之际竟不知是如何把蛇口从钓钩上甩脱的。一路上，心如撞鹿，一时间仿佛那一个个水洞里暗藏着杀机。我的闲适散荡的猎钓心境竟被那条可恶的红蛇破坏殆尽，相反倒有一点失魂落魄的感觉。

刚刚入秋，乡村螃蟹正多。沟渠河道的洞穴里藏着硬壳蟹，这种螃蟹个头不大，钳螯上还有一圈红线，村里人称这种螃蟹叫"山鸡子"。这种螃蟹的壳虽然坚硬，但味道却很鲜美。村民通常把螃蟹洗净放到面糊里一兜，再放在油锅里煎炸，通红的壳上沾附着金灿灿的麦面，吃起来很格外的鲜脆。有时同野鱼一锅煮熟，味道更是鲜美无比。在乡间，"山鸡子"是的村民下酒的美味佳肴。

对乡间孩童来说，捉螃蟹和钓黄鳝同样是有趣的活动。捉螃蟹似乎更加简便，用一双手就足以搞定。那山鸡蟹极其马虎，不善于伪装，洞口前总堆着鸟粪般的浮土。我们高挢衣袖，脸贴在泥地，手臂奋力往水洞里钻探，总会碰到那硬邦邦的蟹壳，或荆棘般的钳戟。那蠢笨的家伙有时还主动往手里送。只要拔开洞口那堆浮土，手臂用力挤挣着洞壁的软泥往里面深探，总会有收获。只要手臂带着洞里的空气泥水呼哧往回一拉，那沾满污泥浊水的手里总会多出一只张牙舞爪的山鸡蟹。耳鼓里也总传来竹篓里那一阵稀里哗啦的惊乱声。那时得意全写在脸上。

我们身上脸上沾满淤泥相互逗笑着，在村边池塘旁一条几竟干涸的深沟里"淘宝"。我明显感到身后蟹篓沉甸有力，甚为得意。

突然，眼前一亮：一大堆浮土。根据经验判断这洞里一定隐居着一个特大的山鸡蟹。

我用锹挖开浮土，是一个与干涸沟底几乎平行的扁洞，粗糙的洞壁底部微积油泥。我用手往洞里探去，泥水呼呼哧哧地漫溢出来。洞好深，我拼命往里面探，半张脸也紧紧地挤压在泥地上。终于触到一物，啊，像麻袋，粗糙柔软。"蛇！"我脱口而出。同伴们看到我触电似的，手臂猛拉，泥水四溅，脸色突变。

我心狂跳不已，哪能想到该死的蛇竟潜藏在蟹穴里。大孩子用大锹三下五除二挖了一个深深的沟壑，那尽头竟藏着三只大山鸡蟹，还盘曲着两条红红的水闷蛇。那蛇被伙伴用铁锹残忍地剁成数节，其中一条竟是有孕在身的母蛇。

自那以后我再不敢把手往洞里掏了，觉得那里总潜伏着危险。这事也成了村里年轻父母训诫调皮孩子的鲜活案例。

乡间草木茂密，是蛇极佳的活动场所。在这样的初夏时节，若下了一夜的雨，那蛇有时竟沿着屋檐或鼠穴游进村民的房舍。村民很迷信说家蛇不能打，还说伤害家蛇对家中人不吉利。

我家东边的老屋常常有蛇光顾。有一回夜间，大哥打算为孩子把尿，用手在床头枕边摸火柴，竟摸到粗糙冰凉的蛇背上。点燃灯，竟是一条粗大的火赤练，昂着头往罩子灯吐着信子。大哥把蛇拉到地面用大锹奋力一铡，可怜那蛇首身分离。

深夜里，家里人都被惊动。母亲说家蛇不逢单，断定还有一条。果然在墙角的鼠穴里昂着一个贼溜溜的扁脑袋，母亲用油灯把蛇半截身引出洞口，大哥迅速用锹铡下蛇头，从洞里呼哧呼哧拉数尺长的火红蛇身。

第二天，两条红色的火赤练蛇拉直了展放在院子里，身体足足有一扁担长，腰身足足有酒杯口粗。引来很多围观的村民，也都啧啧称奇。

家庭大得再不能居住在一起，大哥到村边空地盖了新房子。这老屋便是我的房间。也是在初夏，那时我在读初三，常常要看书到深夜。有一次，我倚在床头，两眼模糊。一揉眼，竟看到，屋子中央，盘结着一大圈，中间还高昂着脑袋看着我或是我头顶的灯泡。起初我还以为是在梦境，但后来明白这不是幻觉，这是一条漂亮的水蛇。这不速之客，难道觉得我孤单，那何不幻化成美女，却以本来面目见我？或许受《聊斋》一类书的影响，胡乱地想着。但现实不会那么浪漫，一想到这蛇也竟这样猖狂。我竟逞起血气之勇，跳下床，伸手去捉，那蛇似乎读懂我的心思，悄悄而不失风度地望墙角暗处游去。我翻箱倒柜寻找，哪有蛇的踪影？它大概从鼠穴悄然遁走了。

我也曾看见过巨大的蟒蛇。小时候，村西南边有一个长满水草的池塘，周围满是似乎成精的畸形老树。我看到一节碗口般粗的黑色身段在茂密的水草间一翻，我似乎觉得天昏地暗，因为我从未看到过这样的大蛇。后来听说有一种叫"黑乌风"的蟒蛇，皮可以用来蒙二胡，我想大概是这种巨蟒吧。

某天傍晚，有村民在池塘边看到了那条蟒蛇，它正在袭击一群水鸭子。第二天，村民拿着镰刀、鱼叉在池塘边拨草反复寻找，始终无果。却看到秧田里出现一道车辙般的印痕，一直通往小河，村民推断蟒蛇游进河道离开了。后来那片池塘被村里填埋，改成了打谷场。

我也曾经被青蛇追击过，那是我破坏了它的清净。那时读初中，放学贪图便道，背着书包，哼着歌蹦跳而行，拿着枝条，边走边抽打着路边花花草草。刚到芦苇荡边，突然发现一条大青蛇盘踞在草陂上，很是悠闲。我竟不怀好意地悄悄拣起几片土块对准青蛇就是用力一掷。突然间，那蛇似触电，昂起小脑袋，足有一尺，愤怒地吐闪着蛇信子，在寻声辨位，随时攻击。我吓得毛骨悚然，腿如灌铅，汗不敢出。突然灵机一动，用泥块往麦田一掷，沙沙的响声，错乱了蛇的判断。只见那蛇嗖的一声蹿进麦田，通过声东击西之策，我才得以解脱。

小时候，也曾听村民说有一种蛇长有四只脚，善跳，若跳起比人高，人就会死掉。村民说那蛇气性大，它起跳的时候，人只要脱下一只鞋，往空中一抛，若比它跳起的高度还要高，那蛇便会愧恼而死。那时，在墙角玩耍总时时提防着四脚蛇，预备随时把鞋子脱下来，再使劲抛向天空。

也听说邻村的村民在田野劳动时被"土呆子"咬死的。那"土呆子"其实是蝮蛇，颜色和泥土一般，总是盘曲着，口里吐着唾沫，人不注意就会踩到它，那"土呆子"用口一咬，人走不到几步便痉挛而死，所以又叫"七步倒"。很长一段时间，我在田野走路时，总会低一下头，仔细观察脚下。

也听说竹林里有一种蛇，颜色和竹子无异，也是剧毒无比。据说有个村民在竹林里手指头被咬了一口，便迅速用镰刀把自己被咬的那节手指削掉，才保住性命。

关于蛇的种种，似乎难以从记忆里抹去。现在乡村很难看到蛇了，人们没有了这可怕的朋友，就会丢失天赋的机敏与警觉。

杂 鱼

小时候，烧杂鱼是乡村一道家常菜。傍晚，只要哪家烧杂鱼，那香辣鲜美的醇厚气味就会袅绕而出，让人歆羡垂涎。

杂鱼的香味，是烟火的气息，是家园的气息，弥漫着调顺温馨的情调。

家乡的杂鱼，真正称得上杂：小白鱼、小草鱼、昂刺鱼、小泥鳅、山鸡蟹、长脚虾……不一而足。

烧杂鱼虽然繁琐，但并不复杂。

杂鱼的清洗程序比较繁琐。一者品类繁杂，操作有别：或抠鳃，或去鳞，或剪脚，或剖腹去脏。二者水族波臣，微末难整。厨刀不堪用，剪刀不尽用。除了鳅鳝用剪刀裁腹去首，大多用手抠掐。

刀裁手掐，断头缺尾，血肉淋漓，腥味扑鼻。

猫狗鸡鸭闻腥而至，眼巴巴地盯着那堆血迹模糊弃物残余。只要主人一离开，为了那一堆残余，牲畜之间免不了一番争斗。狗本不喜欢腥杂气味，但总喜欢跟猫作对，贪腥的大花猫对前来捣乱的小黑狗，发出呜呜的警告声，小黑狗满不在乎，只要猫一上前，就把快到猫口的腥物扒拉到一边，花猫终于爆发了，连扇小黑几个耳光，小黑这才怏怏地离开，坐在一旁冷眼观看鸡鸭追逐撕扯那些杂鱼的弃物残余。

杂鱼的腥杂气味深受小动物的喜爱，一旦家里弄到杂鱼，猫狗鸡鸭跑来跑去，忙得不亦乐乎，庭院热热闹闹，如同过节。

经过一番血腥的操作之后，还要反复清洗，用盐拿捏去腥。白的、黑的、黄的、青的挨挨挤挤一瓷盆。

清洗后还要晾一会，把黏糊糊的腥水风干。

烹饪杂鱼时，必须先除腥味。沿着烧热的铁锅四周，淋一遍菜籽油，丝丝地冒着油烟气，把杂鱼倒进去，滋滋啦啦热雾扑面，有时轰然一声烈火腾空，用铲子轻快地把卷曲的杂鱼翻一下，杂鱼略有焦色，算成功除腥。

这道工序，最难把握，老子就说过"治大国如烹小鲜"，小鲜可以理解这些小杂鱼，最为娇嫩，须拿捏恰当，掌握好火候，不然会破碎如泥，不堪入目，不堪下箸。

除腥后，用适当的清水，放入葱、姜、红辣椒，倒半瓶酱油，倒小杯料酒，撒一勺盐末，盖上锅盖，用文火慢慢的烧，不一会，河鲜的香气袅绕而出，使人满口生津，一道美味的烧杂鱼就大功告成了。

烧杂鱼味道很特别，一方面是杂鱼个体娇小柔嫩；另一方面是品类繁杂，众鲜相发。这些因素就使杂鱼汤稠味美，能激发人超强的食欲。

夏天，村民有时把发酵一宿的麦面调成糊，贴在烧杂鱼的锅边，杂鱼烧熟了，白面馒头热气腾腾，也被熏烤熟了。尽管白面馒头不成型，贴在锅边的一面还微煳干硬，但氤氲着杂鱼的香味，软软脆脆，蘸着稠糯鲜美的杂鱼汁入口，真是妙不可言，村民甚至认为再没有什么山珍海味能胜过这鱼汁锅盔了。

家乡水塘池沼很多，小鱼、小虾、泥鳅、黄鳝……极其丰富。田间池沼只要有水，用面盆或水桶把水戽干，池底世界一目了然。银亮的小白鱼不安地扭动着；金黄的昂刺鱼翘须扭尾；小鲫鱼露着青背；黄色的小泥鳅不安地钻来钻去，把小鱼狗顶得东倒西歪；一两只黑乎乎的山鸡蟹寻仇似的举着双螯；还有一两只青虾跳来跳去，焦躁愤怒……见底的池沼色彩斑斓，生机勃勃。

这些出自一池的杂鱼，被拾掇进竹篓，除去内脏，清洗干净，又共处一锅，加上作料，一锅烹饪，烧出的香味自然特别。

村民喝着小酒，哼着小曲，慢条斯理地吃着鲜美无比的小杂鱼，恍如羲皇临世，幸福无比。

村民喝小酒品杂鱼，足以聊慰白天的"锄禾日当午，汗滴禾下土"的那份辛劳。

而今，杂鱼品种极少，也常常有煤油的气味，只能败兴。

记得有一回在菜场买几条白鱼。煮熟，一尝，竟然一嘴煤油的味道。据说，农药化肥超量使用，加上大量污水排放，鱼类品种锐减，活着的鱼喝着污染过的河水，再难有鲜美的味道。

　　如今，想吃到纯正的杂鱼还真是不容易。

　　杂鱼，已成了过去乡间生活的美好记忆。

小 狗

狗似乎必须有主人，否则就成了落魄的丧家之狗。

清明回老家，见到二哥家多了一条小狗。

这条狗很邋遢，长长的胡须，灰土土的皮毛，一看就是垃圾堆里长大的流浪狗。

平时不太喜欢亲近小动物。印象之中那些把门之狗通常眼露凶光，充满敌意，鼻息之中还不时发出呜呜的警告声，也遇到过那些仗势之狗尾随身后猖猖狂吠，令人不胜其烦。

眼前这条脏兮兮的小狗，看到我就拼命地摇尾乞怜，还不断地用拉杂的胡须触碰我的裤脚，似乎见到久别的亲人，极尽谄媚。

小狗虽然肮脏，但颇讨人喜。

后来，我发现只要有人涉足二哥家的庭院，这条小狗就凑上去，拼命摇尾，欢欣异常，每每还得到客人的褒扬。

二嫂说，这条狗是在路上遇到的，拼命地摇尾巴，又莫名其妙地跟了回来。这狗看到人就摇尾巴，很讨喜，就养着看门。

我说这是流浪狗，很难长大，况且只要看到人就摇尾乞怜，怎能看门。

时过半载，我又回一趟老家。

发现那条狗俨然以家犬自居，对人的态度，完全根据家主的声气脸色。见哥嫂对我很热情，它凑过来，尾巴举起来象征性地晃了几晃，但全然没有刚开始那样幅度夸张，热情过度。

不多久，敲门来个讨饭的，蜷缩在墙角安然享受阳光的小狗，此时警觉地长跪端坐，眼露凶光，鼻子里发出一连串刺耳的警告声。

这条狗俨然成了看家护院的恶狗。

自从这条狗身份地位发生转变之后，我每次回家都小心地避让，敬而远之。

小狗有时心情好，也来套近乎，晃动着小尾巴，伏身在我脚边嗅来嗅去，表示友好。一来二去彼此就熟识了。

小狗也感觉到我对它并不欢迎，甚而冷落，但从未对我龇牙咧嘴，还算友好。

尽管二嫂常用井水为那条小狗清洗，那小狗通体灰杂，看上去总是脏兮兮，给人又脏又丑的感觉，外观并不讨人喜爱。

小动物一旦被豢养，人畜就会产生感情。尽管这小狗既脏又丑，但家里有了它招摇着小尾巴，来来回回跑动，倒也有几许生机。有时看到陌生人路过，小狗也凶巴巴地对着空气汪汪地吼几声，似乎要为家里壮壮声威。

有一年，我回家没看到小狗，颇觉奇怪，问怎么看不到小狗了。

二嫂说，小狗早就失踪了，无缘无故就没有了。二嫂话语声气中带有几丝遗憾。

二嫂补充说，可能被狗贩子下迷药毒昏，带走了，剥皮卖肉了。

这倒是令我想起一件陈年往事，邻村有个村民不务正业，专门以毒狗为生，用下药的馒头为诱饵，把狗毒死，贩狗皮，卖狗肉。有一天，几个公安到邻村，在田地里，把他铐走了，原来把人家的孩子毒死了，要做七八年牢。村里的长辈都告诫自家的孩子不要吃陌生人的东西，尤其是地上的馒头、糕点等一切食物。这是我幼年深刻牢记的训诫。

据说，狗贩子到村里，狗都会远远尾随着一边龇牙吠叫，一边瑟瑟发抖，因为狗贩子是狗的克星，身上有一股特别的戾气。

小狗消失的那天村庄也没有什么特别的异样，也没有看到什么陌生人路过，二嫂只是淘米煮饭的工夫就不见小狗的踪影，二嫂还村前屋后，田野河畔寻找孩子一样地呼唤，都是徒劳无功，只能怏怏而回。

二嫂家的这只脏兮兮的小狗，应该是没人喜欢的，应该不会被当作宠物而被顺手牵羊捞走了，剩下的就是要么被其他异性小狗拐跑了，要么就是被狗贩子毒杀了。

想来小狗也只是一个过客，曾给人快乐，也让人失落。

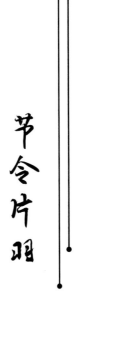

节令片羽

春 晨

大年初二，在乡村老家歇宿一夜，真正感受到了乡村的生机与宁静。

夜间只有树梢间夜鸟的低哑和地面狸猫的尖叫。星空下，魆黑的乡村似乎沉睡在水底，那数声具有穿透力的猫叫声仿佛水底飞逝的银鱼。

早已习惯于市井杂沓喧嚣，如今反倒不适应乡村的自然宁静，在极端宁静中思绪也像游鱼在水里兴奋而无规则地飞驰了一夜。

窗户刚透出白光便听得后院枝头上鸟儿清脆的叫声，似乎玉鸟的啼玉之声，叫得玉屑飞溅。啊，乡间的春晨好静，好美。

不由得早早起床，匆匆洗漱完毕，就来到村外的旷野清空。

驻足小桥之上，回视薄雾牵绕的村庄。家家庭院的门扉还闭着，村民还沉醉在美梦之中。

这宁静似乎为我一人奢侈地独享了。

枯水季节，河床尽露，小河的水谦缩为溪流，澄碧如翡翠飘带在河谷蜿蜒。水花生草枯萎披伏，仔细看，青黄的嫩芽在枯黄中孕育新生。河谷坡地满是青青的麦苗，在晨风的吹拂下泛着一抹抹油油的白光。

沿着小河的方向，来到大河的堤上。

白杨矗立半空，一任柔风梳理，倔强地静默着，像在沉思又像注视世间万象。鸟儿在枝头上下跳荡，清越的叫声洒满枝梢。河对面那几只灰喜鹊忙碌而欢快地衔枝搭巢，优雅的身姿在空明的天空滑动。河对面那萧疏的枝头上几团墨色的大巢显得格外清晰。鸟雀在迎接这新的春天，精心营造舒适的新巢。这是多么和谐而动人的画面啊。

南北横亘的大河如千里长卷。对面的水面如青色的铜镜，倒映着对面堤岸、白杨、小草，脚下的水面竟被柔柔的东风吹得细碎如银，似乎能听到水面的银声玉语。一水之间竟有如此反差，这多么奇妙的景色呢！

各种无名的花草把悠长的河堤装点得极其奢华，这是春天的物象，勃郁着生命的冲动。

野外的极南端是呈东西向的沼泽地。水草枯黄丛立，谷底干旱龟裂，有些段落还涣泛着零星的水泽，像是干涸湿地的眼睛，透着闪闪的灵光。谷底干而不涸，顽强地积蓄着生机。

沿着沼泽地迂回而西，是一片狭长的芦苇荡，一直环合至村边的小河边，中间是青幽幽的大片麦田。沼泽和芦荡把村边田野的轮廓勾勒得极其分明。

芦苇干枯折茎，苇絮被一冬的冷雨凄风零落得哀婉残败。但只要细心观察，便可以看到水底已经冒出娇弱的芦笋，芦苇衰不败，已显出新的生机。

芦苇荡两边狭长的低埂上满是枯黄的茅草，有的段落被火燃烧过，露出焦黑的残渣。

我不由得放纵自己未泯的童心，用打火机点燃那茂密的茅草，尽管茅草被一夜的露水浸染，但干枯的茎叶仍然极易点燃。火在微风的鼓动下，蔓延开来，红色的火苗铺展开来，热烈地舔舐着清空。枯草在火中发出哔哔啵啵的脆音，腾腾的火苗上方翻卷着青黑的浓烟。很快悠长的窄埂上便蒙着一层黑色的薄纱，微风掀开灰黑的薄纱，底下竟是一层绿茸茸的小草。啊，原来这枯黄的茅草下早已潜伏着一个新的春天呢。

放眼大片的麦田，春天的颜色已经在大地上尽情地铺展了，不由向着东风深深地吸纳一口旷野的清香气息，肺腑也如大地在春风中苏醒开来。

乡村的早晨，这早春的乡村，清而不寒，生机一片。

此时，我感受到季节变化带来心灵的苏醒，难怪辛弃疾说，"春在村头荠菜花"！

春 讯

突然感到城市就像一口深井，每天在高楼的丛林间穿行，自己就像一只井底之青蛙，游来游去总被逼迫在深井里，只能看到头顶上有限的一方青天。

这城市街道两边也排列着顶如堆绣的香樟，但那四季不变的苍绿早已钝化了我的感觉。在这春光里，在这熙攘热闹的市井中，春天除了给人血管里增加一些躁动的成分外，却断然不能给日益沙化的心灵带来多少惊喜。

于是我决定走出井底，到这座"孤岛"的边沿走走……

我真的不敢相信自己的眼睛。冬日那裸露坦诚的大地似乎一夜之间被春天装扮成繁花似锦。远远近近是大片大片的金黄色的油菜花阵，在那密集厚实的绿色背景中是那么的艳丽而炫目。这大片大片的金黄色彩俨然是春天的主要色块。

油菜花在这片天地间尽情地喷卷金黄色的花浪。这百万黄花密集挨挤，流溢着富丽的旋律，焕泛着迷人而纯净的光晕，弥散着撩人情思的粉香气息。

在这整齐密集的花阵中，注目久了，目光就会被金光眩晕得流转起来，思绪也会被香气熏蒸得飞舞起来，身体也似展翅轻扬起来。

啊，这才是春天的色彩！这才是春天的符号！这才是春天的名片！

我的记忆似乎被激活了。我似乎也看到一群孩子在田野里尽情地奔跑，也看到自己儿时的背影……

在童年，在乡村，在春天。

春天最能给孩子更多的快乐和美好的记忆。

小时候，甩掉沉重一冬的厚棉衣，身体似乎和春风一样的轻灵。在流动的春光中，扯着纸鸢丝线，一路在芳草连天的旷野疯跑，童音如流星般霰落在无边而茂密的绿草之间。心儿忽儿随着纸鸢飘得很高，忽儿又被这一片碧草柔波感染融化。

蓝天，碧草，纸鸢，孩童。那是一派春光中最富诗情的一页。

三月风，风筝飞。

四月雨，骑牛背。

雨丝风片，灰云微微。村民说"春雨贵如油"。春雨在微风里飘出优美的弧线，竟像千万根鱼线，一夜间旷野那低矮的绿草竟被成片成片地拉得老高。你会惊叹，天地间怎会在一夜间突然暴涨出这多肥肥嫩嫩的绿，你会感叹大自然奇妙的魔力，你也会突然间被这堆砌的绿色所感染，心中飞扬出经典老歌《在希望的田野上》的旋律：我们的家乡在希望的田野上……我们世世代代在这田野上生活……对家乡的自豪感、满足感，油然而生。

在这春情荡漾的时节，儿时的我们便又成了小牧童，顶着夸大的斗笠，骑在牛背上。细雨敲击头顶的箬叶，发出很有韵致的沙沙声，这绵弱的春雨具有母性般的慈爱，温和地滋润着大地，用温情的乳汁喂养这饥渴的土地，土地肥沃了，土地苏醒了，土地生机勃勃，绿意盎然。

老牛的牙齿像一把锋利的刀镰，雨中柔嫩的野草被切割得咔吱作响，野草齐刷刷地一路矮了下去，还沾着星星点点的白色吐沫。老牛一路专注地吞吃着油嫩的野草，一面悠然自得地甩动拂尘似的尾巴。那牛犊儿在旷野碧草间兴奋极了，突然一顿踢蹬纵越，落了单后又抬头向天际发出哞然稚音。这时那老牛总会迟疑举首，侧耳细听，然后发出一声扁阔而悠长的哞叫。低沉浑穆的声音在烟雨迷蒙的旷野里，在无边无际的碧草间激荡低回，这是母子间满含温情的对答。

在芳草碧连天的旷野，坐在牛背上自然要有老牛一样的沉稳和定力。在密雨潇潇云气蒙蒙的旷野草地间，在牛背徒然独坐是不合适的，自然会拔出别在腰间的短笛。一半是排遣内心的寂寞情愫，一半是抒发内心对春天的感怀。这笛声如银蛇在碧草间飞越穿梭，格外清脆流转，又经濡湿的绿色过滤净化，在远方听来却那么温软而明丽。

细雨，微云，碧草，牛背，短笛。那是一派春光中最为和谐的乐章。

四月间挖猪菜则是一幅温馨和融的画面。

春日的午后，春光融融。孩童们斜背着柳条篮，一路蹦跳着融入旷野碧草间。在杂草怒长的田塍上，辨识各色野草是极其有趣味的活动。

大自然总是呈现给人各种美妙形态，光是野草竟那么丰富而多彩。

乡村田塍间最惹眼是青苔子，由于牲畜不吃，还弥散着一股怪怪的气味，孩子们很少碰它，因而总是长的那样的滴绿流翠，细蔓缭绕，蓬蓬勃勃，茂密澄碧的叶蔓间还骄矜地星洒着细碎的兰色花朵。还有一种的蓟草，绿叶边沿长满锯齿，稍不留神就会把手刺破。而那碎叶上蒙着一层鼠灰色绒毛的佛耳草，灰土土的颜色就让人联想到令人讨厌的老鼠，孩子们更不愿去碰它。还有那浆汁丰沛的苦浆草，白色的浆汁会从折断的嫩茎处细泉般流出，苦涩难闻，据说还有毒性。

猪最喜欢吃的是野豌豆、鸡眼草、碎米荠、马兰头、牛蒡菜，还有着奇怪名字的锅巴荠、老哇筋、牢豆子。

这些光怪陆离的花草世界总会激发孩子们强烈的好奇与瑰丽的想象。

孩子们早已熟悉各种野草的生长习性，总能在很短时间内完成铲猪草的劳动任务。

那么剩下来大片的时间空白，自然在田野间借助种种游戏来打发了。最常见的是斗草的游戏。孩童们围坐在草地上，列举手中的野草，叫错名字、叫不上以及品类不全的自然认输。而报酬也只是各人给赢家一把猪菜，尽管微薄可笑，但赢家总是快乐无限，手舞足蹈。

往事如烟，历历在目。

看着这郊区的美景，竟勾出往昔那一幅幅亲切的画面。

"一番春信入东郊"春天在乡村是这样的生机而饱满！

清 明

在我的印象中，每逢清明节这天，天总是灰蒙蒙的。老天似乎要给繁花似锦的大地笼着一怀愁绪。这种灰暗的格调也自然给祭扫者带来应有的感伤。

昨日还是一个大好的晴天，日间骄阳艳照，夜间明月高悬，但今日却换了个铁青的脸色，让人的心情变得沉甸甸的。似乎老天也深谙世人的心思：清明节是祭扫先人的日子，缅怀的心绪总是悲悲凉凉的，如果是艳阳高照必然会稀释了感伤，减少了肃穆，疏淡了虔诚。而这阴沉的天幕正给人们的悼念提供了恰当的背景。

今晨，东边的天空还有几抹红霞，渐渐地红霞隐去了。不久，头顶上汇集成一大片暗云，云端还往下洒落几把细亮的雨珠。想象着这趟回老家扫墓被大雨淋漓场景，那将是一次尴尬落魄之旅。但雨终究没有下，天空只是一律地阴着，这哀而不伤的天色正合人们拜祭时的心境。

一路的思绪如路边一闪而过的树木田野。八点多钟就到了老家地界，中途还在家乡小集镇上买了冥币和鞭炮。

到家后，大哥和大侄子早已上过坟了。我和二哥也前后脚回到家到坟地，他刚烧了纸钱，正打算往回走，看到母亲和我以及二侄子向坟地走来，便重新回到坟地。

我便依次在第一二代老祖宗坟（在公和四子建字辈）、自家祖宗坟（富字辈）、高祖坟（仕字辈）、太祖坟（宗字辈）、祖父（子字辈）、父亲（广字辈）七辈先人以及在外婆坟墓前（外婆是烈属）烧着纸钱。

一座座墓前依次烧着冥币，思绪如山林间的泉水汩汩而出。

其实，祖父以上的各位先人我根本没有见过，或见过但我还没有记忆（据说我一两岁时女太祖还在），这些坟墓对于我而言只是一个个抽象而空洞的符号。我面对地面隆起的坟包，只能机械地烧着冥币。

准确地说，在祖父祖母的墓前我的思绪才被激活，记忆的碎片如河水里粼粼的波光，一幅幅画面突然闪现，又突然熄灭。

但他们生命的最后一页给我的印象却是那么持久而强烈。

其实，对于死的困惑早在童年就产生了。

记得童年时，紧连茅厕旁的摆放杂物的小屋的一角就曾端放着一口黑洞洞的棺材。每次经过那里总有带着一种既神秘又恐惧的心情，总感到这黑洞洞的棺材蕴涵丰富的语言，在空寂而旷久的静默中似乎能把整个屋子迸裂。冥冥之中感到这黑洞洞的棺木是一个通往幽冥世界的木舟，而每个生命都将有这么一次不归的旅行。

后来依稀知道这口棺材是给祖母预备的。在祖母六十岁的年头生了一场大病，生命垂危。家里便置办了后事，远亲旧戚都来了，吹吹打打。但经过这么一冲，祖母的病竟奇迹般地好了。长辈们都说人生有很多的关隘，只要能闯过关隘，就会平平安安。祖母后来又平安地度过十年。而那棺木自然被遗忘在杂屋的一个角落，再后来被急切需要的人家抬走了。

那口棺木存放的那些年里，我意识之中也就建立了对死亡的模糊认知，产生些许恐惧，随着棺木的消失对死亡的恐惧才逐渐淡去。

祖母在生命的尽头时，是很清晰的，她静静地躺在草铺上和死神较量，直到远在上海的大女儿来到身边抓着手叫一声妈，才坦然的离去。

记得村民说祖母是幸福的，能等到所有的亲人都聚齐了才欣然的上路。祖母死了两次，第一次似乎和死神开了一个玩笑，第二次才真的乘上通往幽冥世界的木舟，再没有回头。

外婆的死对家里人来说比较突然。只是白天外婆曾说过头有点疼，也没有胃口。但童年的我却有着强烈的感知。因为我一直是外婆带养的，也一直跟外婆睡，那天晚上我突然闹着不愿跟外婆睡了。而就在这一夜外婆悄然离开了我们。

外婆生前曾经说最怕火葬，羡慕祖母土葬，因为死了还要被大火吞噬是很怕人的。但那时政府已不允许土葬，外婆还是不能实现自己的愿望。而外婆火葬的场面一直让我恐惧了好久，因为我看到外婆被抬到一个推车上，往炉火里一推，突然睡板分开，噗的一声，外婆整个人掉到火海中，好在那火化工迅速插上炉门，没有看到后面可怕的场景。

我在外面看到高大的烟筒续续地冒着黑烟，偶尔还飘着片片黑纱一般的黑灰，想象外婆已经升入了天空。后来，看到火化工用铲子把灰白的骨灰（其实膝盖骨并没有烧碎）放进父亲手里的木盒中，我便隐隐感到生命原来是要以这样的形式结束，而人的意识思想却被摆放到无边而又无形的黑暗中去了。有时一个人偷偷地往下玄想，但一头总是黑洞洞的，再无法继续下去。

祖父是高寿的，在人世间走过九十三个年头。或许活得太久，必然会遇到种种痛苦的体验，因为他上海的大女儿也即我的姑母竟走在他的前头。祖父在生命最后一段很安详，和祖母一样能看到所有的亲人会聚身边。姑妈过世早，由我上海的二表姐带姑妈尽了孝道，默默守候直到祖父安然离去。

而父亲的去世则让大家没有任何心理准备。他在外面工作久了，在家里自然是待不住的，便到乡轮窑场看门。据说晚上兴致很高和工友们一同喝了很多酒，还为工友讲了通宵的《水浒》，第二天就再也没有起床。那时我已经工作，足足有一周的时间里，我想象也会像父亲一样在睡梦里不再醒来。那时我觉得生命是多么的脆弱而无奈。

再看看眼前一列列一行行的坟墓，这里已埋葬了两百多年的时光。一个个曾经鲜活的生命竟安静地躺在坟茔里，接受一代代人的祭拜。而下面空地上也将陆续突兀出一座座新的坟墓。

想来人莫名地来到世间，只在世间一闪，留下一抹身影，最终连身影都会被埋到土里，让再后来那些悼念的人都无法拾取。

抬头看看阴阴的天空，放眼看看繁花似锦的旷野，心绪纷乱得很。春风一抹抹吹来，带着草木泥土的气息。那芳香在鼻腔弥漫开来，冲散着悲凉而纷乱的思绪。我倒愿这骀荡的春风能把心中的悲情也一起带走。

立 夏

清晨，鸟语盈耳。我虽不懂鸟语，但能辨出好几种鸟儿在争相调舌。鸟声清丽繁杂，异常热闹，一下子驱走了我慵堕的情绪。

窗外，阳光明晃晃的，树影绿摇摇的，便觉得今日非同一般。翻开日历，原来今日是立夏。

立夏，意味着春天拖着裙裾的背影离我们远去，夏日则风风火火向我们拥抱过来。

立夏，这一天，池沼间蛙蟆像举行仪式般集体合奏，奏响夏日的序曲，标明一个蓬勃热烈的季节已经到了。紧接着，在夜深人静时，似乎能听得大地上一片蠕动之声，第二天，你会惊讶地发现蚯蚓把大地表层松动了一遍，泥土上飘荡着一股幽幽的腥臭之味。土壤一经蚯蚓松筋酥骨，肥力大增。黄瓜、丝瓜等大凡藤蔓植物都着了魔似的迅速攀爬……

于是，自然界成了动植物的天下，动植物们将足足闹腾一个夏天。

几千年前先民们就注意到夏至的物候景象，并郑重地记录下来："立夏之日，蝼蝈鸣。又五日，蚯蚓出。又五日，王瓜生。"（《逸周书》）

"民以食为天"，农耕大国向来重视岁时变化，关注田间收成。

立夏这日，古代帝王要率文武百官到京城南郊去迎夏，举行迎夏仪式。君臣一律穿红色礼服，配红色玉佩，马匹、车旗也一律红色的，以表达对丰收的祈求和美好的愿望。

华夏民族向来有记述的传统，《二十五史》不乏历代帝王在四时八节举行祭拜礼仪的场景。

只要翻阅历史总能想见当时情形。

而在每个人的记忆里，立夏场景也许各不相同，每个人脑海中都浮现着一些温馨的画面。

立夏，似乎在乡间才能强烈地感受到。当然，住在城市，也能感到空气的热力、阳光的炫目、树木的碧绿，除此也只能在书本里东翻西找，读读相关的记载，欣羡别人如数家珍般的记述。

在乡村，立夏是具体的，是可以触摸的。

有过乡村生活经验的我，此时也能在记忆里寻找到立夏的影像。

儿时，立夏时节，可以当着家长面，脱掉了厚重似铁的棉衣。穿着单衣，身体变得轻盈，似乎像小燕子一样能飞向天空。

我喜欢在村外麦田间游荡。这时麦子已经秀芒，但还在灌浆，依然一片青翠。

我最喜爱的游戏是展开双臂在麦田间一路飞奔，让劲健的麦芒从手掌下悉数划过，似乎这样就能够触摸到整个夏季。无垠的麦田里弥散着热辣的青草味，混合着甲虫的气味，也飘散着麦浆的气味。

田塍上，偶尔能看到一株刺骨佬（野蔷薇），碧丛间点缀着小白花，小蜜蜂飞成一朵朵小雾花。有时看到一只大蚂蚁急急忙忙的爬着，突然又停下来，似乎对一株小草产生了兴趣，捋着胡须，研究半天。蚯蚓像一个不知疲倦的农人把泥土掘成一堆堆浮丘，无名的小虫子碌碌地飞着……有时一只野鸡受到惊吓，嘎嘎地惊叫，贴着麦梢扑楞楞地飞出一个悠长的弧线，又贪恋地栖落到不远处的麦田里……

田野是一个动人的世界，只要你有耐心观察，总会有惊喜。

而野外池塘、沟畔，水草纠结，荇叶点点，蛙鼓阵阵……又是一番动人情景。

立夏时节，有时一整天都在旷野游荡，为美丽动人的大自然所疯魔。

每次回家时，裤管、鞋袜沾满了绿汁，满身是青草的气息。

那时，虽不知道立夏的具体内涵，但内心和万物一样膨大，默默祈盼着自己快点长大。

如今，知道元代吴澄编著的《月令七十二候集解》对立夏已做了精细的诠释："立，建始也；夏，假也，物至此时皆假大也。""假"，即"大"，意为春天播种的植物已经直立长大。

但一经回味，那自然之子、天真孩童所萌发长大的念头，也许正暗合立夏的自然行序吧。

至此,我似乎能意会鸟儿何以欢噪了,因为,立夏——一个热情的季节已经到来。

梅 雨

梅雨，很诗意的雨。大概也只有江南的文士才会赋予这样诗情的命名。南朝梁元帝《纂要》云"梅熟而雨曰梅雨"，把梅子和雨这两件看似不相干的事物关联在一起，便生成了一个意蕴饱满的全新词汇，给人产生一种丰富美妙的诗意遐想。

梅雨，对于长江下游一带的人来说太熟悉不过了。六月间，人们猛抬头看到梅子黄熟了，心里就会念叨：梅雨该来了吧。顷刻间，那雨如约而至，泼泼洒洒地下着，一下就是好几天。下累了，停一阵，便又泼泼洒洒、淅淅沥沥、没完没了地赖着不走。这时缺乏耐性的人不禁要烦闷起来。难怪北宋词人贺铸要借梅雨来抒写内心的惆怅："试问闲愁都几许，一川烟草，满城风絮，梅子黄时雨。"

梅雨，对于长江下游一带的人来说倒有别样的感受。

闷热的天气里，突然风云际会，给天空罩上一大片厚厚的铅云，时不时泼洒些珍珠玉屑似的冷雨，无论如何也是老天对这块地域的厚爱。

试想，这样的酷热时节，北方的天空骄阳似火，大地从裂缝间冒着丝丝热气。而长江中下游一带的大地上大雨倾盆，草木被雨水灌得醉绿，身躯摇曳得更见葱茏丰茂。这情景总会让人联想到南海岛屿上的景象，热而多雨，草木丰茂。

最难忘却的是今年的梅雨，它来得急，来得猛。晌午，火球烤灼着大地，汗水印透了衬衫，正在抱怨天气闷热。突然，黑压压的乌云沉压在北方天际，不断的倾轧过来，似乎要把房舍树木城市碾压成齑粉；又似迅猛的突厥铁骑从天边一路杀伐而来的，裹挟着雨腥的风一掠而过，细枝绿叶猝不及防，惊怵落地。顷刻，天昏昏地暗暗，窗户嘎嘎震颤。

远方，电光霍霍，雷声隐隐。啪啪啪，那钱币大的雨点亮晶晶地簌簌坠落，砸得花木摇颤，砸得大地生烟。哗哗哗，那雨线斜织过来，扫荡着大地、墙面和树木，四周迷蒙着烟雾。地面急急的水流盈盈地浮突出来，似乎要把地面也给漂浮走。

街巷间积满了浮水，水线沿着墙边晃荡着、爬升着，人们卷着裤管，提着皮鞋，蹚着水，遮眉挡眼，不断抹着脸上的雨水。

那雨，似拨动着千万根琴弦，还不断地变换着旋律。一会是大弦嘈嘈，一会是小弦切切。这魔琴弹得玉屑缤纷，这魔琴弹得树叶滴翠。

夜间，电光撕裂天幕，"咔嚓"，炸雷震撼大地。雨，依然紧一阵慢一阵地下着。

雷声过后，雨也小了许多，只听得屋檐由哗哗啦啦变成滴滴答答。这雨竟然一气下了四个多小时，这雷电竟闪了两百多次。

夜间，雨声小止。屋脚下，蛤蟆的声音响了起来。咕——呱，咕——呱。这声音低浑空洞，此一声彼一声地应和着，似乎要把黑夜胀破。这声音落寞悠远，似刚刚刚刚结束战斗的战场：空旷，宁静，残破。

那潇潇不歇的雨让人心情也变得格外的潮湿疲惫。

第二天清晨，在懵懂困顿之际，隐隐闻到空气中一丝香甜的气息，推开门窗，院落里丛绿之间蓬蓬勃勃地开满了洁白肥硕的花朵，还有无数沁绿的骨朵正箭镞般待次开放。那浓郁的香味在空气里流淌，心情也便如得见阳光般地灿烂起来。这香气在潮湿的空气里流淌，给疲惫的心灵带来一片清明芬芳。

突然间，发觉绿色膨胀了许多，远山清朗了许多，空气流畅了许多。

到午间，太阳出来了，空气又燥热起来。

没几日，天又阴暗起来，铅云又压了过来，雨又簌簌的下起来。

栀子花在淋漓的雨水中灿然盛开，一直点亮着被梅雨浸湿的心灵。

这梅雨，一直要到七月中旬才会悄然离去。

梅雨之季，空气显得潮湿、热辣、霸燥。这是烦怨的季节，也是浪漫的季节。

梅雨，簌簌地落着，来了去了，去了来了。栀子花凋谢了，梅雨也就走了。

梅雨——很奇特的雨。

小 满

　　小满是二十四节气中的第八个节气，也是夏季的第二个节气。在二十四节令中，以"小满"命名，最耐寻思。

　　小满时节，草木渐丰，麦粒灌浆，褪青染黄，颗粒饱满。

　　田野，麦穗丰俊，麦芒秀美，南风时来，麦浪推涌，诗情一派。

　　村舍之外，惠风条畅，麦浪连连，麦气清香，涤荡肺腑，内心格外丰盈。

　　在一望无际的麦海中，循着田间小道，展开手臂，张开手掌，让麦芒从掌纹间轻轻地划过，闭上眼睛，习习南风，细细麦语……此时，恍若一只临风飘举的大鹏。

　　小满时节乡间是极富生机的。宋代欧阳修诗云"南风原头吹百草，草木丛深茅舍小。麦穗初齐稚子娇，桑叶正肥蚕食饱。老翁但喜岁年熟，饷妇安知时节好。野棠梨密啼晚莺，海石榴红啭山鸟。"把小满时节乡村情状描摹得令人神往。

　　小满时节，乡间农人比较悠闲，在麦地田头，东瞧瞧西看看，嚼一嚼刚刚灌浆的麦粒，静待麦粒成熟。

　　谚云"小满麦渐黄，芒种开镰忙"，小满接下来就是芒种，正是乡村开镰收割的时节，一时间，田野万镰举落，成片成片的金黄秸秆齐刷刷地被割倒，被堆成垛，村民肩挑车载运到打谷场。空气里弥散着麦香味、青草味。村民忙碌，但汗脸上洋溢丰收的喜色。

　　收割了麦子，就开始插秧。只剩麦茬的旱田，农人先犁地，然后再灌水，麦田转眼就变成一片片亮光光的水田。接着开始耙田，农人站在耙上，老牛在前面使劲地拉着。耙在水田浮沉，水花四溅，农人稳稳地站在木耙上，像冲浪的高人。

　　没几日，村民全体出动，举家卷着裤管在水田里插秧，又没几日，水田里满是嫩绿的秧苗，水鸟悠闲地上下飞翔……

小满的这十五日是清闲的。农人坐在村口看着金煌煌的麦阵，嗅着渐渐浓郁的麦香，想象收割的情景，真有点迫不及待。

小满这十五日也最有诗情的。房前屋后，绿叶丰茂，酡黄累累，煞是可爱。这时节，枇杷最耀眼。枇杷味淡，却能宣肺止咳，为人所喜。

桑葚也渐然黑紫，村童齿黑唇紫，其乐陶陶……

小满时节，苦菜当令，鲜嫩可人，家乡称为"苦荬菜"。苦菜虽苦，却能清热、解毒，入口微苦，但回味迥远，味道独特。李时珍称之为"天香草"，当属不谬。

农家屋后，菜地上，大蒜抽苔，农人开始腌制大蒜，空气中袅绕辛辣的蒜味，也很特别。

池水可爱，荇菜，菱叶，都已长成，飘摇水面，格外清纯……

小满时节，万物应时，最谐人心。

"花看半开，酒饮微醉。此中大有佳趣。若至烂漫酕醄（大醉之态），便成恶境矣。履盈满者，宜思之。"《菜根谭》中此句可作为"小满"与"满"的最佳注解。

"小满"寓涵哲理，意韵丰赡。"小满"过后，进入盛夏，万物盛极，物极必反，一旦西风肃杀，纷纷凋零，呜呼哀哉！

小满节令，让我们明白中庸之道，积极进取，小有成就，是最佳状态，假若一味贪求贪得，自满自足，势必倾溢。

古人以小满为节令，自有深意。

处 暑

公历 8 月 23 日，这天是每年的处暑。

历经夏季的炎热煎熬，就特别盼望处暑这天到来。处暑虽然只是一个节令，但却是一个季节的转折点。标明暑热即将结束，凉秋即将来临。

到了处暑，终于从酷热难熬的蒸笼中解放出来，可以吸一口凉丝丝的空气，可以仰视一下蔚蓝的天空。即使天气依然很热，但那只是炎热留下的背影，炎热终究会消失得连背影都看不到，饱受酷热之苦的人们终于有了盼头。

处暑，在民间念作"祛暑"，也念做"出暑"。没有人读"chǔ shǔ"。小时候曾对这个概念产生过困惑：处暑，就是处在暑天啊，天气变凉爽了怎么反倒叫处暑？古人为何用这个奇怪的名字作节气呢？也许是暑热到此处为止，就像孙悟空说"定"，一切都静止不动了。如此想来，不觉得古人古板，反倒觉得古人很风趣。

也困惑过，为何处暑这天要炖鸭汤。后来也明白了。鸭子一夏都在水稻田里钻来钻去，追逐鱼虾蚂蚱一类的活食，这时节也长得肥熟。鸭肉甘凉，清热去火，夏秋干燥，鸭子成了不二之选。节气和饮食文化关联在一起，便有了烟火气、人情味。

胡思遐想，有困惑的烦恼，也有豁然的快乐。

无论任何，到了处暑，夏天只剩下背影。

天气终于分出了早晚，也只有中午还热一阵子，早晚还是凉凉的，夜晚可以稳妥地睡觉了。

可以到田野散步，呼吸庄稼成熟的气息，分享万物成熟的快乐。

田野间，蛩声四起，意识到夏蝉消退，时序更迭。

不免感慨：蛩声乍然响，天气觉微凉；秋思漫漫起，星夜渐渐长。

……

秋 热

　　立秋已经过了好几天，天依然这般的热。仿佛置身于沙漠之中，任由天灼地烤，无边而没有尽头。这是绝望的热，没有边际的热。印象之中自打这个夏天以来，南京的天地之间又闷又热，活像一个大蒸笼。这种闷闷湿湿的热，让人心烦，让人窒息，让人意志消弥殆尽。

　　于是，我竟有小孩巴望过年一样的心情，偷偷地在立秋这日做个记号，然后悄悄勾去一个个时日。眼看就逼近了立秋，心里不由得窃喜。

　　有时，看着门后日历上立秋这日，心里竟对迟迟不来的秋天产生无限的幻想。

　　"天地变得寥廓起来，秋高气爽……栖霞山的枫叶一定红的可爱。"

　　"那天空中大雁的长啸，划过天际，有着丝绸般的质感。雁阵在空中变幻着图案，把人的思绪牵引得老高老高的……"

　　"碧云天，黄花地，西风紧……天凉凉，好惬意呢。"

　　"待到菊黄佳酿熟……啊，长江的大闸蟹一定肥的流油。"

　　心里想象着这一幅幅美妙的画面，盘算很多计划。

　　立秋终于到了。天空不见高旷，早晚依然如白昼一样地闷热，这奇谲的热，彻底让我绝望。

　　一日晚间，看电视新闻，说那长江上游的另一个大火炉——重庆，气温达40多摄氏度。接下来是一组组干旱的画面。其中一组是池塘见底，地裂纵横，土石生烟……其中一个村的村民四十多天没有水洗澡。

　　这是多么可怕的干旱啊，要是在古代，那史官一定会记下一笔的吧。是啊，看编年体类的史书，常常看到"是岁大旱，蝗，民相食"一类的记述，虽然只是寥寥数语，但字字千钧。在古人眼里，天灾是上天的震怒，表明人间有冤情。水旱蝗灾一类也就成了对一方官员政务得失的有力评语。汉代东海孝妇之冤，使得天公震怒，亢旱三年。所以《窦娥冤》中的窦娥无处申冤，发下的第三桩誓愿便是要让山阳县亢旱三年。

想来好没有道理的，因一个人的冤情而引发雷霆震怒而累及无辜，是最没有情理的。那老天要对一个昏聩赃官进行惩罚，又何必让一方的百姓跟着受苦？

也想来天底下冤情很多，那么灾异岂不是永远没有个间断的了。

大概在古代当官若遇到这样的天灾只能是倒霉。本与自己无关却脱不了干系，至少还背负精神的枷锁。如此一来，官员们每每少不得迷信起来，去求神拜佛。甚至像《六合县志》上记载那位唐代的康县令，自己身着素服，骑白马，以身投江祷雨。今天人想来这为康县令连性命都不要了，傻得可怜，实在憨直可笑。但他却以一方百姓的性命为己任，视死如归。这样的官员可谓真正的民之父母，献上了自己宝贵的生命，自然也就不是矫情作秀了。

"民以食为天"，这是容易满足的中国百姓的真实而形象的写照。大凡天灾异变，百姓流离，而官府若不作为，必然招致抱怨、责骂、动乱、暴动……

像这样的大热天在古代大概会成为点燃民怒的大火。

如此想来，今天的人比较幸运，没有最起码衣食之忧。大热的天，城里人还可以躲在空调房里喝咖啡，听音乐，上网，做自己的白日梦……全然不会理会这酷热的天气。

但我对热极其反感，也每每喜欢歪怪。

是啊，你看单单长江边的化工厂就多如牛毛，日日夜地往大空喷吐着红红的火焰和播散着黑乎乎的烟气。我们这里空气的质量已经打了折扣，也别梦想看到青天。现代的官员比古代的官员更牛，他们能让地方富裕起来，他们会用数字说话。

你虽不能看到朗朗乾坤，但你能有咖啡喝、有洋房、汽车……一方父母能给你这些，你还有什么不知足的呢？你热，就开空调呗！

热，让我思维像这用电的高峰，负荷不够。有时想着法子去驱赶心头的燥热。

是的，我想像那冰天雪地的情景。我努力在记忆里翻检那最寒冷的场景。而看那有关寒冷的影片，似乎来得更加直接。《极地逃生》是很好的消暑影片。那北极冰寒地冻，冷得让一切如玻璃一样容易破碎。那寒冷同热一样足以让人神经紊乱。主人公在逃生过程中捕得一头倒霉的海豹，立刻用尖利的刀子在海豹的腹部豁了一道长长的口子，把自己的双脚放到海豹的腹腔，享受那丝丝暖气，告慰自己冰冷几乎停止跳动的心田……

影片上的冷的确让人心灵战栗，但并不能让我摆脱热的感受，我依然在咒骂这天气连同可骂的人。

我有时坐在自家的北窗边，那一片水杉林翠绿的树冠正与这六楼的窗子齐平，开窗满是扑面而来的绿意。

是的，整个夏天，我几乎都坐在窗前看书，不时享受这片充满诗情的潇洒绿意，无须仰视也无须俯视。这水杉似乎吸足了一个春天的绿意，送到高高的树端，本就打算和这炎热的天气做一番较量。

我懒散地查检今天的时节，啊，已经过了处暑好多天。天竟然一如既往地热。已经没有"秋到早晚凉"的概念。我怀疑老天爷是否糊涂了还是真的对人世有什么震怒。

坐在自家的北窗边，看着那静静矗立的水杉林。它们默默地承受烈日的烤灼。空气闷热似乎凝固，树梢没有一丝摇动。

我目光在这片难得的绿色中游移，尽情想象这青青的凉意。突然，惊奇地发现，有的枝头呈现丝缕古铜的色调，像经历些许沧桑的汉子，头上染就了些许斑白的霜发。是的，这是秋的色彩，这是秋天来访而留下的印记啊。

是啊，"春寒秋热"毕竟是短暂的顽抗。想来这"秋老虎"也只是掉了牙的老虎呀！

我目光逐渐超越了这片绿色的范围，左前方的房顶上闪动着古铜色的背脊，原来是农民兄弟在烈日下建设美化这座城市。是的，他们在整个夏天都在日头下忙碌着，如今，那座高楼已经盖瓦了。那绛红色的琉璃瓦在烈日下泛着刺眼的热光，在古铜色的身体下铺展开来，像一朵祥云。那边还传来清朗朗的说笑声。

　　我似乎明白了，在我不断地抱怨这秋热的时候，在我胡思乱想的时候，这窗外的水杉林和那房顶古铜色的背影，却一直直接承受这烈日的烤灼。他们回答秋热的只有绿意和一如既往的说笑声。

　　我此时感到脸上是辣辣的，但心湖里却掠过一丝凉意，烟水迷蒙。

———————————

　　小释：热不仅是天气的，还有忙碌的工作，难得打开电脑，写上一段粗糙的文字。

秋 凉

枕边满是屋檐下滴滴答答的雨声。

竹席透着薄薄凉意，我不禁打个冷战——"这秋终于来了"。

这秋雨大概是在人们入梦后，悄然零落的。大概下了好久才汇集到檐边的，因为屋顶上听不到夏雨那急沙沙的声音，唯有屋檐边落寞的滴答声，恰似没有牙齿的老妪在软吞吞地唠叨一个悠长的故事。

我想唯有这样软面条似的秋雨才能把持续的秋热淋个透湿呢。

在这滴滴答答的雨声中，我闭目遐想：这雨刚落到历经了一夏的烈日烤灼的大地上，会是什么样的情形呢？那一定先是咝咝地冒着热气，再是袅娜着游丝般的余烟，最后倒吸着秋雨带来的冰冰凉凉的冷气，定然是百般快意。

这秋雨性格很软和，一整夜慢慢地淋着，纵然一个夏季的热气也会被抽光的。若这样滴滴答答地零落着，到了清晨，大地一定会被淋得透湿，淋得冰凉。

早晨，西风一抹一抹地拂着，秋雨若有似无地飘着。细雨落在脸上像银针般冰凉。

路上，伞下，灰色、蓝色、黑色为主调，长衣长裤包裹得严实的人流匆匆地交错着。天地间似乎暗了许多，收缩了许多。那地面零乱着被一夜雨水漂黄了的树叶，更让人感觉天地一夜间憔悴了许多。

是啊，这季节转换就在这一夜之间，竟然不需要任何铺垫。此前人们还在抱怨这一夏太霸道，把酷热一直推过了处暑。到了秋季竟没有丝缕的凉气，这持续的热竟然让人们对这个秋天不抱有多少幻想。

想来，昨日人们还在抱怨呢。昨日的街市还是盛夏的景象：拥挤的街头满是凹凸有致的弧线、悠长和婉的曲线，满是堆砌的几何图案；是浑圆的玉臂，是洁白的香肩；是饱胀的肌肉，是黄、白、红、黑的肉体；是各色的太阳镜，是各式的太阳帽……是一个展示肉体和线条的世界，是一个膨胀丰满的世界，是一个弥散肉欲的世界，是一个充满性感的世界。

今天，突然间像进入到某个陌生的中东国度：寂寥，内敛，冷色，隔绝……

这秋天在和人们开一个大玩笑呢。昨日人们还一边往脸上急急地挥着纸扇，一边抱怨着咒骂着这旷久的秋热，而仅在一夜间它竟突然降临了，让人一下子无所适从，尴尬异常。

没有脾气的秋雨绵绵密密的飘着，使得这秋凉让人有点难耐。人们反而感叹这酷热离去的太坚决，太无情。

"一场秋雨一场凉"，想来这第一场秋雨竟这样凉了叫人心冷，往后定是一日凉似一日，最终是把人们牵引到那雪花飞舞、滴水成冰的严寒冬季。那时人们定然后悔起来，便会抱怨那无边的严寒，而热切地盼望那和暖的春日。而那春寒料峭又让人抱怨着那寒冷如冰坨般顽固，而突然某一天，天暴热起来，又会让人骄躁不安起来……

想来人们在四季轮回中，抱怨着期盼着度过了一个个岁月。而上帝赋予人的一生也仅有一个季节——童年、青春、中年、晚年。这里面同样有抱怨，有期盼，而当明白怎么回事的时候也总是在季节的尽头。想来心中不免有点像这秋雨一样的冰凉。

是啊，明白了这点，就应当感谢上苍给我们的馈赠。它让我们在季节变化中反复体验着酸甜苦辣的滋味，它让人们在这季节轮回中产生诸多特别的感悟。

那就好好体验吧，热就痛快地热，冷就痛快的冷！这秋凉来得正好呢，大可以说"却道天凉好个秋"。

蟹 肥

秋风起，旷野的丛菊黄了，河蟹也应着秋风的絮聒，窸窸窣窣地往岸上乱爬。

秋风、菊花、螃蟹，水陆空三界不相风接的事物竟然被关联在一起。临西风，持蟹螯，喝美酒，赏菊花，吟词赋，正是文士们极快意而风雅的事。

一提到河蟹，文人雅士们也总是手之舞之、足之蹈之，似乎也成了秋风中一只张牙舞爪的河蟹。

印象中最为疯魔的当数东晋的那个吏部郎——毕卓。他一生贪酒嗜蟹，那句旁若无人的狂放语也最为经典："得酒满数百斛船，四时甘味置两头，右手持酒杯，左手持蟹螯，拍浮酒船中，便足了一生矣。"他把人生的最佳境界全结到"把酒持螯"上，何其狂放！

清代李渔则更是痴憨得可爱，对着笼屉里被蒸得红熟河蟹动情不已："蟹乎！蟹乎！汝于吾之一生，殆相始终者乎！"照他自己的所说，河蟹成了全部的性命。

河蟹味美，正如明代张岱概括得精辟："食品不加盐醋而五味全者，为蚶，为河蟹。"

美味之物也不只是文人骚客的偏爱。大凡味觉细胞正常的人对河蟹总是极为钟情的。只是"雕虫篆刻，壮夫不为"，而文人骚客们喜欢舞文弄墨，在一顿饕餮秋风之余，剔完牙缝，捋袖挥毫，在宣纸上一阵狂舞，总留下一首蟹诗、一曲蟹词抑或一篇蟹赋，于是乎把酒持螯似乎成了骚人墨客的专利。

然而，文人骚客们对河蟹的趣味也总是停留在口福之上，感兴趣的也总是探究怎样个吃法，眼中的河蟹也大概是蒸的红熟肥的流油的清蒸大闸蟹，对河蟹的养殖捕捉隐而不提，大多存有耻言"农桑树艺之事"的心理。

其实，河蟹给人带来的乐趣也不只是口福之上。

生于江淮河沼溪畔的村民在秋风时节，最快意的事莫过于持灯捕蟹了。

秋夜，空气中幽微着野菊的清香，河汊边是点点的渔火。灯下是黝黑的身影，悠闲地抽着旱烟，在"守灯待蟹"。那情景总是宁静温馨而富含诗情的。

提及河蟹之趣，对我而言也不只是味道的鲜美，却总是思绪追逐已逝的年华，眼前再现往日光景，品味纯真的童趣。

在秋风渐起的时节，最心跳的事情就是照河蟹。照过多少次河蟹以及收获几许似乎早已淡漠，但大凡最难忘却的总是第一次的尝试。那第一次捕蟹的场景似乎烛光照物依稀眼前。

近水浅湾。风灯一盏。河水潺潺。孩童二人寂坐草地，支颐凝眸。四道目光交汇在水中摇摇的灯影上。静夜深沉，但气不敢出，生怕呼吸惊跑那多疑多脚的河蟹。

良久，浅水中，一个小墨团迟迟疑疑地往灯影处挪移着。空旷的静夜里，只两颗孩子的心在膨大着跳动着，似乎钟摆在撞击黑夜。

同伴耳语悄悄，说："这是来探听虚实的哨兵蟹（也亏他能想象出来，发明这样的称谓）。"那鬼祟的小毛蟹终于爬到岸边，举着两只钳子，眼凸也斜翘起来，在观察周围的动静。那时，我的心似乎要胀破了黑夜。说时迟那时快，我迅疾地捏住它的背壳，拿稳丢进身后的洋铁筒里，随即铁桶中发出好一阵哗啦啦躁动声。

有了收获，尽管微不足道，但内心的喜悦是难以言表的。

又是一阵寂寥的等待。百无聊赖中，同伴和我对该不该捕哨兵蟹发生了不小的争执。他认为我不该捕这只哨兵蟹，应让它回去向"头领"汇报，说这里是很安全的。我却认为捕得对，因为其他河蟹一定会认为这家伙独自上岸，花天酒地地享福去了，我们不能让这家伙独自享受，也一起去享福。

争执总没有什么结果，反倒会伤了彼此的和气，我们便寻找其他能引起共同迁怒的怨府。

我们便又一致地疑心：洋铁筒里哗啦啦的声响莫非是这只毛蟹在向同伴发信号？便把身后洋铁筒送得老远。

后来，又有几只螃蟹像坦克一般续续地往灯火处推进。那松弛的心弦便又一次紧促起来。

渐有收获，不时侧耳倾听洋铁筒里沙沙的响声，心中美滋滋的，甚为得意。又不免觉得螃蟹也太愚蠢了，看到灯光就连老命也不要了，不禁对螃蟹产生一丝的悲悯之意，但那只是一瞬的念头。

那是很久的事了，但每当秋风起菊花黄的时节始终不能忘却，大概由于那是初次捕捉的体验，刺激而兴奋，因而难忘。

现在，人们对河蟹持续的口福之恋，竟促成家乡人对河蟹的专门养殖。

六合地段的长江北岸是江边小镇——龙袍，镇与大江之间是一片茂密幽深的芦苇荡。

过去，秋风响，菊花香，河蟹的脚也就痒了起来，也如苇叶一般的沙沙作响，胡乱地往岸上爬。夜行客也总能意外地捡到肥大的团脐母蟹。要知道在家乡，河蟹比蜘蛛还要寻常。

大抵明清时代，龙袍小镇的村民开始注意到对螃蟹美味的开发，研制了蟹黄汤包，发挥河蟹的最大价值效应。

在物质极端匮乏时代，吃汤包是极奢侈的享受，是没有人敢去消受的。村民也只是悄悄地制作，为的是不使祖传的工艺失传。

如今，物质时代的农民都变得极其精明，借着每年金秋的"六合茉莉花文化节"，把龙袍蟹黄汤包的品牌做得又大又响。

龙袍蟹黄汤包鲜美独绝，一吃难忘，一经传扬，每天食客如蟹赴光，集而不散。

这蟹黄汤包，也奇妙，只有现蒸现吃才有味道，否则，色味俱失。

走进小镇，旌幌招摇，"张记""李记"也让人眼花缭乱。不大的小镇，竟有五十多家蟹黄汤包店。但家家都是真材实料，绝不玩假。

这样的时节，龙袍小镇氤氲于香风雾气之中，恍若天上街市。

这样的时节，妇女们用细铁丝把玉润晶莹的蟹肉从红熟的蟹壳中一点点地剔出来。金色的蟹黄、莹白的蟹肉堆满碗碟，再秘制成包馅原料。

龙袍的蟹黄汤包也一律晶莹剔透，不多不少，一律三十三个菊花折，可算得是精美绝伦的手工艺品。

吃蟹黄汤包，也有心诀："轻轻提，慢慢移；先开窗，后喝汤，不知不觉全吃光。"

想不到，如今家乡人竟陶醉于这河蟹带来的福祉。

秋风起，菊花黄，河蟹肥。爱好美食的四方客也一路咽着口水，来一享河蟹的鲜美滋味了。

秋风起，菊花黄，河蟹肥。这时节，家乡竟成了河蟹文化的盛宴。

家乡有如此切近的机缘，每年都要在这样的时节品尝蟹鲜美味，尽享世间难得的口福之乐。

有时在大快朵颐之际，猛然想起明代张岱在那次尽享蟹宴后发出"真如天厨仙供，酒醉饭饱，惭愧惭愧"的感喟，也不免也脸红耳烫。我等凡俗尽享仙供，岂不折杀性命也哉！

冬 阳

进入数九时节，才感觉到阳光的可爱。

几日冷风，数日冷雨，天气骤然变冷。冷使得人们失去了应对，伤风感冒的病客使得医院如潮汛暴涨，喧嚣躁动；街市则如潮水尽退，萧条冷落。

人们都躲在暖室里，出门一律缩头竖领，络口罩戴耳焐，避着刺骨的寒风，栖栖惶惶萎萎缩缩，尽失往昔风采。这时对阳光的期盼成了人们共同的心愿。

雨过天晴，风停树静，阳光乍现，万象欢欣。

书斋北窗外，是一片水杉林。几日前这片稀疏的林子还在风雨里鸣号低咽，抖落了枝条间仅存的几根枯叶，只剩下光秃粗糙的干和稀疏虬劲的枝。

此时，阳光斜射在这片水杉林上，根根铁干劲健直指，稀疏细枝相互交错。透视蓝天，树干间枝柯网结，薄如蝉翼，淡若扫眉。这片林子在阳光抚照下，格外稀疏肃穆，似乎在积蓄着勃郁的生机。

两只灰喜鹊在衔枝打闹，节节攀飞，不久便双双衔枝款款飞去。一群麻雀云集而来，商议着大事，上蹿下跳叽叽喳喳，把尖利琐碎的音符连同枯枝碎叶切磋一地。

南窗外，妇人们在阳台上探出脑袋，用抹布反复擦拭着晒衣架。突然间，被子在妇人的手中横空一展，恰如对着阳光抛撒出一面花花绿绿的大网，想要网住一片金煌煌的阳光，网住那温和厚重的热量，网住那暖烘喷香的气息。

女人们似乎有的是耐心，有的是闲情。她们还要把头伸出阳台，楼上楼下张张望望，招呼一番，对答一番。楼上的说："天真会做人，今个天多好啊！"楼下的答："是啊，阴了好几天，被子都睡不出热气了，今个拿出来晒晒。"一面用力地抖动着，秀发在阳光中幻泛着奇幻的光晕。"要死了，把床上的隐私都抖到楼下来了。"下层阳台上的女人仰着笑脸冲楼上戏谑地叫喊道:"哈哈哈!就你小油嘴,该打!""哈哈哈!"女人们放肆地纵声大笑,笑声受到了阳光的浸染,也透着阳光那股灿烂的质感。

在酷暑,在这些妇人的话语中,听到的总是对日光无奈的抱怨,她们也总躲在阴凉处,出门不是戴帽就是撑伞,始终想着如何与日光隔绝。而冬日阳光则与她们有着切肤之亲温存之爱,使她们真正感恋阳光的温情与美好,竟情不自禁地发出咏叹。

其实,她们对阳光发自内心的赞美多少又夹杂着几分自豪。因为在拥挤的城市,高大建筑的肆意裁剪分割,能分享到一小片冬日阳光的恩泽倒成了梦寐的奢求。

阳光,阳光,冬日的阳光。提及冬日的阳光,在我记忆的花园里,似乎也只有故乡的冬日阳光显得格外的饱满与温馨,并足以把心头的一切冷气阴霾烘照得熨帖平整温暖芳香。

在乡村里,这样的冬日里,阳光之下,庭除一角,摇椅一张,老者一人,逍遥其上,吟歌啸唱,其乐陶陶。尤其是午后,在阳光下,还可以暖洋洋的昏然一睡,那梦里也许尽是与阳光有关的一页页往事。

有一回,这样的冬季,阳光很饱满。一位七十多岁的老乡绅,按例午间小酌几盏,躺在墙东角阳光下的摇椅上,舒畅地哼唱着二黄小调,不久微醺渐起,继而鼾声大作,再后来鼾声遽灭。家中晚辈长时间听不到那一惊一乍的鼾声,上前一探,惊讶地发现老人气息全无安然谢世,晴柔的阳光下,老人一脸幸福安详,手脚依然存有冬阳的温暖。

当时还小,只知道村民以此告诫家中的老人,不要贪图冬日阳光的温暖,而不小心睡了过去。现在想来,在娇柔的冬日阳光下安然离去,其实是人生最美妙的收场。大概这时刻的灵魂是追逐着七彩灵光,一路的轻飏飘升,直到梦中的玫瑰天国。

在这阳光充足的冬日,孩子们也待不住了,在阳光底下追逐打闹,一如村头老槐树上跳跃欢噪的喜鹊那般欢欣。那些刚学走路的孩子,腰间被拴着一根红粗绳,一端有家里的老人牵着。孩子伸开手脚扑向阳光,裂开小嘴手舞足蹈,刚学走便想和稍大的孩子一同疯跑,一个趔趄就将扑向坚冷的地面，嘴巴刚要啃着泥巴，只见红绳的一端用力一牵，孩子像陀螺一般被提溜起来，接下来便是老祖母温软絮叨的训斥。

幼小的孩子像小狗一样被牵着，在阳光底下遛着，这是村中常见的情形。冬日阳光底下正是锤炼孩子筋骨的好时节哩。

这样的季节，房前屋后的水塘沟渠里总是结着很厚的冰。乡野顽童总是趴在冰面，用手中的砖块，在冰面上用力锤砸，每一砖下来就是一个白生生的雪点。那一声声激越的声音透过冰面，向整个池塘播散开来，那冰裂声清越透澈，动听至极，美妙得让心尖儿也跟着颤动。

乡野顽童把双手伸进冰窖里捞起那被打造成的巨大冰块，搬到自家的庭院，对着冰块的一端，撒一泡热尿，那冰面就融化出浑圆的小孔，孩子用一根粗绳穿过，打个死结，上面垫一把稻草，便成了一个天然的滑板。一个孩子坐在上面，另一个孩子拉着一端的绳索在阳光地里呼啸疯跑，磨落的冰屑在阳光底下发出钻石般的光芒。这个极富诗情的创意羡煞了其他孩童，一时间村落中多了很多这样简易轻巧的冰爬犁。冰爬犁在阳光底下闪着耀眼的晶光，银色的笑声也在阳光下随处播撒。

这时节，在冬日的阳光普照下，还能感受到乡村丰足夸饰的一面。

村民低矮的屋檐下挂满了为年节而腌制的腊肉。猪头、前蹄、坐臀、大肠、小肠、猪肝、猪肚、咸鸡、咸鹅、咸鸭、咸鱼……一一铺排着，让人联想到年节的热闹富足。

挂在一户户屋檐的吊钩上咸肉在冬日阳光曝晒下，流溢着一层细密的油脂，村落里幽微着令人陶醉的肉香气息。

村民在阳光底下公然炫耀自家的财富，自然会招惹一群打家劫舍的不速之客。它们缩头抱脚栖息在庭院外的大树上，耐心地等待着，只要主人进屋或打盹的工夫，那叫沙和尚的灰色大鸟便箭矢般落在香美的肉串上，用力撕扯下一小片腊肉，旋即又飞到老树的枝头，美美地消受掠夺来的口福。它们兴奋地舒展大翅发出哑哑的声音，是欢欣也是嘲弄。主人总是嘴里放着粗语，用绑着红布的长竿拼命摇着，而那些鸟儿却栖息高枝闭目养神，极有耐心地等待着出猎的时机。

这是鸟与村民进行一场耐力与速度的角逐，但豁达的村民对鸟儿那点口中之食也未必在意，也只是胡乱吆喝恐吓，而那些聪明的鸟儿是能洞悉"土财主们"那份微妙的心理。这大概也算得冬日阳光下颇具喜剧性的一幕了。

......

哈哈，往昔冬日阳光的一幅幅画面竟然被眼前的一片阳光激活了，让我心灵真正感受一回阳光的照耀与烘烤，真的要感谢这冬日的阳光。

在敲打这段文字时，竟被盈耳的鸟音撩乱了思绪。抬头看，北窗外的水杉林，一时间竟多了好多不知名的鸟儿，正栖息在枯枝上，那繁复婉转的鸟语在疏枝间滑动，正在对这片冬日阳光尽情地礼赞哩。

冬 雨

冬雨一直绵绵地下着，若不是天气明显的寒凉，总让人怀疑这仍是落寞寒秋的雨季。

这雨不大，若不是有深色背景的衬托，似乎不能清晰地辨析。头发被濡湿了，眼镜上迷蒙着一层细细密密的小斑点，脸颊上冰冰凉凉地蜿蜒着细流。

若非四野枯黄稀疏，会让人怀疑这是润物无声的春雨。是啊，不仔细分辨，断然听不出雨声。即使在枯荷的近旁，也难听到秋雨那沙沙的绵密之声。

这冬雨也只有在夜深时，才能听得屋檐下悠悠的滴答声，像是在太息，像是在叙说一个染着铜绿的古老传说。这冬雨就是若有若无地迷蒙着，给远村疏木渲染出一层水墨情调。

常年有雨的滋润自然是一件美妙的事。雨不仅滋润着天地，还能滋润着心灵。就在大西北干风裂唇、寒糙肌肤之时，我们这里却有冬雨的眷顾。不禁要质问老天何以这般偏心。而每每听到我们这里人见面抱怨，"哎，这雨好像不肯走了"时，北方来的人总觉得这声气里含有几份矫情。

冬雨，带来的是诗情，是一种充满性灵的美。

且看，冬雨之夜的城市。街市四面水灵灵，半空中珠串似的街灯最能吸引你的视线，那串串灯光氤氲着酡黄；店铺里泼泻出来的是多彩的炫光，有粉，有绿，有蓝，有黄……街市的路面水光如鉴，任由五彩光炫率意涂抹。这冬雨的路面宛然成了印象派画家的作品，大片着色，大片涂抹，重复叠加，调和变幻……若凡·高看到这样的景象，会怎样呢？一定会定格在自己的画布上吧，那一定不会逊色于《星空》吧。

冬雨之夜的都市是五光十色的琉璃世界，整个都市在五彩光炫中旋转着，像是举办盛大的迪斯科舞会。这里有各种声浪的伴奏，汽笛声、刹车声、劲歌声、吵嚷声……使都市喷射着持续的激情。在喧嚣旋转中，这冬雨渲染一层迷离的情趣，使得城市更加璀璨，也更加暧昧。

冷雨飘散，寒风猎猎。酒吧的生意更见兴隆，人们挤到一起，酒水浇灌在心里，膨胀了野心，点燃了欲望。

冬雨之夜的都市是充满欢乐的繁华世界，人们在光色声响里可以恣意发泄白天积压在心中的种种不快，可以尽情消受人生的种种乐趣。

而在这冬雨之夜的乡间，却是有着另外一种景象。

你从眩目嘈杂的都市驱车到乡间，突然感到逼人的冷寂。浓黑的夜色和着冷雨凄风一下子挤压过来，你会有一种失语的感觉。这浓黑的冬雨之夜会让浮躁的心灵顿然产生落差。

无边静默，无边的黑暗，心灵浮尘片片沉落，心灵腾出了更多的空间。

任由冷雨如冰凉的银针刺在热辣的面颊，刺在敏感的脖颈，邈远的思绪渐然漂浮。

黑夜裹挟，冷雨针砭，头脑更加清醒，目光更加敏锐，听觉更加灵敏。

稀疏的树影，白亮的池塘，平旷的田地……远处有光的是村庄。那光只是被雨夜挤压在窗户上，但在这冷寂的雨夜，这昏黄黄的灯光却总给人温暖的遐想。

灯光下，一家人或许聚在八仙桌旁吃着晚饭吧，饭桌上是静默的，村里人总是如这夜雨一般的静默。记得小时候，父亲就不允许我们在吃饭时多说话，一家人也只是默默地吃着。

这冬雨之夜，大概一家人是在围炉夜话吧。就是这样的夜晚，屋檐零落着冷雨，还有一阵阵掠过树梢的寒风。父亲喝了两盅老酒，便有了兴致，用一只筷子敲着青花大碗的边沿，开讲《三国演义》中的精彩片段。什么"蒋干盗书""草船借箭""火烧赤壁"……得意处还哼唱几句"洪山调"。

我更喜欢听外婆讲的那个"豺狼虎豹都不怕，就怕屋漏"的故事。那故事中山村里的老两口在这样的漆黑的雨夜唠叨家常，说"豺狼虎豹都不怕，就怕屋漏"。正好一条饿狼躲在屋里偷听了这番对话，不禁对"屋漏"产生了恐惧。这时来了一个小偷，误把狼当作老两口家的小毛驴，而狼把小偷当成了"屋漏"。直到天亮才真相大白，小偷发觉自己骑在狼的背上，而狼也发现人骑在自己的背上，先前还忍受被锥子扎而不敢出声的苦楚，不由怒火中烧。小偷吓得连忙爬到树上。饿狼请来会爬树的猴哥，用绳子的一头系在猴哥的脖子上，以猴哥眨眼为号。小偷吓出了尿，落到猴哥眼中，猴哥忍不住眨眼，饿狼拉着绳子拼命地跑。结果勒死了猴哥，逃掉了小偷……

这样的冬雨夜，寂静的村庄的炉火旁，有着瑰丽的传说，有着奇谲的故事。寒冷的雨夜让一家人挤到了一处，炉火旁的故事暖润着好奇的心灵。

在这样的夜晚，独自置身于轻柔绵密的冬雨中，看着村庄阑珊的灯光，思绪就会轻飏，会感到自我真实的存在，依依场景就会重现。

冬雨之夜，都市和乡村是两类不同的感受。

都市是情绪的泼泻，乡村是理性的编排。

暖 冬

冬入三九，天气依然不见寒冷。

阳光明晃晃的，暖暖地照着，人们被烘炽得慵慵懒懒。一帮闲人围坐在户外墙角，享受温暖的冬阳辐照，夸张地甩着扑克牌，不时纵声大笑。这冬天倒是像和煦的春天，没有一点冬的寒意，难不成冬天已经成了一个抽象的季节概念。

天气预报上说，"明天气温零下5度"，着实让人担心地盘算一整夜。添加什么衣裳，计划每个细节，一家人还要相互提醒着。可是到了天明，水面漂浮着的是一层娇弱的冰花，空气也未见得有多少寒气。"这冬天怎么一点不感到冷啊！"人们一见面竟一律是这样的寒暄。预期的落空，就在于寒冬的爽约，人们反而抱怨起冬天没有了应该的寒冷。

是啊，想象着对手多么强大，做了好多准备，一交手却不堪一击，给人带来的不是胜利与自豪，更多的是一种期待与失望造成强烈的反差，心中不免荡漾着丝丝失落之感。

在科技落后的古代社会，季节的失序是一件重大的事。帝王往往首先反省自己的得失，检点一番，非但记入史书，还要并密切关注世间一切细微的变化。因为，春夏秋冬四季在古人眼里原是极其分明的。别的且不说，单从我们祖先创造的这古老而神秘的汉字的笔画来剖析，也能获取一些信息。

"春"和"秋"，万物一向个生，一个向死，这两个季节气候也是极平和而宜人的，都写作九笔，大概愿其久留；而"夏"是万物最繁茂的季节，也是极酷热的时节，所以多了一笔，写作十画，一方面表示万物生长极致，另一方面希望其及早结束，因为"十"也是"数字之止"的意思呢。而这"冬"字，上面是"夂"，是古文字"终"字，下面"冫"表示冰，合起来就是时序终了，已进入寒冷季节。《说文》上说"冬，四时尽也"。因而这"冬"字在四季里笔画最简洁。也许这冬季的季节特点与夏季形成强烈反差，一热一冷，故而笔画也形成对比——五画。俭省的笔画也许正表明，这寒冷的冬季已是万物凋零，只剩冷光光的冰块封住大地。看到这简略的"冬"自然让人从心头从脚底生起飕飕的寒气，想象地面结着厚厚的冰，天空飘着一片两片雪花。想象古人创造字原是极其玄妙的，这些不应该只是一种巧合。

如今连这季节也这般含糊暧昧，难怪叫人对一切都产生怀疑。这暖冬和即将到来的节日气氛着实能让人们开心一回，但仔细想来也不由让人产生一丝担忧，因为这毕竟是不合情理的现象啊。

这倒让我怀想起那些曾经过往的寒冬。或许，寒冷的冬季也只能在记忆的河床上往上溯流才能找到吧，那里似乎才是银装素裹的童话世界，在那里才能感受到冬天的寒冷和情趣。

小时候每到冬天，冰雪把大地装点得银白美丽。早晨上学，路旁浅水沟成了一条闪亮的白练。仔细看，上面冻结出各种美丽的图案。有的是一条条清晰如雨花石上的刷丝纹，有的是一圈圈美丽如涟漪的波皱纹，有的如洁白的羽翼，有的如盛开的花朵，有的像松花，还有的像古代白袍银枪的武士……这条水沟成了一道铺嵌在路旁的冰画长卷，每天都给孩童带来新奇的发现。这冬天杰作总逗引得孩童如醉如痴，也激发起孩子无限的想象力。

村西南边有一块废弃的水田，在这样的冬季节，那里是一块天然的溜冰场——一大片奢华的纯天然的冰场地。厚厚的冰层一直冻结到泥地，你能看到底端冻结在冰层里的衰败的稻茬。被幻化无定的冰雪熏陶的心灵自然不缺乏想象力，孩子们在这片天然冰地里发掘着新奇的趣味。有的一脚踏在一块从水沟取来的冰上，另一只脚用力一蹬，"刺溜"一声滑到老远。有的从池塘边敲一大块厚厚的冰坨，用在炭火中烧得通红的铁弹子球在冰坨的一角一丢，一团烟雾，一个溜圆的小孔出现在眼前，再用绳索一穿，打个死结，一端拉着，就是一个精巧的冰爬犁。孩子们在冰爬犁上随便放置一些干枯的稻草，坐在上面，一端由另一个小朋友拉着在冰地里疯跑。有的在冰地用鞭子耐心地驱赶着旋转得冰花雾起的陀螺。那清脆笑声溅落在银白的冰地，也被冰面冻结住了，成为一枚枚清亮的花朵。

那时节冬天总要下一场大雪的。那冬雪从不吝啬，彻夜一直风风扬扬泼泼辣辣地翻卷飘落。

第二天，一开门，就被纯白的世界惊呆了。哇，房屋、树梢、地面堆满一层丰厚的洁白，那是童话里的世界啊。你会想到白雪公主在雪地跳着舞，你会想到那一群奇奇怪怪的小矮人在雪堆背后偷偷地张望。

孩子们还会到雪地追那被雪眩晕得目盲的野兔。雪是白的，兔子是灰的，任凭野兔多么狡猾总躲不了孩子们尖利的眼睛。野兔被追得在野外银白世界里茫然乱窜，踢腾出串串美丽的雪花，最后只能累得老老实实地蜷缩在自以为安全的角落，而被孩子捉住，孩童温热的体温也总让野兔温顺服帖地眯起眼睛。

……

记忆里，这些冰雪往事似乎和极地一样的遥远。那时候大自然和人类是那样的亲和，大自然让人们充分感受季节变换的乐趣。那寒冷把世界变成银亮的一片，人的想象空间也被拉展的开阔而明亮。

记得林清玄曾在散文中谈及"北极人因为天寒地冻，一开口说话就结成冰雪，对方听不见，只好回家慢慢地烤来听……"其实，这样诗意的故事在雪地里的孩童都会编织出的。

没有了寒冷这冬季便没有了童话的色彩，人类忙着赚钱，不断往空气中喷吐着强烈的欲望，地球被欲望的气息熏暖了，人也就变得世俗了。

……

这样一直遐想下去，突然想到电影《后天》里的情景，气候变暖，极地冰雪融化，水面抬升，那自由女神渐渐沉没到涣涣大水里。啊，不敢在往下想了，但愿那永远只是幻想。

我倒渴望遇到的总是寒冬，而不是暖冬，因为合乎情理的寒冷反倒让人觉得更加踏实。

数　九

冬至，是一个节气，也是一个传统节日。

二十节气中"立冬、小雪、大雪、冬至、小寒、大寒"这六个节气属于冬季。

冬至这一天，阳光几乎直射南回归线，我们所在的北半球白天最短，夜晚最长，开始进入数九寒天。

冬至俗称"大冬"，过了大冬，意味着开始数九了，人们将进入四季中最最难熬的日子。

数九，也许是人们寒极无聊时的发明：九天为一九，一共八十一天；到了九九，九九归一，一元复始，春暖花开。所谓"九九艳阳天"，就是九九中最末的一个九天，此时正是风和日丽的春天，是点燃希望的季节。

四季中，人们最怕冬季。在人们的记忆深处，对寒冷有着深层的畏惧。杜甫的一句"路有冻死骨"，足以让人不寒而栗。

烈日炎炎，人们可以脱掉衣服，甚或打赤膊，不至于死人。数九寒天，矫情风雅的富人可以饱暖轻裘，踏雪寻梅。而饥寒交迫的穷人则无物蔽体，畏寒怕冻。那些蜷缩于寒窑的乞儿，更是牙床打架，号寒一冬。身上暖气一旦被冷风寒气搜刮始尽，冻卧僵死，不难想见。

人是温血动物，心头的一点热气不能散尽；而死者，皆是热气游走，手脚冰凉，撒手人寰。

也许正是出于对严寒的畏惧，人们躲在屋里，缩手缩脚，扳着指头，口中念叨：过了几九，还剩几九。希望这寒冷的日子快些离去，尽早迎来和煦的春风，再舒眉展目，放开手脚，为生活打拼。

寒冷给人带了彻骨的体验。世世代代的人们早已把这八十一天的寒冬研究个通透。创造了形形色色的数九歌谣。最为普遍的是，"一九二九不出手，三九四九冰上走，五九六九看杨柳，七九河开，八九雁来，九九加一九，耕牛遍地走。"这则民谣被编进小学教材。一到数九时节，常听到背着书包的小朋友摇头晃脑，旁若无人地用稚气的声调朗诵："一九二九不出手，三九四九冰上走……"这倒成了一道奇特的风景。

记得小时候，村民教孩子背诵："一九二九，怀中插手；三九四九，冻死老狗；五九六九，沿河看柳；七九六十三，行人把衣宽；八九不耕地，只待三五日；九九八十一，庄稼老汉田中立。"调皮促狭的孩子，看到屋角晒太阳的老者，总会高声朗诵："三九四九，冻死老狗。"老者也意识到自己年岁不多，也和老狗一样蜷缩着吸收一点阳光的暖气。最最忌讳的事却被不怀好意的孩子挑明，气得胡子乱颤。孩子总不免被告了一状，傍晚，必然被家长一顿责罚。

农耕时代，数九寒天迫使人们放下手中的活计。严寒把人们从户外驱赶进屋内。人们一旦聚集在一处，就会有故事。天地寒冷迫使人们自己去制造温情，于是，人们必须要把这一段最为寒冷的日子，过得有滋有味。一年之中重要而热闹的节日也几乎都被挤压在一起了：大冬、腊八、送灶、春节、元宵节。这几个重要而热闹的节日密集地贯穿于整个寒冬，也足见人们对寒冬的重视。

人们在接二连三的节日中，忘记寒冷，重温因各自工作而疏淡的情谊，用一杯杯老酒提升亲情的温度，驱散身上的寒气。

数九寒天，天寒地冻，但人们心头始终摇曳着一团火苗。掐着指头，或在《九九图》上销去难熬的时日，而心中早张开无形的臂膀拥抱那不远处的春天。

是啊，"如果冬天来了，春天还会远吗？"

送　灶

　　傍晚，外面突然传来噼里啪啦的鞭炮声，原来今天是腊月二十三——送灶。

　　送灶颇有讲究，乡村有所谓"君三民四"的说法，即官家二十三，百姓二十四。我们老家是二十三送灶，仅仅如此，村民就颇为骄傲，陶醉于老祖宗留下的荣耀。但孩子们所高兴的是比邻村提前一天进入年节，多一天感受节日地热闹氛围。

　　在乡间，送灶这一天，大人小孩开开心心，精心准备丰盛的晚餐。村民早早就煮上一锅糯米饭。先盛两小碗带尖的半生半熟的开锅饭，饭头上插着几双筷子。还盛两荤两素：一碗扣肉，一碗煮白鱼（鱼为一对），一碗豆腐，一碗蔬菜。

　　在晚饭前，在灶台上供奉饭菜，点上香烛。父亲作为一家之主对着香烛，深深作揖，念叨："灶老爷，上天说些好话，保佑我们一家平安幸福啊！"

　　祭拜后，一家人围坐餐桌边，说说笑笑，享用一顿丰盛的晚餐。

　　小时候，我觉得一向平常的灶台突然变得很神秘，似乎有了灵魂，具有了超能量。

　　到了三十晚上，还要祭祀门神、井神、厕神和土地神。门神、井神、厕神只是烧一炷香应个景而已，土地神和灶神一样，也要好饭好菜，用筛子捧着，一直端送到村东河堤上的土地庙，跪祭一番。

　　仔细想来，所谓的"五祀"之祭，都和人们日常相关。土地能生产粮食蔬菜，灶台能把粮食蔬菜变成可口的饭菜。相比而言这两样更为重要，足见人们的功利。

　　外面的鞭炮炸得惊天大响，但带着一团喜庆。城里竟然还有人不忘情于渐已淡薄的传统习俗。

　　也想起午间，看到街口桥头满地铺排着红彤彤的春联，小摊小贩把年节渲染得更加浓厚了。

送灶，是送灶老爷上天言事。灶老爷要把一个家庭一年来的所作所为向玉皇大帝做个年终汇报。玉皇大帝则根据汇报材料，判给这个家庭来年多少福分。人们竟然不忘作弊，幻想着用麦芽糖黏住灶老爷的嘴，不让他打小报告。期望灶老爷"上天言好事，下界保平安"。

这分明是给小朋友在讲童话故事呢，而这正是年节拉近了人与人的距离，浓化了亲情；看似单纯，实则浪漫而富有人情。这样老少皆乐，既有仪式感，又有生活情调。

送灶，过年了，喜庆啊，或许成人在编奇奇怪怪的故事，来骗骗天真的孩童，也让自己童真一回，一起跟着开心呢。

岁　末

这时间一直匆匆地走着，不知从何而来又往何处而去。

每个人都在时间的涡轮里茫茫然然地走着，走到白发萧萧，走到牙齿脱落，直走到游丝殆尽，只留下一截朽木般的躯壳。倒下的、走着的、死去的、活着的在这世间交错，欢笑声、嚎啕声在这世间此起彼伏。

在时间的转轮里一切都被碾成灰尘，烟消云散。那曾经历的悠悠往事也恍如水中的倒影，尽管明净依依却是那般的虚幻不实，一经风雨的点触便会破碎支离。

人生在时间这张无边的天幕上，流星般划着，后面拖着一根白白的细线。随后那白线不断地膨大如片片花瓣，最终化为缕缕云烟，在空中寂寞地飘散。

我们仰头欣赏这幻化的景象时，众多眼睛所看到的只是美妙多姿的幻象，而善感的心灵总能意会于心，心空还悄然零落起清明而冰冷雨滴。

时间是无形而无边的，就如浩大的宇宙空间一样无边无形。聪明的人类在这短暂旅途中用公元这根绳索把时间扎成段段绳结，在时间的天幕上丈量。这结满记号的长绳尽管没有始也没有终，一直在延伸着。而每个生命的个体也能参照着，在自己的绳结上默默地系着。

季节的转盘给地球上万物包括人类一个美丽的错觉。一年三百六十五日交替着光热冷暖，让人类在天寒地冻的冬季里，渴望着春回大地、百花争艳，又让人在酷热难当的夏季盼望秋高气爽、瓜果飘香。

人们在冷暖的两极中期盼体验，度过了一个个岁月，尽管时间只是在走，没有始也没有终。

人们还用分分秒秒把时间切得细细碎碎，在相对概念的虚幻中让生命延长。人们如天上的繁星在自己的轨道上运行，在横向的空间里体悟生命的美好。人们用亲情、友情、爱情以及鲜花、美酒让人生值得留恋，让一生没有虚度，即使到生命的暮年也可以拈花窗前回味那曾经的美好。

人生尽管美好，但一切何尝不是昙花一现的幻影。

在这岁末年关，每个人理应回视自己拖在时间的天幕上划痕吧。

岁月的淘洗，在每个人的记忆里往事有的清晰得如河床上瓦砾间的瓷片，有的则如云烟般模糊渐散，而在他人的记忆里或许成了几缕缥缈的游丝。

时间的流逝，牵着人们凄惶的步履，或许只有在生命的尽头才会无奈地频频回首，而羡妒地看着身边年轻而蹦跳的身影跟着时间一同奔跑。

时间在游走，而季节变换着绚丽的景象给人带来点点希冀。

岁月无情，人间有意。"人生不满百，常怀千岁忧，昼短而夜长，何不秉烛游"，且把人世间那美好的感觉幻化成杯杯美酒，可以让我们沉沉地醉去。

夜晚，窗外绽放光彩，窗内红烛摇摇，人们举杯共饮，笑声朗朗。人世的繁华让人忘却了永恒的痛苦，只有时间寂寞而永恒地跨过一个个年关的门槛。

每当我们清点身边的熟识的亲朋时，才发觉人又少了一个，在盈眶的泪滴中只剩下一个虚幻的音容，或许才感到人生不尽是美酒。

举起酒杯，但不可以尽醉，因为醉醒更觉酒杯苦。

"弃我去者昨日之日不可留"，去就去吧，我们还要拥抱新的一年。

雨 雾

一

巳时，天色渐暗。

窗外，晶莹的雨粒自空中簌簌坠下。远方雷声隐隐，地面突然溅出千万朵灵透的水花，花儿倏开倏灭，倏生倏死。转瞬之间，开得绚丽，谢得精彩。

电光一闪，雨脚如麻，雷声大作。

雨作倾盆，连绵不断，地面成湖，汪洋一片。

好烈性的雨！

雷声隐隐，雨声狂作……

入夏，是天地热恋的季节。

"孟夏之日，天地始交，万物并秀。"绿是天地热恋的结晶。

窗外，树木在雨中禅定,感受新叶沙沙的颤音。芭蕉在雨中低调地摇摆，绿色的血脉汩汩地滋长。杂草藤蔓恣肆纠缠，抢占空间……

入夏的这场烈雨，似乎只有高潮没有尾声，午时依然哗哗啦啦。

雨沙沙地落，雷隐隐地响，绿滋滋地长。

烈雨把天地认认真真地清洗一番，在为盛夏的来临做一个精心的准备。这个夏天定会明艳热辣吧。

入夏新雨，空气清爽，绿影摇摇，诗情画意。

这激烈的雨，酣畅淋漓。

绿，绿，绿，荡漾着人的心魂。

二

这几日，雾气袅绕。

昨晚,游丝纠结,缥缈游弋,似演阴谋;今晨,雾气笼罩,四下茫茫;中午,阳光暧昧,雾霾不去;傍晚,雾气袅袅,天地朦胧。

一整天,是雾的天下。

雾,率性涂抹,街市恍如仙境。

大雾封锁,通行受阻。人们只能在附近慢吞吞地行走,再不见往昔行色匆匆身影,生活的节奏顿然缓慢。

雾,把人们自由限制在家中,一家人能在一起重温旧日的时光。

雾,逼着人们老老实实地待在家里,认真地思考一回人生。往日觉得很多事情没有做,现在什么事也无法做。你也许突然悟得:这个世界原先什么都重要,现在似乎什么也并不重要。

平日里,抱怨觉自己很忙,实则矫情,颇有一份自得;如今,发觉自己歇着也就歇着,离开自己别人依然生活,不免心生些许悲酸。

雾,只是大自然呈现的一种形态。她很美丽,颇具魅惑,但步步陷阱,难以看清。

我们平日忙碌,像辛勤的蚂蚁,只顾编排自己的秩序,而一场大雾就让我们像小船一样搁浅,更何况地震、海啸、泥石流。

大自然不总是月白风清、风和日丽,也会雷霆大怒、地崩山摧。

大自然似乎告诫人们不要过分得意,更不能忽视它的存在。

大自然要让人铭记着这句古老的犹太谚语:"人类一思索,上帝就发笑。"

雾,已经持续好几日了。

月 牙

　　傍晚,在路口等绿灯的当儿,仰望高楼之间的天空。在这片狭长的空中,竟挂着一钩美丽的月牙儿。

　　幽蓝的天幕上,月牙儿浅浅的,像一个金色的小括号。空荡的天幕,有这样一个金色的括弧,给人一种说不出的惊讶。

　　想来惭愧,很久没有仰望天空了。或者说在高楼林立的城市,能看到星星月亮是一件奢侈的事。我们整天在人类发明的电脑、电视、手机上找寻乐趣,却忽略了天空的美丽。

　　天幕上的月儿,曾给人多少诗情的想象,张若虚、张九龄、李白、苏轼一代代文豪都曾长时间的注视月亮,吟哦出一首首和月儿一样美丽的诗篇。很久以来,月亮成了一首读不尽的诗篇。

　　而今,我们有几人会深情的凝视天上的月亮,想着家乡,想着恋人?我们只要看着手机,看着视频,很容易目睹远隔千里的亲人。现代科技的进步,人们曾经的幻想多半变成现实,生活变得简便,人们陶醉于人类的发明,尽享电子产品带来快乐。然而,可悲的是直观取缔想象,科学粉碎诗情。

　　当然,我不是说不要科学,复古倒退。而是说,科学进步是利好之事,但我们不能忽视天上的明月,明月能给我们注入浪漫的辉光,让我们的思绪攀着月亮的光华,在明净的天空飞舞,得到不一样的审美体验。理性不可取代情感,物质不能泯灭诗情。没有诗情,人类精神就会萎缩,萧条,人会变得冷漠。

　　我突然想起老舍先生的小说《月牙儿》,想到开头的一句话:"是的,我又看见月牙儿了,带着点寒气的一钩儿浅金。"

　　此时的月牙儿,在冬冷的时节,说"带着点寒气的一钩儿浅金"倒是贴切。

就在我思绪沿着月牙儿清辉飞驰的数秒钟，绿灯亮了，地面车水马龙，凌乱嘈杂又把我拖回喧嚣的尘世。

深情的仰望那一钩浅金，匆匆走着，小心提防着来来往往的车流。

思绪在飞驰，儿时在乡村，在秋收的季节，躺在干香的稻草上，数着天上的那些较亮的星星，星星眨着眼睛，充满灵性，有时也看到这样的月牙，亮亮的，幻象自己躺靠在那一弯月牙上，在星河里采摘那可爱的小星星。天空多美妙，有这么多美丽星星，这一弯可爱小船儿，那时给幼小的心灵带来多么美妙的想象啊。

天空多美丽，天空多美妙，找一处安静的地方好好欣赏这一弯月牙儿，回忆儿时的梦幻吧。

乡韵杂俎

夏夜纳凉

小时候，在酷热的夏天，对于我们孩子来说，最快乐的时段，莫过于中午和晚上。中午可以背着家长，悄悄钻到河里痛痛快快地游泳，潜在凉凉的清水中可以躲避热烘烘的空气；而在晚上则是在生产队的碾场上纳凉，几乎全村人都要来，那场面像聚会。

大人们聚集一处时，就会有意想不到的趣味事发生，足以弥补精神上的匮乏；对孩童们而言，更多的是喜欢那热闹的氛围。

傍晚，天还没有完全暗下来，孩子们像蚂蚁搬家似的，一趟趟地把自家的长板凳和大门搬运到碾场。早到可以占据一个好的地盘，把门板铺放在长凳上，完成任务后，甚为得意，一走三跳地回家吃晚饭。

吃过晚饭，女人们在屋内，把满满一脸盆热水，放在圆木盆边，掩上门，稀里哗啦地洗着。男人们则借着夜色裸着身，在井边打一吊井水从头冲到脚，然后用洗衣服的光荣牌臭肥皂，在头上、身上、腿上、脚上，依次涂抹一遍，又用吊子从井里打几次水，从头到脚反复冲几遍。直到没有了皂沫，打几个寒噤，颇感快意。但不论男人还是女人，人们的心思全在场子上，因为这是一天最惬意的时光。

几乎家家的大门都黑洞洞地开着，门都做了纳凉的工具。上了年纪的老人在自家院落里守着，铺着门或放着竹床，躺着，用蒲扇悠悠地挥打着蚊虫。大人们拿着扇子，踏着木屐，被孩子牵绕着慢条斯理走向场子上的自家床铺。渐渐地场子上满是纳凉的人，偌大的碾场铺满铺板，铺板上满是人，或坐或躺。天幕上缀满闪闪烁烁的星星。这场景很壮观，也有一种浪漫的情调。

村西边的碾场很开阔，除场子周边的几棵稀稀拉拉的黑魆魆的老槐树外，别无遮挡。晚间的习习凉风给劳顿一天的村民带来更多的是精神的慰藉与满足。

唯一不足的是蚊子很多，蚊子似乎嫉妒人们的这份清福。村里的孩子都知道蚊子的习性，"七月半，蚊子赛过金刚钻；八月半，蚊子才死一大半"，这是我们这里的谚语。农村草木多，七八月间的蚊子很厉害，嗡嗡的叫声缠绵一片，让人心烦不已。村民形容蚊子多时，常说，"蚊子像是把街都抬起来了""蚊子撞到一脸的"，都是朴实而形象的说法。

但村民也有办法对付。他们在上风口点燃几个碎草垛。由于细碎，草垛就一直慢慢地燃着，冒着浓厚的烟雾。这招果然很灵，蚊子少了许多，但浓烈的烟火也把人熏得很难受，而吃惯了苦的村民并不在意，反倒觉得这是乡村正常不过的烟火气息。那时候满场上烟雾四起，幽幽袅袅，更增添一种特别的情调。

村民是耐不住寂寞的，很快集成了几堆。这一堆在一起谈居家过日子的闲事，柴米油盐酱醋茶；那边一堆在拿一个刚刚学舌的小孩子来消遣，孩子的奇葩妙语，不时引发出大人们阵阵大笑；那一堆是在讲荤段子寻开心，不时爆发粗野的狂笑……

小孩子也总是不安分，在火堆旁点火玩，不时追逐打闹。也总会有孩子奔跑时不小心撞翻了别人家的床铺，也总招来一顿戏谑性的臭骂，不讨喜的孩子便回嘴骂几句跑开，大人们放几句狠话，原地重重地踏着，假装要追，其实谁也懒得与孩子较真。而大一点的孩子开始懂事，有着强烈求知欲，则总缠着有一点见识的会讲故事的大人，闹着讲故事。大人们被缠不过，不顾白天的劳累，强打精神讲几个鬼呀神的故事，孩子怀着恐惧而又好奇的心理，听得入神。

那时候村上有个年轻人，可能嗓门大的缘故，所以外号叫老黄（这儿俗语"黄喉咙，大嗓门"，可能由"黄钟大吕"演变的）。农村讲究迷信，人丁不旺的人家，就会与人丁旺盛的人家结干亲。他家有弟兄多，他母亲自然就有很多的干儿子。他其中一个干哥是个香火，游走乡间，帮人操持婚丧喜事，能说会道，擅长说书。老黄受到干哥的熏陶，也能说些书，开心时，也会给我们讲几段诸如《武松醉打蒋门神》之类的水浒故事。他口才很好，嗓门也很大，也很专业，一边讲，一边比划，紧要处还唱一段，唱的腔调虽单一，但很好听，很有感染力。据他自己说，这是失传的"洪山调"。

　　有一回，他干哥到别处做香火，途经我们村庄，路远回不得家，晚上也到场子上纳凉。他原和村上人是熟悉不过的，被村民纠缠不过，只得在碾场子上摆个场子，他还把随身带的羯鼓带来。他头发稀稀拉拉的，曾经害过痢子，村民叫他"痢红锣"，他也欣然接受。痢香火一开始，悠悠地敲着羯鼓，渐渐地鼓声密集，羯鼓似乎都要被敲破。突然，戛然而止。他大吼一声，"今天，我给各位朋友说一段"，接下来用唱腔说出或者唱出，"秦琼——那个——卖——啊马——"，曲里拐弯的，但很有诱惑力。"咚，咚，咚……"又是一通羯鼓。人们鸦雀无声，已经完全被故事情节吸引了。

　　可能是由于鼓声，竟把邻村的村民也吸引来了。那时没有其他什么娱乐，村民精神生活很匮乏，自然对口头文学很痴迷。

　　可恼的是这个说书的"痢红锣"讲到最为紧张处，突然停下来，说"诸位朋友，近来穷忙，嗓子吃不消，抱歉"。知趣的村民自告奋勇地提议，"有钱的出钱，没钱的出几个鸡蛋"。一向倔强的村民这时节都很乖巧驯服，都一一照办。

　　那说书的把生鸡蛋敲个小孔，"滋啦"一声吸进肚里，竟如此连吃几只。用手把嘴一抹，又来劲了，羯鼓一敲，用洪山调唱着。说到秦琼落魄伤心处，就用悲凉的腔调，把眼睛松的村民的眼泪都引了出来。在村民的央求下，一口气说了很多精彩段子，什么《程咬金三斧取瓦岗》《罗成大战尉迟恭》，直听到金鸡报晓，东方既白，而村民全无睡意。

　　印象中那一回是多么奢侈的纳凉啊。人们几乎忘情，全都陶醉在那曲折动人的故事里，精神得到极度的满足与释放。

　　而在平常夜深时，天凉凉的，场子自然安静了许多。有的村民，生怕小孩受凉，哄骗那睡得模模糊糊的小孩，说"快快，响雷了，下雨了"，小孩稀里糊涂地被大人抱了回去。大部分人在露天过夜，全然不顾露水沾湿被单。在外面睡觉就图个凉快，不像家里窝着暑气，活像个蒸笼。

　　这时，场上是呓语声，锉牙声，扑打蚊子的声音，也有给小孩把尿的口哨声，场边老牛反刍的声音也能依稀听见……人们都沉浸和平宁静的梦乡里。

洗澡杂记

天冷了，在家里洗澡成了麻烦的事。太阳能不够热，还得烧个把钟头；怕感冒，还得准备取暖设备。一番思想斗争之后，才可能有洗的决心与勇气。

似乎令人难以置信，一年三百六十日，我几乎天天都要洗澡。觉得每天晚上洗个澡，让肌肤同清水相接触是一种美妙的感觉。经过清水从头到脚的淋漓滋润，一天的疲倦与困顿会被清洗得干干净净，整个人变得神清气爽。

洗澡成了自己的习惯，给自己带来美好的感觉与健康的情绪，但却也给家人增添了不必要的麻烦。

换下的衣服谁来洗？先前在家由母亲洗。记得有一回冬日，母亲还抱怨过"哪个姑娘嫁给你都要跟着倒霉呢"。离家读书及刚刚工作过着长长一段的单身汉生活。当时，我还幻想过神话传说里的那位美丽勤快的田螺姑娘踏着月色，悄悄地来把我的衣服拿走，洗净晾干又悄悄地叠放在我身边。但我知道那只是人们穷极无聊时的精神慰藉罢了。唉，那叫爱干净的呢，那只有自己洗呗！结婚后，都由老婆洗。天长日久，尤其在冬天还天天洗换，她也不免抱怨起来了。大概母亲的抱怨成了谶语。当然，这抱怨我是从小就听得的，也没有辩解的必要，最好的方法是哈哈一笑。是啊，洗澡在我来说是美妙的事，在家人眼里倒成了恶习。

说到洗澡，不光是美妙，其实还有很多美好的回忆呢。

在我们家乡也把游泳叫作洗澡。我的家乡河渠池塘密布，部分田地往往就在大河的对岸，村民家中都有大木盆子，下地时，就坐在木盆中，用手划开水面，飘飘荡荡地直抵对岸。在夏季丰水季节，人们图个凉快，把农具放在盆里，整个身子浸在水里，一边推着木盆自在地游着，颇为惬意。

记得一个夏日的傍晚，村里一个新媳妇有急事要渡河回娘家。也是坐在大木盆子里，由于她是山里人不习水性，木盆在河面打起旋转。她一下子失去了理智，手忙脚乱，绝望地大喊大叫。突然，木盆一倾，人仰盆翻，但见水中呜哇浮沉，黑发扰扰。危急之时只见一村民扔下手中农具，纵身入水。在惊惶之时，只见那村民一把抓住落水媳妇的长发，奋力往水中一潜。就在莫名之间，岸边突然立着浑身淋漓的村民，手里提着那已是吓得半死的新媳妇，那情形就像抓着一个俘虏。这是小时候通常看到的情形。

家乡男女老少大多有很好的水性，如果不会在河里游泳似乎令人不解。夏天，大河里、池塘里总能听到击水的嬉笑声。在这样的环境下，我学会了狗爬，继而学会了侧泳、仰泳、潜泳，再后来学会了更多的泳姿。

我们在洗澡过程中还玩很多游戏，如由某个伙伴把一块大石头奋力扔向远方，然后看谁能最先在水里捞出。这里不仅比速度也比水性与勇气。

最富有情趣的是夜晚到旷野池塘里洗澡了。

那是在夜晚纳凉时，总有个年岁稍大的男孩提议到池塘洗澡。我们六七个男孩子，一路说笑着，踏着月光，过了小桥，到"大思塘"去游泳。这个池塘的水常年清澈，一度是村里的食用水源。白天水里还有油油的荇菜，我们疯累了，直接用手捧起水一咕噜往肚里灌。

夜晚，星光倒映，水面袅娜着缕缕水气，含混的蛙声更显出这池塘的幽雅恬静，似乎这池塘跟它的名字一样在沉思。

在夜晚的掩护下，我们更加放纵。脱光衣服，掬水浴身，适应了水温后，像银鱼一样，往深水处奋力一扑，轰然声击碎了池塘的宁静，每每有野鸭咯咯叫着飞入芦苇深处。我们在清澈沁人的水中自在地游着，任由那凉凉的荇菜在身上滑过。那时整个人就像一条自在的小鱼，也似乎融化在水里了。我们游累了，把圆圆的荇菜叶子贴在脸上，彼此讲着最有趣的故事。

不知是谁讲的故事，说一个新媳妇回娘家省亲，口渴了，便在池塘边喝水，不小心把蚂蟥喝到肚子里。后来某一天，她同婆婆拌嘴，婆婆打她一巴掌，竟把她的头给打落了。原来蚂蟥在肚子里繁殖很快，整个人都快要蛀空了。自打听了那个故事后，我再也不敢在外面池塘里喝水了，觉得水里尽是看不见的小蚂蟥。

我们又总是在月光中，一路唱着歌进了村。

最富有诗意的是雨中洗澡了。

放暑假在家，除了看书，锻炼，自然是到大河里洗澡。到大河里洗澡，几乎从未间断。有时下起雨，我便撑着伞，从长满杂草的小径来到河边。那夏日的雨脾气很急躁，啪啪地砸着伞面，颇有韵律。

下雨时野外只有我一人在河里自在地游着。雨点把水面砸出一朵朵美丽的水花，溅得我无法睁开眼睛。我便潜在水中，听到的竟是带有金属般韵味的敲击声，密集而悠长。原来这水中听雨竟然如此美妙。有时戏水的鱼儿竟把我当成同类，从我腰间冰冰凉凉地滑过。

露出水面，那岸边的草木一律沙沙地响着，远处迷蒙，像淡墨渲染一般。

有时躺在水中静静地感受，有时干脆让思维中断，当自己是一截枯木让雨点在脸上肚皮上肆意敲击。这富有诗意的"洗澡"，还真令人难忘。

最具有刺激的算是在冰风刺骨的冬日里的洗澡了。

那是寒假。早晨，天空还闪烁着亮晶晶的星星，我便悄悄起来，到公路上跑步。几公里下来，上身只穿一件薄薄的背心，但已是热气腾腾的了。跑回家中，水缸里的水还有冰碴，就用盆子盛满冰水，从头淋到脚。那冰冷的寒水如银针般刺激着肌肤，有一种彻骨的痛快。洗过，只要穿上一点衣服，那一整天总是感到很温暖。

工作后很少有在野外池塘洗澡的经历，只是有几回在游泳池里游泳。但那里是人体的展示，没有野外游泳的自在与宁静心身的禅意。

后来不再游泳了，变成了真正在家洗澡了。尤其是在夏天，锻炼后，虽不及在河水中自在畅快，但用热水洗澡，那也是很清爽美妙的感觉。只是如今在冬天里洗澡成了麻烦的事，但若不洗澡，总觉得疲乏，晚间看书写字也觉得不快慰。

或许在水边成长，对水有特别的依恋。

七月话鬼

农历七月十五日，古称"中元节"，俗称"七月半"，民间叫"鬼节"。谚云："七月半，鬼乱窜。"据说这天地狱大门敞开，阴间的鬼魂全被放了出来，有主的回家去，无主的就四处游荡……

在古老的文化渲染下，这一天似乎街巷旷野乃至空气中都挤满了孤魂野鬼。

这一天人们的活动自然都与鬼有关，鬼也就成了这一天的话题。生生死死，死是偶然也是必然，死者与生者两厢暌隔，必然生出诸多玄想。

小时候我们总会缠着长辈讲一些鬼啊神啊的故事，长大了也喜欢读《聊斋》《子不语》《何典》一类的作品。然而有趣的是，对于狐狸一类的精变故事，我们非但不觉得恐怖，反倒觉得温馨，甚而至于产生无限的向往。对于鬼魅的故事，即便是主人翁何其温婉贤淑，总让人心头发怵，凉气倒生。

想来奇怪，按理鬼与人最挨近的，是人死后灵魂的心理幻化，而人们对鬼心存芥蒂，反倒对蛇狐精变生发无限悲悯。

记得曾经到长江边的鬼城——酆都去游玩。一登上那条阴司街，那冷色调的布满鬼魅脸谱的建筑，那幽冷摄魄的音乐，早已把人的灵魂抽走，似乎让人只剩下一具徒然行走的躯壳。那名山地府，则更是让人的心儿提上丢下的，一路也只有逃的念头，胆小的则闭目而过。尽管那只是传说中的种种阴间故事的造像，但那真是让人有死了一回的感觉。

不由得推想，人想象出鬼来，想必有复杂的情绪。一则宣扬生命的神秘，对死亡的敬畏，也掺杂对现世的劝善或诅咒；二则对生命短暂的无奈，幻想灵魂不灭，来自我慰藉。

就人的一生而言，无非生与死，有关死亡或鬼怪的传说时时都会听到。每个人一生或多或少听过或体验过这类鬼怪的故事，那些过往的碎片似乎依然清晰。

　　小时候，大概是深秋，祖母就像院落里一片飘摇的落叶，最后凋零了。按习俗晚上全家人要为死者守灵。厅堂临时变作灵堂，地上铺着稻草，盖着席子，晚上家里人坐在上面。祖母穿着臃肿的寿衣，盖着被面，平躺铺板上，脸上罩着一张黄草纸，脚边是一盏香油灯，油灯忽忽地抖动着微弱的火苗……

　　那是一个漫长的夜，也是一个恐怖的夜。

　　有个帮忙的远门亲戚想打破沉闷的气氛，也许是善意的提醒，说了一件据说是他亲身经历的事。说他自己的祖父去世时，他家人也是在守灵。到了下半夜，大家都困了，大多合起了眼睛，他自己也迷迷糊糊地乜斜着眼。正在这时，铺上的尸体突然坐了起来，大家都一时惊醒。有主见的长辈说"快，不能让尸体飞了"，一时间众人手脚忙乱，才把身体按住，直到天明鸡叫，大家才长长地喘口气。据说尸体见了月光会飞走，对家里人很不吉利。

　　当时不知哪个提出疑问，认为人死不能复生，怎会有这等怪事。那个亲戚一再强调是自己亲眼所见，为了证明自己的说法的可信性，还多方援引。还说他家远房亲戚曾在湖南湘西做生意，说那边人死在外地，还有专门的赶尸匠，恁把尸体赶回来呢，有时生意好，尸体多，就用草绳将尸体一个一个串起，趁着月夜一路赶回……

　　听了这些故事，那一夜谁敢合眼，生怕祖母真的飞走。我看着祖母脚边的"长眠灯"微弱的跳突着，再看祖母脸纸被微风掀动着，我汗毛倒竖，浑身战栗，不敢多看。最后一直挨到鸡叫，大家也才放心。

　　一时间，眼前这一向善良而温和的老祖母，似乎是这样遥远而陌生，还给人带来莫名的恐惧。真难想象阴间是什么样的环境，似乎是无边的空洞的黑暗。是啊，人死了肉体将永远消失了，只有灵魂在空中飘荡，再也不能和我们活着的人亲近，逢年过节不能分享家人团聚的快乐。想来，那时真的有点灰心，人干吗要活着，既然活着为什么还得要死呢？真是难以解答的无边的大困惑。

　　也记得小时候，村里有一段时间"闹鬼"，大家都在恐怖的阴影里度过一个个漫长的夜晚。

有个邻居说，他晚上从集镇下班回来，经过村子西边的石板桥。月光下，瞧见一颗人头挡在桥板当中。他用大泥块猛地掷过去，准头不够，并没有砸到。但那颗人头骨碌碌地滚下桥面，只听得"咚"的一声，也不见水花，便消失了。

还有村民说夜晚在碾场上纳凉回家，门口塘边一个白胡子老头在月光下立着。门口塘四周一向杂树环抱，夜晚本就有点恐怖，加上曾经溺死过人。那段时间在晚上，我都憋足一口气，奔跑而过。

还有妇女说，她上茅坑时，屁股上被啪地打了一下，以为哪个畜生作弄的呢，回头看没有任何人，吓得提起裤子就往茅房外面跑。后来有见识的人说是掌管茅厕的神仙"紫姑娘"打的，肯定哪里得罪了她。自打听了这件事，每次上厕所都生怕被一只冰冷的手扇打在屁股上。

后来听说那一段时间，前后三庄都闹鬼，说的活灵活现的，让人在恐怖里生活了好长一段时间。

又有村民说，一天深夜走晚路，看到一个披头散发的女鬼从门口塘边的菜园里往外面爬。早吓得魂飞魄散，脚如灌铅，气不敢出。女鬼经过面前似乎不曾看见他，只是木木直直的走着。经过面前，原是村里一个认识的女子。村民回家后就躺倒，整整发几天烧。后来才弄明白那女子一度有夜游的毛病。

这个故事更加玄乎，以至于我看到那女子时都不敢正视。似乎村子大了，就像门口塘边那一棵棵瘿瘿瘰瘰的畸形粗大的古树，年代久了，总会滋生怪异神秘的事情。

后来，村里又传出怪事。一个妇女在自家院落，乱蹦乱跳，嘴里不停地莺歌小唱，有时口吐白沫，满地打滚，醒来后又全然不知。见识广的人说是被鬼附体，要用鸡血狗血来淋，不行就要请香头来祛赶。

不久，又接二连三地有媳妇闹鬼附体，一家人只得到处请香头来祛。后来听有见识的人说这些人大多在家受了委屈，就装神弄鬼，家里公婆凡事也就敬畏着她。

　　原来这些人利用人们对鬼神敬畏的心理，便借助鬼神来宣泄自己的不满，装弄出来一些事端。乡间人大多迷信，这招往往很见效。

　　还有一回，邻村一个赤脚医生在为村里病人挂水之余，还叙说过自己被鬼迷住的故事。说有一回秋天出诊回来，天刚侧黑，经过一片坟地。刚登上一个坡地，旁边还有一棵老槐树。走啊爬啊，走爬了半天又到这棵老树下。浑身都被汗水浸湿了，整个人都要虚脱了。后来干脆不走了，直到听到鸡叫，才突然清爽过来。还说这叫作"鬼打墙"，是阴司里的促狭鬼在捉弄人，并无恶意。

　　后来听大人们说，走夜路要大声说话，或者大声唱歌。老年人还特意叮嘱回娘家的小媳妇走夜路，千万不能呼唤宝宝的名字，因为孩子的火焰低，魂魄容易被厉鬼勾走。

　　稍大一点，我对这些故事产生一些怀疑，心想自己怎么从没有经历过。别人的话难保没有虚假的成分，以至倒渴望有遇鬼的经历。后来听大人解释，大凡人心头都有一团火焰，有的人火焰低，容易遇到鬼；有的人火焰旺，鬼都躲还躲不及呢。我想我的火焰一定是很高的，不然怎么从未遇到鬼呢？

　　有一回，一个秋天的夜晚，我们几个小伙伴在碾场上玩耍，看到西边坟地上飘游着点点幽蓝的火焰。仔细看又不像萤火虫的光，一定是大人们说的鬼火。我们白天就常在坟头上玩"抢山头"游戏，这片祖先的坟地给我们带来的只是乐趣，并无畏惧。最后打赌，我和另一个胆大的同伴竟然去坟地观察，近前却一无所有。

　　后来也听人说在路边看过"鬼火"，近前一看竟是一堆鸡蛋壳。据说是鬼抬轿子，阴间"送嫁"。直到读书学了化学，才明白骨头、蛋壳一类物体含有磷。磷的燃点很低，极容易自燃的。这才有满意的答案。

　　但后来我竟也遇到一件让自己困惑难解的事。一年深秋，村子南边的芦苇荡上面已经漂浮着一片白浪浪的芦花。向晚时分，村民都在碾场上捆扎着稻草，我和一群玩伴在弥散干香气息的草垛间捉迷藏。后来又突发奇想，排成一排，展开双臂学那大雁回归，嘴里一律唱着已经记不起的即兴儿歌，往芦苇荡方向跑去。我是孩子王自然在前面，后来我才发现一个叫

"小三子"的玩伴竟在我前面，穿着一身黑色的衣服，默不作声，但和我们一样跑着。走到荡边，不知哪个小朋友说荡里有鬼，小伙伴就一哄而散，往回跑，我也跟着往回跑。到了碾场边，发现少了"小三子"。困惑良久，猛然醒悟，才明白"小三子"三天前，得"小喜（天花）"死了。

这事一直困绕我，后来只能用幻觉来解说了。

在乡村，七月半是家长正面鼓励孩子与鬼神交流的时节。晚上，家长耐心地帮我们用稻草绳在麻杆上一圈一圈地绑扎，浸上煤油，点燃，到荒野去"斋孤"（给孤魂野鬼烧钱）。那倒是很浪漫的事，孩子们手持火把排着一队，到旷黑的野地游行。远看一串串闪烁的火光游动，像是发生什么神秘大事……

当然，七月半前后几天，家长是绝对不允许我们下河游泳的，说这几天水里有鬼作祟。

七月半与鬼相关，自然也有着相关的文化瓜葛。

佛教传说中，释迦十大弟子之一目连的母亲坠入饿鬼道中，食物入口化为烈火，目连求救于佛，佛为他念《盂兰盆经》，嘱咐他七月十五做盂兰盆以祭其母。近代献瓜果、列禾麻以祭先祖，固然有些创新，但也是盆祭的遗风。旧时，中元节为目连救母做盂兰盆会，后来逐渐演变为放河灯，祭祀无主孤魂和意外死亡者。

这一日，在一些边远的山村，能隐隐约约地听到锣鼓声，必然是在开演"目连戏"。乡间未曾断裂过这些文化传统。

乡村过年

2007 年春节算是百年难遇的奇妙的春节，宛然春仙子"犹抱着琵琶半遮面"，姗姗地从远处走来。

立春早已过了，春节却没有来。老天似乎等不及了，郊外小草已钻出泥土，远看青油油的一片，风儿吹在脸颊上不觉得寒冷反倒觉得清爽，那阳光也是新鲜的骄阳，格外的明媚，全不似冬日的昏沉。那小鸟从黎明啼到傍晚，在枝头跳上跳下，把阳光啼碎一地……此情此景会让人想起谢灵运的那几句诗——"初景革绪风，新阳改故阴。池塘生春草，园柳变鸣禽"。

春节还没有来，总觉得新的一年还没有开始。就像领了结婚证，在法律上早已认定，但没有举行婚礼，亲朋好友没有吃上喜宴，不免有些缺憾。

2007 年的春节离元旦相距一个月十八天，算是够长的了，而且年初二就是二十四节气中的雨水。《月令·七十二候集解》中说："正月中，天一生水。春始属木，然生木者必水也，故立春后继之雨水。且东风既解冻，则散而为雨矣。"全然是春天的气候特征了。而在往日春节还在瑞雪飘飘的冬季，因而那句"瑞雪兆丰年"传统农谚，倒是通常的情形。

在我的记忆里，地处江淮之间的家乡总是在冬天里过年的，也大多飘着白雪，下着冷雨，要么阴沉沉的天色，当然也难得一遇晴好的天气。

但不管迟来还是晚来，也不管刮风还是下雨，过年总是热热闹闹的，是一年中辞旧迎新的最美好的时段。

过了送灶，年味就能逐渐地显现出来。在城里，大街上格外拥挤，人们手中提着、拎着、抱着的是花花绿绿的年货，脸上洋溢着笑意。

那商店不论店面大小，生意都很兴隆。人们似乎一时都变得大方爽快，只要是需要的或满意的都会买下来，平时舍不得买的昂贵物品也不惜钞票买下来。过年呗，想开一点人生不就是几十年的光阴，一年到头总得焕然一新吧。能随心所欲地购买一回，满足一下购买带来的快意，那满载而归的富足感自然从内而外流溢出来。

当然,要感受年味还得到乡村。农民一年到头都在辛苦忙碌,生活清苦,但到了过年也都变得豪爽起来。

刚进腊月就宰杀养得肥壮的年猪,再分割成几大块用盐腌制,过几日起卤后便挂在向阳的墙面晒着。那腊肉到年底早已饱晒了冬日的阳光散发着喷香的气息。送灶那天整个村庄开始沉酣在令人流涎的腊肉的香阵之中。

送灶后村民开始忙着蒸年糕,白色的蒸气从厨房的门檐、窗口袅绕而出,厨房里满是浓浓的热雾,掌笼屉的钻进钻出,手里捧着一笼热气腾腾的糕馒口里叫喊"让让让",往庭院里预先放好的八仙桌上一扣,家里其他成员连忙收拾,摆放到大大小小的簸筛里冷却。掌笼屉的师傅接过另一笼刚做好的糕馒,再一次钻进热雾里,准确地放在滚烫的沸水锅上。事先早已晒得干燥的木柴在熊熊大火中哔剥脆响。烧火的、劈柴的、掌笼屉的、揉面的、包馅的、收拾的,各司其职有条不紊。而这一切大多是自家人临时组建一个面点操作流水线,叔伯姑嫂之间总是一边干活一边相互取笑,笑语拌和着糕馒的热腾香气飘散整个庭院。

豆腐也是自家磨的,在送灶之后的几天,家家似乎变成了磨坊。

前一天晚上黄豆就放进水盆里浸泡,第二天就鼓胀饱满。推磨的大多是有气力的男性成员,要有节奏地推;掌勺的大多是家里女性成员,在磨盘上的横木后退之时,从水盆里迅速地舀一勺大豆,再准确地倒进圆圆的磨孔里。推磨的若是和掌勺的是平等班辈如叔嫂或总不免热热闹闹地开着玩笑,比如大伯子把磨盘子推得飞快,弟媳妇就要眼明手快,不然瓢会被撞飞,大豆就会泼洒一地。这时免不了一番尖利地戏谑,女的若是要强的总会说"看你有多快,有本事就一直快下去"。

看那推磨的情景,有时不免想起锡剧《双推磨》中的歌词:"推呀拉呀转又转,磨儿转得圆又圆,一人推磨像牛车水,两人牵磨扯蓬船。推呀拉呀转又转,磨儿转得圆又圆,上爿好像龙吞珠,下爿好像白浪卷。推呀拉呀快又稳,磨儿转得像车轮。"

磨好了豆浆还要用白色水纱布过滤,再倒进大铁锅里烧煮。接下来用石膏凝固，再用纱布挤压出黄汤水，用木版压成一个大方块，用刀划成小方块再用冷水养起来，要吃的时候再捞起来几块。

这些是过年的准备，也是构成过春节的必要过程，在劳动中让快乐得到充分的体现。当然这些劳动的主题是春节，劳动的核心是饮食文化。

春节是辛苦一年的长假，经过了这些充足的准备，接下来就是快快乐乐地过节了。

在农历二十九这天夜里，也就是年三十的前一天夜里，村民便把腌制好了的咸货放在架着干柴烈火的大铁锅里反复烹煮，直煮到浓烈的肉香袅绕满屋子，那猪肉用筷子也能轻易穿透时，才叉起来，敬过祖宗，便是作为整个春节的餐桌上的佳肴。自这天晚上开始爆竹便连成了一片，这鞭炮声的确是春节的一大特色，因为它是持续而普遍的，空气中飘散着幽微的火药的香气，这样过年似乎有了具体的声色内涵。

年三十夜吃团圆饭，平日里为了生活而四处奔波的一家人可以聚到一处，畅谈自己的种种际遇和自己的一年的人生计划。这时节才感受到家的温馨，也才感到人忙碌一生的价值和乐趣。当然往昔守岁的风习依然保留着，只是活动的内容发生了改变，过去人们以玩扑克麻将一类的活动来消磨漫长的等待，而现在的人们更乐于看春节年欢晚会。对春节年欢晚会的评头论足也成了亲朋们春节的主要话题，否则便如陈奂生一样感到落伍。

在农村，年初一这一天拜年只限于乡里乡亲之间，上午相互串门，喝口茶接支烟说几句吉利话。而孩子们这天则是富足而快乐的，乡村的孩子手里提着一个大方便袋每家每户都要去拜年，爷爷奶奶大伯大妈哥哥姐姐地连珠炮似的叫一通，便换来一把糖果或半条大糕，半条村跑下来方便袋就塞满了。

大年初一算是一个高潮，上午比较热闹繁忙，下午村民大多上了牌桌，村子才有点冷落，只是零星听得点燃鞭炮的脆响和欢乐的童声。

大年初二路面上开始繁忙起来，人们一律穿戴簇新整齐，路面上似乎是色彩的流动。这一天女儿女婿要携着孩子提着礼物给岳父岳母拜年。岳父一家兴奋得彻夜未眠，第二天一早便叮叮咚咚地剁着二十九那天煮熟的各类咸货，不一会便端上十个冷盘。客人一来只要再炒几个热菜变是一桌异常丰盛的筵席。太阳渐渐升得高了，香燃了几支，看到别人家的女儿女婿都早早到了，听得别人家有说有笑，心里不免滋生抱怨。看到自家女儿女婿姗姗来迟，免不了数落一番，但毕竟是春节，不快如同一片飘逝的云，快乐之声是主旋律，欢声笑语很快就在各家庭院幸福地回荡。

中午，村落成了美酒飘香的杏花村，这是快乐的高潮阶段，杯勺轻碰，笑语喧哗。最有意思的是傍晚时节的路面上，人们的脸色是酡红的，脚步是跟跄的，那情形像刚刚从西天王母娘娘的瑶池赴宴归来。

亲朋之间的串门拜年贯穿整个正月。年前做了充分的准备，冷盘都事先摆放好的，做一桌酒席变得轻而易举。亲朋跑动在于感情的联络，当然酒必须要喝得酣畅尽兴。

乡村的春节一直要持续到正月十八的落灯。按老舍先生的《北京的春节》描述正月十五是老北京春节的高潮。在我们这里也有正月十五过小年的说法，但也只是过年的余韵，十五之后便是年事阑珊了。落灯的一碗祝愿天长地久延年益寿的面条也就代表整个春节的结束。

这些年，乡间春节的热闹也渐渐淡薄，因为现在的乡村与城市的联系不像过去那样松散，大多数农民都在城市有一份工作，城市七天的节假很快就过去，农村的节奏逐渐和城市合拍了，过了初十乡间的春节也基本告一段落了。

春节是人一生中比较重要的节日，是亲朋能放下手头工作相聚开怀的美好节日，也是人们能够回首往事时容易记取的人生美好时段。

今年的春节尽管姗姗来迟，但在春暖花开的时候过年，也算浪漫，愿普天下亲朋共举手中的酒杯，品尝人生的美酒！

相约串年

过年在乡村最有味道，而相约串年则是极有意趣的习俗。

在乡村，大年初一同村人之间必须相互拜年。同一家族男性或女性结成一队队的群体挨家挨户依次串门，拱手作揖相互祝贺，说说笑笑，开开心心。过年是万家同乐的日子，这一天耳边回荡的总是欢声笑语。

一拨拨人群依次串过门后，相互投合的便坐到一处，在牌桌边抹起扑克牌或打起麻将。先前迎来送往的欢笑声结束，继而听到的是骨牌哗啦啦的声响。偶尔听到牌桌间传来一番争辩，很快又平静下来，听得"啪啪"出牌的脆响；又听得另一边和牌推倒骨牌的杂沓声，一阵喧哗：有叹息，有兴奋，有评判……一时间偌大的村子成了一个大赌场。

按照习俗，年初一这一天村民都待在家里，活动范围限于本村。因此打骨牌似乎成了村民主要的娱乐方式，也是村民认为最正经的事情。

到了吃饭的时间，提供娱乐的家主总是布置一桌丰盛的年饭，看牌的人小酌几杯继续"战斗"。按照通常的惯例，每一圈牌的赢家必须抽出一部分钱放在一边，作为留着给家主的"抽头（小费）"。

年初二这一天，出嫁的女儿要和夫婿孩子回家给父母拜年。有时一家有几个女儿都已出嫁的，一家子就会喧嚣热闹，那情形有点像古装戏《五女拜寿》。

因贫富不齐，姊妹之间见识短的有时不免冷言冷语相互讥讽，弄得不愉不快。老妈不免左右逢源相互婉劝，但往往反而成了怨府。富女儿认为老妈偏心，大有杀富济贫之嫌；穷女儿则抱怨老妈嫌贫爱富。一场本该欢喜的盛宴倒弄成了一场刀光剑影的鸿门宴。最后老妈总会红着眼嘘唏一番，说："臭鼻子割不掉，一家人一家亲啊。"闹剧最终以不愉快收场。这也是乡村通常看到的情形。

连襟之间毕竟都是男人，聚在一起不屑于小女人鸡肚猴肠似的倒苦水，而是在酒桌上要营造一些气氛让大家彼此都开心。酒要喝得响亮热闹，要让人都过来围观，要老丈人一家喜庆。喝酒的情形总是要分出高下，不能喝的自然不是爷们，要滑头的更是被看不起。最后的两人较起劲来，一杯一杯地喝，喝到舌根发硬，眼角乜斜。观者起哄，热闹非凡，欢声雷动。

吃过饭，便坐到牌桌边，稀里哗啦地玩起骨牌。赢钱的女婿总会给岳母几个钱，哄得岳母眉开眼笑，不亦乐乎。

有时女儿女婿在老泰山家逗留多日，竟没有归意。这里有美酒，有佳肴，还有早已准备好的簇新的骨牌和相投合的牌友。女婿是娇客，有着好生的伺候自然乐不思蜀。好客的老丈人天天有女婿陪酒，天天热热闹闹，开开心心，热闹就是红红火火，这也正是村民所期望的家和万事兴。

初三初四亲戚之间事先约好了依次串门。咸货早已煮得烂熟，来人可以切上十几个冷盘，再炒几个热菜便是一桌极其丰盛的酒席。几天年饭吃下来，大家嘴里早已乏味，那热汤里几片鲜嫩的青菜倒成了众箸齐奔的佳肴。

亲戚家都要相互走动，自家若没有亲戚来往，看到左邻右舍热热闹闹不免心生悲凉。亲戚们都会顾及这一节，免不了结成食客联盟挨家吃年饭。于是有人戏称："一家吃一口，不吃是小狗！"

初五初六之后，亲戚之间大多串遍了。待在家里有时又耐不住寂寞，于是朋友同事之间电话相约，拜年吃饭，其乐融融。

串门吃年饭是很有意趣的。一家一家地吃，像是在赶场子，似乎别人家的饭菜就是很香。也似乎只是单纯地为了吃饭，而很少有多少心灵的交流，一切似乎在吃中就能产生感情。

但无论习俗如何荒诞，过年串门总能让亲朋之间有些往来，让人感受到除了工作之外，人与人之间多少还有一点温情。

乡村赌徒

过去乡村过年，除了赌博并没有其他什么娱乐活动。

大年初一村民相互拜年后，大人小孩各找对象，四人一组正经八百地坐到一处，于是乎到处都是麻将声、牌九声、扑克声，整个村庄俨然成了一个大赌场。这些声音在夜间更加清晰，大多村民挑灯夜战，乐此不疲。因为过年，大家难得聚到一起，输赢其次，主要图个快乐。

大年初二，女婿给岳父岳母拜年，酒足饭饱之后，必然被邀请看牌或打麻将，假如不会此道，就会被冷落，甚至连女人小孩都看不起，"某某家的女婿，不是爷们！"

在这全村乐赌的氛围下，谁会赌，谁能赌，就令人刮目。村民不关心国家大事，那是大人物操心的事，他们只关注谁和谁在一起赌，谁赢了钱。赢钱的都是英雄，村民围在赢钱的人身边，打听当时牌桌上的情形。赢钱的眉飞色舞地描述出了一只什么牌，摸了一只什么牌，怎样斗智斗勇。众人免不了恭维一番，那赢钱者似乎杀敌凯旋浑身痛快。

早期盛行推牌九，轮流坐庄，比点子大小，瞬间便见分晓，如同摸彩，往往赢家集中到一个人身上，其他参与者终会输得鼻塌嘴歪，袖手酸寒。

赌博是恶劣的风气，村部有时会摸排抓赌，把赌具连同桌子板凳全部扛到村部，主要参与者要受到严厉的训诫。

平常人家不允许在自家聚众赌博，铁杆赌徒会趁月黑风高悄悄到村边一个孤寡老妇的家中聚赌。老妇在村中辈分很大，记得小时后，她看到我总是拦住不让走，让叫一声"老祖"，我叫了数遍，她总是说没有听清楚，要大声叫，我最后会运足气力，扯破嗓子高喊一声"老祖"，她才满意放行。

她还有一个呆进不呆出的呆儿子，鼻涕在鼻孔进进出出，村民叫他"呆国王"，有时觉得叫三个字都觉得费事，干脆叫他"国王"，他乐而受之。孩子们也都喊他"国王"，他总是转过身，一瞪眼，神态很荒谬。一直到他去世，我都不知道他的名字，后来编家谱才知道他还有一个很好听的大名，叫"宗祥"，和我曾祖是一个辈分。

这位老祖家里除了一张祖传的八仙桌，就是四堵泥墙。老祖性格豪爽，仗着孤寡儿呆，辈分又大，村里人都敬让三分。她为了几块钱的抽头钱，公然把家奉献出来当赌窝。

我长兄是个十足的赌徒，拿母亲的话：每年苦几个钱，都要拱手送人。

兄长，我叫他大哥（发圆唇音 guo）。六合人发音很特别，总是发圆唇音，兄长字面上写作"哥哥"，叫起来便成"guo guo（上声，有点类似'国国'）"。和陌生人客套"哥哥"则叫作"guo guo（入声，类似'锅锅'）"。只要开口发音，亲疏立判。

哥哥都要表现出长辈得风范，处处爱护小弟小妹，在小弟小妹眼中哥哥是英雄豪杰，叫一声"国国"，充满了自豪。

因为好赌，父母都防范着他。平时我喜欢缠着哥哥玩，而我竟成了他搪塞的道具。晚间，长兄把我往肩头一扛，丢给父母一句话，说带小弟弟到西头去玩。

七弯八拐，最后摸到老祖家。老祖家前后还有人望风把门，只要有陌生人，呼哨一响，就灭灯散人。

一进屋子里，嚯，坐着的站着的早已挤满赌徒。我骑在大哥的肩头，看得清晰：只见一个村民用手把骰子撮起来，使劲一捻，两只骰子在蓝边瓷碗里轱辘辘打旋。众人眼瞪得老大，屏气凝神，心随骰动。骰子停稳后，看清点数，由庄家摸牌，四面赌徒依次抹牌。每人面前压着一叠纸币。赌徒们全神贯注，摸搓骨牌，表情各异。他们都是行家，不需要看牌，用手一抹一拖，便知道几点。庄家把牌一摸一拖之间，嘴角微微一牵，似乎志在必得，大声说："还有谁要押！"待到机会成熟，骨牌一翻牌，庄家点子最大，诸人齐声惊叹，像泄气了的皮球，庄家神情凝重毫不客气地把众人压的钱捋到面前……

大哥看得心痒，免不了参战，还坐几回庄，每次赢钱都抽几张给我。看到大哥面前皱皱巴巴钞票逐渐坟起，我的口袋也渐渐鼓起。

奇诡的是每次大哥都是先赢后输，而我倒是满载而归。大哥很有赌徒的气概：赢钱不喜，输钱不恼。钱吐（先赢后输，叫吐 t ù 钱）得口袋翻底，但从不跟我讨要。

在这样的环境熏染下，我自小也会推牌九，也总是先赢后输，最后连压岁钱都输了，有一回为了翻本，竟然记挂起妹妹用手帕包好藏在箱底的压岁钱，后来都给输个精光，妹妹和我吵闹了很久。

奇怪的是，自打上学念书后，我再也不赌了，成年后连对打纸牌都没有一点兴趣。

大哥长我十六七岁，他一辈子就是一个赌徒，把输赢得失看得很淡漠，并且平时喜好纵酒，一手很好得厨艺，平常一天喝两遍小酒，也是十足的酒徒。

大哥也许为了手头更加阔绰，能在牌桌上叱咤纵横，恣情纵意，六十几岁还在工地上打工。在工地上也豪赌痛饮，视钱如土，深受赌徒们敬爱。

某晚他对工头说自己肚子疼得厉害，工头亲自开车带他到医院检查，一查是肝癌晚期。

看望大哥时，我眼含热泪，而大哥只是淡淡一笑，一副听天由命、满不在乎的样子。

最后，癌细胞扩散，他疼得满头大汗，但始终没有叫喊一声。村里人平常送给他得绰号叫"老油条（好赌的老毛病总是改不掉）"或者直接叫他"油条"。得此雅号，他从不介意，任由叫喊。

村民陆续到他家看望。村民都为他垂泪，他只是笑笑，强忍剧痛。

村民感慨万千，说："油条是一个硬汉子！"

如今，每次回家过年，村民家家都有牌桌，敲击麻将之声不绝于耳。

我出自乡村，再也融不进乡村。过年回老家，只能到田野河边走走，或者翻翻书，或者闷头睡大觉。

迁坟记事

记忆中，村庄的坟地变迁三次。

小时候，村庄西头是一面池塘，叫棉花塘，得名于北首的一块棉花地。棉花塘的西边是一块坟地。

远看，坟头像散落一地的馒头，乱而无序，但是哪家哪户的祖坟，村民心中很清楚。

坟地是一片神秘的禁区，但很特别，春风过后满是野花杂草，颇有生机，但到秋天花花草草一律枯黄离披，倍感落寞。

其中两个稍大的坟头最为显眼，也不知是谁家的祖宗，被村童当作山头阵地，孩子们分作敌我双方在此冲锋陷阵，争夺山头。

这两座大坟头上片草不生，早被孩子的衣裤磨得精光，露出白森森的泥土。星月之下，两个白大的馒头格外显眼。

那时饿疯了的野獾土狗，专门盗洞刨尸，弄得骷髅胫骨随处可见。顽劣的孩子还拿着不知哪个古人的胫骨，挥舞厮杀，甚至有的孩子把骷髅头当皮球踢来踢去。

那时大人们下地干活，孩子们在一起，想着法子玩耍。

有一年深秋，住在村头的一个年老的老鳏夫死了。村民帮他清洗一番，穿上一件长风衣，盛进棺材。悼祭一番后，棺材被抬到坟地西北的一个角落，放进事先挖的长方形深坑里，用泥土填埋，再堆成一个馒头似的土堆。在顶部安放一上一下两个圆锥形的土帽子，锥尖相对处压着两束拖拖挂挂、花花绿绿的坟纸。周围还斜放着几个花圈。这座新坟在衰颓的坟地中格外抢眼。

据说，新鬼灵魂有一股怨气，始终飘散在坟头。看着那被阴风吹得瑟瑟发抖的坟纸，儿时特别害怕。走夜路时，头不敢回，气不敢出，生怕惊动他老人家。

就在那个鳏夫死后的第二年春季，上面来了一个新政策，要求把村庄的坟地迁到距离村庄七八里地的后王山。

村民都拿着大锹、畚箕等劳动工具，走向自家祖上的坟墓。村上坟墓没有立碑，但村民都各自认得。

在先前一定已经迁过一回，因为老坟里多是盛过化肥的塑料口袋，几根干硬的骨头就盛在里面，口袋已经干硬破损。

村头那个鳏夫的棺木依然很新，被撬开时，一股浓烈的恶臭喷然而出，原先的尸身变成了一副骨架，那风衣的排扣齐整地排列在椎骨上，里面堆满白森森的蛆虫，蛆堆在惶遽不安地蠕动着，令人作呕。

那时，幼小的心灵着实受到一些震撼：原来人死后，竟腐烂成这样一副惨状，假若死者灵魂有知又会怎样感慨呢？死去是多么可怕的事，任人摆布是多么没有尊严啊？人死了还有什么尊严呢？

自坟地统一迁徙到后王山之后，废除了土葬，改为火葬。

1977年的冬天，外婆去世。外婆生前很怕火葬，她认为人死了被火烧还是很疼的，但她死后还是被推进熊熊的火炉，瞬间被火吞噬。

高大的烟囱飘着黑烟和黑蝴蝶般的灰片。胖大的身躯一顿饭的工夫便化作一堆灰白色的粉块，被盛放进一个小木匣……

目睹这样的场景，好长一段时间，我觉得一种莫名的虚无，人死后灵魂究竟去了什么地方，越想越想不下去，只能觉得人死后灵魂应该像一片树叶飘落到一个永无尽头的黑洞洞的深渊……而那瞬间被烈火吞噬的场景始终挥之不去，总让幼小的我陷入一片虚无。

大约在20世纪90年代，又来一个新政策，公路两旁不允许看到坟地。各村的坟墓还由各村统一规划搬迁。

这次坟地迁到村南河堤的南坡。东边地势好，村民尽管同姓同宗，但各不相让，族长用抓阄的办法排定次序。

一切按照天意，不争不吵。我家手气最好，排在最东边，紧靠始祖坟，那时家人还很高兴，认为全靠老祖宗的阴德。

改革开放以来，农村生活条件有所改善，这次都改成水泥坟墓，有的坟头还立了碑。

开始时，村民坟墓的高度规格都很一致，再后来，有些村民把去世的亲人坟墓建造得比较奢华，还加上琉璃瓦顶。

如今，搞新农村建设，要求全乡的死者统一下葬到夏娄朱附近的朱家山公墓。公墓在桂子山西南侧，离村庄有二十来里路程。坟墓按地势，按规模，按材质，分出几等价格。

2012 年春，母亲去世，就安葬在朱家山公墓，而父亲和列祖列宗的坟墓还在村南的坟地。

清明扫墓，只能在相距二十里的坟地奔波。

死者任由活人搬来搬去，地下魂灵不知做何感想。

坟地，是人生的归宿，却是生者的未知世界。

祖坟风波

"祖宗都不要了，扒掉他家房子！""把他这族先人从族谱里抠掉！"村民议论纷纷，群情激愤。

清明前几日，袁氏家族里几个有话语权的族人在一起商议，决定在村南边——清水河对岸，修建老祖宗的坟墓。

年代久远，沧桑变化，老祖宗的坟墓早已难寻，村民只知道在东队的东北角老墓地上，有一块大青石，是老祖宗的坟墓的碑石。石头上没有什么铭文，但在村民的眼中这块厚重沧桑的老青石是一个圣物，就如同老祖宗的圣体。

改革开放前，村民家中遇事，就会悄悄跑到这块大青石前，焚香跪拜，祈求老祖宗保佑平安。

每逢清明节，家父会把收藏的族谱拿出来，焚起三炷香，用蝇头小楷工工整整地把上一年去世的村民的名字填写到密密麻麻的红格子里。

据说，"文革"时期，全国各地大搞破四旧、立四新，许多村庄族谱被焚毁，而袁氏族谱被家父藏在粮囤里，幸免一劫。

后来村民知道了，也悄悄地到我家，对挂在墙上的族谱，恭恭敬敬地叩头祭拜。

村民到我家，每次都要恭维一番，赞叹一番，说家父是文化人有远见，保护族谱有大功等等。

改革开放后，世风温和，村上有话语权的几个大佬级的族人宗余、子君和家父等人倡议每年在清明前两日祭祀祖先。

乡村宗族观念异常浓厚，村民听说祭祖之事，一律拍手赞成。议定每年由四房族人（老祖宗的四个儿子的支脉）轮流操办。每家每户象征性地出一点份子钱，其他不论多少都由主办的族人承担。

祭祖这天异常热闹，天还没有亮，大青石前唢喇声起，烛影摇摇。议事村民和主办族人，用筛子把一个鼻孔插花的硕大猪头和其他果盘摆放在青石前面，焚香叩拜，鞭炮齐鸣。

中午散落四乡八集的族人纷纷赶来。他们首要之事，要到张挂在厅堂里的族谱前三叩九拜。无论官多大、钱多少，在祖宗牌位面前，都要恭恭敬敬地叩拜。在乡村只看辈分，没有权位。

中午、晚上两顿酒席，每轮几十桌一开，要分好几轮，晚上远道族人都安排第一轮次。村民自有智慧，一切忙而不乱，有条不紊。每年清明祭祖，族人们同吃一锅米饭，同念一个祖宗，都是一家人。酒足饭饱，喜气洋洋。

有一回安徽某地的几个袁氏族人兴兴头头前来认祖归宗，说祖上是从袁家滩搬出去的。但由于年代久远，他们不知道始祖的名字，只记得前几辈先人排行，但和族谱无法对号。族长议事，最终不允许入谱。几个远道之人，顿时瘫软，泪如雨下，继而失声号啕，怅然而去。族人嘘唏不已，爱莫能助。村民淳朴，但对待入谱之事极为认真。

九十年代，村民认为应该给老祖宗修墓，一致认为西队清水河对岸，场面开阔；更为绝妙的是前面还环绕着一口池塘，风水上叫有情之水。

村民做事向来风风火火，家家投钱，破土动工，吹吹打打，把大青石也抬了过来。大伙挥汗如雨，兴高采烈。没多久祖宗新坟很快就矗立在清水河的高堤上。

突然，一个村民风风火火赶过来，气急败坏斥责地道："谁让在这里建墓的！正对我家门口，一开门就看到坟墓，太晦气了！赶快搬走！否则我要到乡政府告状，你们搞封建迷信活动！"

大伙一听说搞封建迷信，怒不可遏，说："你是怎么出来的，没有祖宗，能有你吗？"

西队的人毕竟天天见面，面子上过不去。东对村民中不乏血勇之人，大声疾呼："扒他家房屋，老祖宗看到他家房屋晦气！"

这一呼叫，村民一下子搬出几张梯子，很快架在他家的墙上，真有几个冒失的汉子，爬了上去。

瓦片一片片地从天而降，落地粉碎。

族长还发话："到祖宗坟头去叩头上香，认罪，就可以免除惩罚！"

这户村民气不过，真的到乡镇府告状，乡里派的办事官员刚下车，抬头一看，只见村民义愤填膺，怒不可遏，也被这个阵势惊住了。

只能顺应民意，劝慰那个村民一番，开车走人。

事后还有村民调侃：开门就看到老祖宗这才是福气呢！

祖坟风波过后，那几个冒失的汉子也觉得愧疚，那户村民也没有深究，大家都出自一门祖宗，抬头不见低头见，彼此和好如初。

辈分之恼

同姓大村庄，论起辈分颇令人烦恼。

袁家滩，一祖四宗。我家出自长子这门，按照村里人说法，还是长子大房这一支。长房到我这一辈已经到第十一代，而老祖宗的第三、四子这两门族人和我年龄相仿的才到八九代。

年龄比我小的玩伴，辈分却比我大上许多。西邻是我的玩伴，论起辈分我要喊爷（叔叔，方言念姨音）；后一陇（排）的玩伴，论起辈分我要喊爹爹（祖父，方言念入声）。

作为同龄孩子才不理会这套，都是伙伴，尔汝相呼，直接叫对方小名字。

孩童率真，感情用事，好一时，恼一时。在一起玩耍发生争执，打上一架，孙子打哭了爷爷，这是常有的事。村民淳朴，且年代久远，没有人计较，当然即使计较也没有人理会。

每逢大年初一，按照村里的习俗要挨家挨户地拜年，论资排辈是必然的事。年龄比我大不了几岁的，要硬着头皮喊一声爷，或喊一声爹爹。对方也极其尴尬，不知所措，只得尴尬地笑笑，断然不好意思应答。

村里自有规矩，那就是年长为尊。凡是辈分大年龄小的见到年龄大辈分小得都要喊哥哥或姐姐。这样一切问题就解决了。

最为头疼的是涉及到亲朋交往，辈分错乱。遇到这种烦心事时，真不知如何称谓。

这事也让我遇到了。村西头那个辈分最高的孤寡老妇，家里人要我喊她老祖，连她的呆儿子，我都要喊一声太太（曾祖）。最为犯难的是这个老祖和我大姨母是亲家，她二女儿嫁给我姨母的长子，也就是我大表哥。

小时候到姨母家拜年，哥哥姐姐一通叫，他们都开心欢喜地大声应答，而那个大表嫂，只是不尴不尬地笑笑，我觉得她很奇怪。而姐姐们叫她太太，她也是不尴不尬地笑笑。我很困惑，二姐解释道："各喊各叫，我们按照我们村这头的叫法。"

我总觉得很别扭，后来看到她就含含糊糊地叫上一声，她也不计较只是淡淡地笑笑。

村民淳朴并不在意这些虚礼，但每逢祭谱都要强化一下班辈，平时嘻嘻哈哈，在列祖列宗的灵位面前，都变得严肃正经起来。辈分高的俨然自尊自贵，辈分低的都要客客气气，礼让有加。

早先没有计划生育，村里老哥少弟是常有的事，侄比叔年长，不在少数。但在一个大家庭里是严格分出等级的，侄子必须老老实实地叫老爷（念姨音），而小叔叔在大侄子面前处处拿大，当仁不让。

按照传统礼仪，所谓论资排辈，辈分不分，必然乱序，那叫没大没小，令人所鄙。

大年初一，都要回乡村拜年叙叙辈分，很小的的娃娃喊我哥，而我所要称呼的不是叔就是爷，还有几个要喊太太（曾祖）。

入乡随俗，无论如何回家乡都是一件令人愉快的事。

绰号卮言

村民之间常以诨名相称，儿时觉得有趣，但又颇感困惑。

家门某大伯，就有兼得两个诨名，一曰"老花斑"，二曰"郭槐"。平辈村民当面喊他"老花斑"或"郭槐"，他似乎乐而受之。印象中他胡子很坚硬，他总会用坚硬的胡子扎小孩，我似乎还被他扎过。

小时候，村童很顽劣，常齐声喊他的诨名，他很生气，突然掉头露出狰狞的面孔吓唬我们，惹得我们哈哈大笑。但他的诨名意思我始终很困惑。后来看到草台戏《狸猫换太子》上那个和刘妃密谋，用狸猫换掉李妃所生太子的那公公也叫郭槐，是一个花斑脸。我似乎参得奥妙。也许，孩子不懂大人之间的事，总是不能理解那个大伯和公公郭槐有何相似。

家门某大叔，村民喊他"猫眼兽"。我倍感奇怪，他和猫、眼、兽有什么关联呢？是否他身材小、眼睛小，有关系呢？后来听说还是来自戏文，《昭君出塞》中一个贪婪的宫廷画工叫毛延寿，因为王昭君不肯贿赂他，他把昭君的画像上点上丧夫落泪痣。据说，那位大叔和草台戏上那个演员外貌酷似，于是得来诨号"毛延寿"，村民按乡间土话唤作"猫眼兽"。

另一个叔叔辈的，是一个鞋匠，在集镇上摆一个地摊，帮人修补鞋子，外号"小皮匠"，他住在我家东边，早出晚归都从我家的门前经过。

某个夏天傍晚，人们在纳凉，我在自家庭院练习吹笛子。他下班回来，背着木箱，匆匆从我家门前走过，听到我那刺耳的笛声，他突然折回来，拿起笛子吹出悠扬的曲调，举家人都被笛声陶醉了。他还指导我一些吹奏技巧，练习方法，颇为具体到位，很实用。

他很聪明，但村民皮匠长皮匠短地叫他，他总是憨憨傻傻地笑着，不予争辩。原来他还有着不为人知的音乐天赋，只是可惜被凡俗生活所埋没。他本属于舞台却隐没于巷陌，他有着艺术家的资质，却整日琢磨一双双残破的旧鞋，再用灵性的手指去精心缝补，陶醉于修补后的杰作，满足于客户的惊叹。

他修鞋手艺极好，在小镇一干就是几十年，镇上人鞋坏了都找他修补，全镇人都认识他，也都喊他"皮匠"。

还有一个长辈的绰号，我至今百思不解。这位长辈绰号叫"洗洗脸"。他人高马大，为人随和，但不知大人们为何叫他这个怪异的诨名。每次经过我家门前，我总是盯着他的脸看，看他的脸是否没有洗干净。

这些人大多作古了，我也不知道他们名字，也只能记得这些诨名。村民之间相处，不端架子，彼此直呼诨名，都不以为意，哈哈大笑，其乐融融。

如今人与人之间似乎有了距离，多了几层防范，很难得听到俚俗而亲切的诨名，人与人之间称呼"老板""老总"，表面抬举，其实生分，少了真率与性情。

吆喝回响

午觉之时，突然听到很特别的吆喝声："修理煤气灶（每字重读，间歇且拉长，最后一音小停顿）、油烟机电饭煲（两词连读，最后一音成回环形）……"这口音与我们当地的方音明显不同，听起来很土，但很悠长，一直在耳边回荡，抹之不去……

吆喝是特别的广告，声调高亢，词句简洁，韵味悠长；是世俗喧嚣中一句最亮丽的语句，也是一句最接地气的歌词。

其实，在我们的记忆里有很多类似的声音，它们有着特定的内涵，似乎已经深深地刻录在我们的大脑，总是挥之不去。这声音在某个特定的情境下，似乎能穿透漫长的时光，由远及近，漂浮到耳畔，随之而来的往往又是一幅幅往昔的温馨画面。

小时候，村里除了散漫而悠长的鸡啼声，以及哞哞不休的犬吠声，最能牵动我们神经的要算那货郎的笛声了。那笛声很清脆，尽管只是一个悠悠长长的音符，并不成一个完整的曲调。但那声音一旦在村子里回荡，最先引发的是狗的吠叫，再就是我们这群蒙童着了魔似的欢呼，寻着笛声一路追奔，一路尾随。

那深谙孩童心理的货郎总是耐心地停在村口，过半天吹上一遍，不愁没有人答腔。那高高的竹箩筐上面是一个四方大木盒，又分隔出若干小格子，罩着一大片玻璃。格子里面尽是令人眼花缭乱的新奇宝贝：锡包的针、五彩的线、各种型号的鱼钩、大大小小的纽扣、红色的头绳、亮晶晶的发卡……而更吸引我们眼球的是花花绿绿的玻璃球似的糖果和那捏在手里屁股后会发出吱吱叫声的皮娃娃。那眼馋的孩子早就牵着祖母的衣角，吵着要买糖果和皮玩具。祖母被缠得不过，把早就预备好的废铜破铁叮叮当当地堆到货郎的面前。一番讨价还价，最后还要搭上一个晒得黄亮干脆的鸡肫皮或一缕女人的长头发才算成交。老祖母每回总是发狠说，"眼眶浅，下次就把你卖给货郎先生"。

有一回，一个挑高箩的货郎照例吹着清脆悦耳的"魔笛"，玻璃下面小方格里不仅有玻璃糖还有卡通小饼干和小麻花，村童眼看着这些小零食，不觉津水倒咽。有个小伙伴极其顽劣，把脚上一双崭新的塑料凉鞋脱下来，交给货郎，换得几根小麻花。村童平时都光着脚板，要么穿单布鞋，穿塑料凉鞋是极其奢侈的，一般家庭是舍不得买的。这双凉鞋，是他爸爸前几日在集镇上卖了老鹅，犹豫好久，最后一咬牙买才下的，作为宝贝儿子的生日礼物。他爸爸偏偏又是个火爆脾气，听说儿子新鞋子被货郎拿走了，愣是追了好几个村，大骂货郎缺德，还要把货郎的一扎新碗给捧回去，急得货郎只差下跪叩头了。

这些声音里还有腊月里卖麦芽糖的吆喝声。这声音对村童最具吸引力。"卖麦芽糖咯！"那声音和麦芽糖一样的瓷实厚重，像一锤一锤砸出来的。因为过年要制作炒米糖，照例家家都要买的。讲好价钱后，卖糖人用铁錾子对着黏脆结实的蛮糖一角，用铁锤对准錾顶轻轻敲击。遇到性急的用力敲打，那蛮糖便像冰碎玉屑似的飞溅，这可乐坏了我们这些好吃的小蒙童。争着在案板附近拣起，顾不到体面便放到嘴里，细嚼慢品起来，牙齿被粘在一起，用力挣开，那甜甜的糖汁拌着口水，美极了。我们俨然成了一帮小乞丐。

有一回秋季，有个卖猪头肉的，在村子里瓮声瓮气地叫唤："卖猪头肉喽"。我们这些蒙童照例前呼后拥地跟着。那猪头肉的香味早馋得我们不行。家长都在田头劳作，即使家里有人，也很少有谁舍得买的，况且都没有钱。我们只得闻肉香而大嚼。其中一个邻村的大小伙子他父亲是个工人，家里自然富裕些。他也经不起诱惑，化了几角钱买几两肉。我们都眼巴巴地看着他，他为人很忠厚，推故说不好吃，就分给我们了。那情形就像一群鬣狗围着得到猎物的狮子，眼巴巴地看着，伺机分享一点残羹。

对我们这些顽劣的村童而言，最不感兴趣的则是补锅磨刀的叫唤声了，每每跟着学几声怪叫。"铲刀磨剪子喽，镶菜刀！"这也是村里公演的《红灯记》中李玉和化装磨刀客时吆喝的，我们觉得很好玩。磨刀的师傅吆喝一声，我们这些小蒙童操着幼稚的口音跟着大声地唱和。磨刀师傅总是突然转身，瞪大眼睛，把铁铲子敲得叮当响，想吓走这帮瞎捣乱的蒙童。那情形像对付一群吠影吠形的小狗，但又哪能制止住呢？

最糟糕的要算是卖豆腐的师傅了。他滴滴答答地敲着梆子，间或沉闷地吼一声："卖豆腐喽！"豆腐不能给我们带来更多直接的味觉遐想，便编出口诀来戏弄他，"嗒嗒嗒，嗒嗒嗒，一块豆腐卖到黑（念仄声）"。做生意的人最忌讳听不吉利的话，总是敲着梆子，跺着脚骂娘，而护短的妇人也总会出来对着卖豆腐的师傅劈头盖脸一顿臭骂。

……

生活中的声音，总是跟我们有着密切的关联，它们总是为我们而来，给我们带来种种方便，但有些却早已尘封到一代人记忆里了。声音背后也都有一个个有趣的故事，只是很少还有人提及。

尘世琐言

村中溪流

无论城市还是村庄，都要逐水而居。

在乡村，水的地位更为突出，人口、牲畜、庄稼都离不开水。

某个春天的早晨，祖先携着妻儿老小走出封闭的山区，渡过大江，被遍地梨花吸引了，一打听才知道这里是六合，古称棠邑。先祖决定在这里安家，沿着古冶河（八百河），一路向北找寻一片比较理想的荒地。

一片泽国，只有一块高地。高地上杂花生树，野棠梨的白花最为抢眼。高地上还有一道道沟壑溪流。

先祖决定把家安在这里。父子五人动手搭建简易的草屋，日夜奋战，挥汗如雨。终于成功地疏通沟渠，村南的积水流进河道，村边露出连绵数里平畴沃野。

没过多少年，这里鸡鸣狗吠，孩稚逐闹，生机勃勃。一个叫袁家滩的村庄就这样诞生了。

历经世代经营，袁家滩成了一个远近闻名的大村庄。

儿时，村里村外摇曳着波光，水是袁家滩的名片。

村子西头有两口池塘，北首叫棉花塘，栽满菱角，南首叫鸭池子，漂浮着水葫芦。村里面还有一口池塘，叫门口塘。门口塘是过水塘，也是村民的吃水塘，备受村民爱护，塘水清澈甘甜。

三排横贯东西的房舍构成村庄，每排几十户人家。南边一排叫前陇，北边一排叫后陇，中间一排叫中陇。西队的前陇和中陇之间是门口塘。后陇和中陇地势较高，家家户户后园都有水池，以涵洞相连，灌溉、排水极为便捷。

门口塘东西首各有一条溪流穿村而过。东边的溪流是东队和西队的分界线，就在我家东墙脚下，我家和东邻仅一溪相隔，便是两队之分。这条溪流较浅，平常细流涓涓，多雨时节才见急流湍湍。

门口塘西首的溪流较为开阔，依次从后陇广庚和子富两家之间、中陇广选和宗道两家之间，蜿蜒而过，闪烁着粼粼波光。

溪流是村庄的血脉，只有溪流浸润濡染，村庄才会充满性灵。

初夏，从远处眺望，村庄被一堆老槐树藏掖着，摇曳着一片诗情。

绿叶饱含着汁液，空气也被渲染得鲜碧。槐花乍放，从绿叶间坠下串串洁白的花束。猝不及防的洁白把村子给照亮了，也把村民的心情给照亮了。

清凉凉、甜丝丝的馨香氤氲在村庄。炊烟依依，鸡鸣犬吠，村庄显得宁静而慵懒。

偶尔能听到隐隐的雷声，一如进入水瀑山村。

门口塘水面浩大，那条穿村而过的小溪在池塘的西侧，自北而来，一路蜿蜒穿村过户。

溪水和门口塘有着三四米的落差，一路欢快而来的溪水在池塘边突然跌下来，被扯成一匹白练，声音就是从这儿传出来。泠泠溪流在夜间格外清亮。村民夜夜枕着这美妙的溪曲入眠，颇有山村听瀑的意境。

池塘的东首还有一条小溪在下陇东队子和西队子槽两家之间穿过，再穿过几块田地，便与村南边的灞水相连。

西侧那条开阔的小溪成了村童追梦逐幻的乐园。

三四米宽的沟壑，在孩子们眼里就是一个阔大的河床，溪水很浅，只能没过脚踝，碎砖破瓦、贝壳瓷片，被溪水耐心磨砺早已没有棱角，村童光着小脚丫，肆无忌惮地在沟里追逐，践踏出朵朵水花。

这来自外界的溪水充满神奇，从碎石瓷片上跳荡而过，清亮浅近，似乎唱着一首难以破译的古老的歌曲。

最让孩子快乐的是，小溪里藏匿着小鱼、小蟹、虾米……这些小生命以别样的方式在这明净的小溪里生存，多么鲜活，多么可爱。

有时用小手捧出一条小银鱼，通体透明，它偶尔扭动一下柔滑的身躯，似乎没有一点惊怵。小蟹从孩子指掌急急匆匆地爬过，很不耐烦。小虾米，一蜷一缩，蓄势待发，突然奋力一弹，水花一现，孩子一脸清凉……

嘻嘻哈哈的笑声盖过瀑流声，银亮的笑声在溪壑间流荡。

明净的小溪、纤弱的生灵，给孩童幼小的心灵注入了慈爱，浸染了淳朴。

这条充满性灵的小溪丰富了乡野村童的童年生活，让他们学会了与自然相处，在自然中得到灵性。

成人并不在意的小小溪流，在孩子眼里却是大自然恩赐。

小时候，村庄虽简陋，但充满生趣，淳朴自然。

村庄不大，池塘三口，溪水两条。村童踏花逐浪，嘻嘻哈哈，其乐无穷。

因为有水，村庄充满活力，溪瀑訇訇，童音袅袅，其乐融融。

20世纪80年代，溪流消失了，池塘干涸了。

村庄错落着漂亮的小洋楼，村民闭门而居，过着城里人生活。池塘失去了原有的功能，村民吃着自来水、矿泉水，看着电视，玩着手机，陶醉于虚拟世界。

然而，没有水滋润，村庄便会枯萎，便少了几分灵气。

曾经村中有溪，曾经溪水浅浅，曾经溪瀑訇訇，但已成过往。

村庄琐记

　　流年岁月，往事悠悠。乡村过往，属于一段时期的村情世态，不妨记叙一二，可循迹既往风习。所涉皆凡人琐事，虽人卑事微，却不失真性。往事依依，追叙感怀，提笔嘘唏。

一、木桥风波

　　仲秋的傍晚，红霞满天，鸡犬相闻，一片静好。突然村西头一声惨烈的嚎叫："大袁滩人哎，救命哦——"。

　　原来是小柯庄人和赵秦村人争夺界河废桥的木料，而发生了冲突。这座古代石桥过去叫桥湾石桥。新中国成立后大搞基础建设，政府修建了公路，原先村民赶集必经之桥也就失去了原有的价值，后来逐渐被村民淡忘，桥边的柯庄人把大青石搬运回家，修墙建屋，只剩几块歪斜的巨石。

　　桥湾桥紧靠柯庄，地下尽是木料，也是柯庄人最先发现的。赵秦人说柯庄人是从金牛水库那边迁居过来的，没有资格挖木料，说这是赵秦人祖上留下的。

　　一九五八年年底，政府开始兴建金牛湖水库，当地村民失去家园，被安置搬往各处。其中部分柯姓、陈姓为主，搬迁到袁家滩西南边，叫柯庄。因为村小人少，还补充自愿加入的几户袁姓族人，袁滩人称他们小柯庄。柯庄人新家园的田地都是袁滩人很仗义地分割出来的，柯庄人自然把袁家滩当做宗主。

　　赵秦是大村子，因为水源问题与袁家滩常有摩擦。听老人们回忆，每逢插秧季节，由于村处下游，上游的水源，经常被赵秦人所截。为了争水，从清朝到民国，经常和西边赵、秦两大姓发生械斗。

　　听说柯庄人被欺负，宿仇新恨，难以容忍，东西两队的村主任用喇叭召集村民，要求老弱看家，其他村民一律拿起武器，支援柯庄，保卫桥湾。

那天傍晚，村里一下子炸开锅，青壮男女都热血沸腾，手持刀叉棍棒，呼啸而去，直奔桥湾。我家西邻子升公是远近闻名的张飞一般的猛汉，他从自己正在烧晚饭的老母手中，抢过通红的火叉，飞奔而去。

这原本是柯庄和赵秦村的争执，一下子演变为袁滩人和赵秦人的械斗。

这次械斗异常惨烈，男男女女齐上阵，血染桥湾，场面混乱。理智的村民见事态严重，令人害怕，不得不求助地方政府介入。废桥年代久远，争论无凭，因废桥靠近柯庄，政府就把木料挖掘权判给柯庄，柯庄人拱手让给袁滩。

那时，每家挖出一堆堆粗壮的松木，放在杂物间，等娶媳嫁女时，再制作成各式家具。

据说新中国成立前，村民到八百桥赶集，要结伴而行才敢经过赵秦村的地界，人单势孤总会吃亏。这可能是最后一次惨烈的械斗。此事发生在20世纪70年代初期（1973年左右）。

二、送粮风波

以前生产队送公粮到八百镇，为争先后，还经常同八百镇边的另一剽悍的村子——马山，发生争斗。俗话说，"强龙不压地头蛇"，但村民一贯好勇斗狠，不买账，双方酣战，血光四溅，两强相争，各有伤残。最后，马山人也知道大袁滩人强势，不打不相识，也就互相谦让，这才相安无事。

三、习武强身

早先村上人喜欢习武，石担（石杠铃）、石鼓子（石哑铃）、五抓子（石制有五个手指洞）、石锁，原始健身器材随处可见。大人们在一堆，比试力气。还玩出很多花样，玩石担子，有风摆荷叶（单手擎起，摆动）；石锁看谁抛的高，接得稳；五爪子看谁抓的时间久。

村上年轻人和邻村年轻人争斗，村里一向老成持重的老主任，看到本村人吃亏，便上前排解拉架，用手拨开别村的后生。

第二天，那后生臂膀上印着五个紫辣辣的指印，后生娘骂了一整天。

原来老村长是深藏不露的练家子，五爪功了得。

还有一个叫子发的村民，年轻时体力过人，能把石碾子扛起来，健步如飞。他两个儿子也力大无穷，大儿子人高马大，却安分礼让，不生事端，深受村民敬重；二子则桀骜不逊，常在傍晚时分，抛石锁，练武功。

有一回，二子和邻居为晒谷场发生争执，对方用铁叉刺来，他一闪身，抓着对方的铁叉双臂较劲，对方被凌空抛起，扔到一丈多远。

四、姜，是老的辣

初夏傍晚，村民议论纷纷，说我广伦大爷（方言称叔叔，三叔祖的长子）把邻村大汉（绰号就叫大汉）打伤了，大汉不省人事，被抬送到医院抢救了。

大家很震惊，大汉人高马大，年轻气盛，还是一个练家子，平时晃膀横行，目空一切。广伦大爷与之相比不在一个级别，身材明显矮小，平时耍嘴皮还可以，怎会能量爆发，把大汉摞倒，真是天方夜谭。

原来广伦大爷父子仨在村西头小河闸鱼，为一道沟渠和大汉发生争执。大汉口出狂言，说："你父子三人摞起来也不够我一只手！"话音未落，只听"啪"的一声，大汉莫名其妙一头栽倒水中。

哪知道，生姜还是老的辣，广伦大爷尽管身材力气不占优势，但性情火爆，心狠手辣，在大汉狂言刚出，狠命地甩出一耙钩，正打着大汉的后脑，大汉顿时昏厥，不省人事。

大汉体质强健，最终被抢救过来，觉得无趣，也没有深究，大爷陪了医药费了事。

事后，村民感叹：姜还是老的辣！

大爷说，大汉太狂傲，不该当着两个儿子面前，说这样的狂话，这一耙钩，就是给狂傲的人一个教训，教他怎样做人。

五、深藏不露

某年夏天，负责袁西生产队秧苗灌水的广槽大爷（二叔祖长子），发现袁东生产队的负责秧苗灌水的壮汉在上游做个拦水坝，把水挡住。大爷当时五十开外的年纪，身板瘦长，平时木讷，不多言语，给人印象是一个典型的老实人。

大爷看到拦水坝，很生气，便挥锹把泥坝给毁了。东队的壮汉看到大爷毁了泥坝，气得七窍生烟，正好他兄弟也在水田，弟兄俩一起冲了上来，挥拳打来，这弟兄俩都三十出头，人高马大，根本不把大爷放在眼里。

大爷和这弟兄俩先在水沟里扭打，继而在旁边齐腰深的墩子灞里扭打。突然，只见大爷挥手动拳，令人眼花缭乱。不一会，这哥俩被大爷卡住后脖颈，被牢牢摁在水里。哥俩在水里扑腾，直呼救命。岸上围观的村民都惊呆了，竭力劝阻，大爷这才撒手，把两兄弟扔开。

人们才知道广槽大爷是一个深藏不露的高手。

曾听祖父说过，二叔祖父子仁，解放前某年灾害，穷得没法过年。腊月二十九的夜晚，这父子仁竟然夜行百里，蒙面到某大户人家打家劫舍，满载而归。

六、见义勇为

九〇年代前后，夏天傍晚，邻村大卢营某村民贩牛归来，需要经过村东的八百大河，附近没有大桥，牛贩子图省事，骑在牛背，抓着牛的尾巴过河。一不留神，抓脱了手。由于年纪较大，体力不支，还舍不得手中的一双新凉鞋，便溺水身亡。

死者亲属在外打工，只有妇女孩子在家，而同姓村民大多是老弱，没人能下水打捞。

青壮袁姓村民自告奋勇，纷纷跳入河中，浮沉出没，如寻宝藏。直到深夜，点燃松烛火把，决不放弃。最终，到金牛水库借来滚钩，钩住死者的衣角，才把死者打捞上岸。死者手里紧紧攥着一双崭新的凉鞋，令人嘘唏。

死者亲属流涕叩拜，说："大袁滩人够意思，硬铮啊！"。

七、好汉不打村

一九九七年，大年初一，村民照例上午串门拜年，下午搓麻将。西头广伦大爷家门前比较开阔，村民常常聚集在这里聊天，号称袁家滩"新街口"。

广伦大爷的长子在外搞工程，为人活络豪爽，村主任和一帮小老板都喜欢在他家搓麻将。年初一，家里开了两三桌，楼上楼下几间屋子挤满围观看热闹的年轻人。

下午两三点钟左右，大家正在麻将桌上酣战。突然闯进来几个五大三粗的汉子，杀气腾腾，要堂兄出来说话。

原来，堂兄年前结账和冶山镇某老板发生经济纠纷，那个老板气不过，竟纠集一帮年轻人来讨说法。

村主任广山年轻时在宣传队专门演武生，性格火爆，把麻将一推，桌子一拍，大声说："太放肆，打听打听这是哪里——这是袁家滩！"

村主任多属于一村豪强，极具有号召力。大年初一平时在外打工的村民都在家过年，村主任发话："给我打，只要不死人。"

人扎堆就会起哄，况且袁家滩人祖祖辈辈就争强好胜。年轻人一拥而上，七手八脚，打起太平拳，再强壮的人也经不起无数的拳脚。

村口还有几拖拉机的带器械的汉子。东队的听说西队打架，男女老少一起抄家伙呼啸着围了过来，把几十个汉子围了个水泄不通，砖头瓦片纷飞，汉子抱头蹲地，不敢还手。

村上年轻人平时在外，长久不见面，有的竟打起自家人了。

"你打我干什么！""啊，打错了？不好意思，对不起，对不起！"

村民把对方载人的拖拉机轮胎的气全放了，还把拖拉机的摇把扔进粪坑。

还是上了年纪的老年人比较理智，说："不要再打了，再打就出人命了。"

二三十个汉子衣衫破烂，头脸挂彩，狼狈不堪。

老年人在一旁说："俗话说'好汉不打村'，大年新正的，村上人都在家，你们不是来找打的吗？！"

村主任说："你们的拖拉机被放了气，摇把都扔进粪坑了，你们长点记性，滚回去吧！"

后来，那个冶山的小老板，多次找熟人说情，村主任置之不理，直到四月份，才允许带着礼品登门道歉，在茅坑里捞出摇把，换了新轮胎，拖拉机突突地冒着黑烟开离村子。

俗云"好汉不打村"，村庄百姓平时跟土地打交道，老实好欺，那是因为习惯隐忍。村民一旦奋起反抗，则势不可挡。而且村庄地理形势复杂，村民生于斯，长于斯，如自家厅堂，闭目能行。对于入侵者而言，则幽巷密布，机关重重，寸步难行。《水浒传》中不起眼的小小祝家庄，梁山好汉竟拿它没辙，打了三回，最终靠智取方才成功。

不打不相识，后来冶山那边有参与的人串亲叙旧，说起这事，说当时他们喝了点酒，头脑一热，丢人现眼。

八、角力争水

夏天，西队和东队为水发生了争执。西队队长老黄（绰号）和东队队长老山东（绰号）两人在门口塘东边的沟渠里推搡起来。

原来老山东要放水，老黄不让放。都是袁氏一门，为水发生争执，不至于动刀动枪，但过去村里有个不成文的传统：角斗争雄，一决输赢。

老黄是练家子，他父亲就是那个会五爪功的老村主任。老黄他平时在家扎着宽皮带，举重，打沙包，身手不凡。老山东则身体粗壮，一身肌肉疙瘩。两人抱在一处，互相较劲，满脸通红，不相上下，僵持了好久。也许老黄年轻一些，猛然发力，大吼一声："你给我躺下！"，老山东被结结实实地摁在地上，力不如人只好认栽，两边村民都无话可说。

毕竟同出一门，事后大家也觉得无趣，后来村里长辈发话，还是让东队放水。

九、村童力斗

村上历来尚武，懵懂村童耳濡目染，受到极深的影响。

在村童家的后院里，石担、石鼓、五爪子就一应俱全。村童常在后院，扎马步，习力量，打树桩，拳脚渐然有力。

村童经常和村上小伙伴在牛屋前玩耍，除了神吹胡侃，就是在一起练习打架。村童力气大，村里年龄相仿的孩子无人能敌，村童自然成了孩子王。没有敌手很孤独，村童有时豪兴大发，让同伴轮番进攻，或同时进攻，在练习中村童有了实战的本领。

有两个同伴，影形不离，三人总在一起玩耍。

那时风气不好，各村半大孩子顽劣异常，总会欺负生人，每每经过别村，总有一群懵懂孩童寻衅滋事。村童的伙伴中有个能言善辩，诡计最多，他总洋洋得意地说：有本事就单挑，靠人多不是英雄，你们出一个最能打的。对方推出最能打的孩子王站出来，没有悬念，对方最终被村童摁在地上。打倒强悍的，自然吓退懦弱的。

有一回，三人到村部小店买东西，经过许营村时，一群懵懂村童在路旁一条很大的旱沟里玩耍。村童的两个玩伴，用泥块投掷一个外号"老常"大孩子。他们故技重施，让老常不服气就和村童单挑。老常曾经和村童单挑过，老常虽然年长身高却怎么也不是村童的对手。老常心中犯怵，鼓噪身边的村童发起群攻。

村童见到干架就异常兴奋，跳到旱沟，那帮饿狼似的孩子疯狂地向村童攻击。这些十来岁的蛮童和村童年龄相仿，气力却跟村童无法相比，拳脚也无章法。村童左打右靠，脚下带绊，只要挨近的，就被打倒在地，竟没有一个人能靠近村童的身体。最后群童都累得精疲力竭，都躺在旱沟里喘气。他们虽然人多，却没有占到任何便宜。蛮童崇拜的就是拳头，村童力大擅斗让他们彻底服气。

干架结束后，村童发现身旁两个伙伴早已不见了踪影，村童才发现伙伴并不可靠。

东队有人在村部当干部，无意之间看到一群孩子打架，竟躲在一旁看热闹。傍晚，村部干部下班，兴冲冲地回村，眉飞色舞，添油加醋演说村童力战的故事。

村童似乎成了群村的英雄。

小释：村庄往事如烟尘飘散，记录一点烟尘游丝，权作折射飘逝的影像，怀念过往的陈迹，钩沉村庄既往的风习。

垂钓忆梦

家乡水泽众多，对孩童而言除了游泳，最快乐的事莫过于钓鱼了。

钓鱼必须准备鱼饵——蚯蚓。第一天便在自家的墙根、菜地，用小铲子小心地翻挖着泥土，生怕挖断了蚯蚓。

蚯蚓的选用是极讲究的。要选用红色的蚯蚓，因为红蚯蚓味淡而绵久，不像青蚯蚓腥臭难闻，入水味色尽失。粗细要恰当。太粗，则会被小鱼轻而易举地叼走，往往只剩下一只冰冷的空钩；太细，则易断难穿，也不足以吊起鱼儿的胃口。

有时，为了找到足够的红蚯蚓，垣墙断壁被弄得凌乱不堪，菜地也被弄得浮土乱置。这时，家长突然立在面前，总免不了遭到劈头盖脸的训斥，但这些不能泯灭孩童对垂钓的无限热情。

我们总是用一只废弃的棕色小药瓶盛蚯蚓，里面放一点湿湿的泥土，一任蚯蚓绞结盘曲。还在塑料瓶盖正中间钻一个小孔，让蚯蚓可以透气。还用小布袋装上几把碎米，用来打食。

晚上，兴奋得难以入眠。躺在床上计划着种种方案：几点起床？去哪片池塘？在何处打食？若是一条大鱼咬钩怎么对付？……

第二天，看着东方天空泛着鱼肚白，幻想着定当有意外的收获。

东瀼，这里的水很清，煮饭泡茶都很香甜。我喜欢选择一个幽僻的一角，水中还有一弯浮翠的水草。

把废弃乒乓球固定在鱼竿前端，上面事先挖了个小孔，这时把碎米装进去，小心地往前探去，直到恰当的位置，把鱼竿一拧，碎碎的米粒，倾泻到清澈的水面，在清水中星星点点地飘落水底。

不久，就看到银白细长的柳叶鱼聚集而来，争抢着正在飘落的碎米粒。银光霍霍，好不热闹。

水极清澈，看得通透。鹅管鱼浮被细鱼碰得左摇右颤。这些吃浮食的游鱼，见没有了漂浮的食物，不久又星散而去，追逐新的目标，恍若一群来去无踪的流寇。

不久，水底冒出一串断续的小气泡。这是潜伏水底的另一群鱼类，大多鲫鱼、青鱼、鲇鱼，正是渔猎者所期望的。看到这气泡，心如撞鹿，充满了期待。

等啊等，好漫长的等待！

终于，看到洁白的鱼浮在水面轻轻地动了动，心提嗓子眼，呼吸凝重，目不转睛。

这鱼儿异常狡猾，悠悠地触动丝线，就是不痛快地一口叼走。

最后，鱼浮又恢复原先的死寂。我小心翼翼地提起鱼竿，丝线的一头，竟是空荡荡的鱼钩，水底狡猾的家伙分明在戏耍我，我真有点气急败坏。

重新取蚯蚓，穿鱼钩，抛鱼线。等啊等，依然是等，对付狡猾的家伙必须有超人的耐心，坚信一个字"等"。

突然，鱼线被拉得飞起。奋力一拉，轻若无物，一只狗鱼，在丝线的一端拼命扭动着。原来是这个可恶的小鱼在捣乱！但转念一想，有总胜于无，心中又升起了一团希望。

太阳渐渐地上了头顶，头顶感到燥热起来。"早钓鱼，晚钓虾；中前晚后钓蛤蟆"，这是渔经口诀，大人小孩都知道的。再看看鱼篓中是几条豆荚大的小鱼狗与昂刺鱼，抑或是一二条寸许的小鲫鱼，不禁失望而懊恼。昨日一夜的兴奋荡然无存，真后悔来钓这鱼，还不如到处闲逛。

这时一股无名的怒火发泄到池塘，不由用鱼竿往池塘垂钓处一气乱搅，临走还扔下一块大石头。"嗵"，水花四起。扛着鱼竿，提着鱼篓，怅然而去，心里暗暗发誓永不钓鱼了。

可是，没过几天，听说村民在濑里钓到一条数斤重的青鱼，不禁又对钓鱼充满神往。

而每次总是铩羽而归。

后来，到了用功念书的年龄，虽然对垂钓不能忘情，但终没有了钓鱼的时间，更没有让时间从等待中悄然离去的豪奢。

再后来，考上大学，暑假回家，又滋生了垂钓沧波的念头。

那是在大河边的一次垂钓，河岸满是青草，带着露水，身旁是几茎芦杆，意态萧疏。这里景色优美，也适宜垂钓。

我自信到了能够等待的年龄，有的是耐心。从清晨到日头当空，还在静静地等待。母亲见吃饭时间我还不回家，竟到村前屋后的池塘水泽挨个寻找，直到寻到旷远的大河边。那次尽管收获不大，但耐心给了我些许回报，鲫鱼、鲇鱼、昂刺鱼、狗鱼……可谓品种俱全，足够一顿饭菜。

更为奇妙的是那次回家后，好几天，一闭眼，总是鱼浮上下浮动的情景，我知道那是因为过于执着，目力长久地钟聚一物，造成的视觉停留。

但是，我总觉得垂钓是一种对时间的挥霍，后来再没有钓鱼的念头了。

工作后，在红尘中翻滚，更难有时间可供挥霍，有时倒渴望如渔父那临江垂钓，嘲风弄月，悠然洒脱，但只是倏忽一闪的念头。

虽然，没有时间垂钓，却始终不能忘情于垂钓，对垂钓也似乎有了更多的觉解：在清波间一任浮丝漂浮，那随物附形的柔水，总能把心灵洗得通透。面对着浩瀚的清波，岸边也漂移起来。孤寂地坐着，一任思绪却如清风般飘荡开来。这里没有市井的嘈杂喧嚣，有的只是水天一色的纯净。这里没有是是非非恩恩怨怨，有的只是一个安静闲适的背影。

垂钓，独自一人。在浩大的清波间，只有耳畔的清风，没有市井的聒噪，无须介意鱼儿是否咬钩，只存乎一种超然的意趣，这样才是一种审美的姿态。

这种意象也许正是世俗人生中一种精神对物质的背叛。

"垂钓沧波间，心与浮云闲，"是一种潇洒自足的生命状态。

地震风波

清晨，窗外的鸟声照例把我从梦中唤醒。

躺在床上，听着鸟儿浅唱低吟，任凭思绪胡乱地飘飞，这是最闲最适最美妙的状态。

突然间，我的床左右晃动，紧接着窗户玻璃咯啦啦一阵疾响。我怀疑自己是否思维产生了幻觉，还是依然在睡梦中。困惑间，又是一阵细微的晃动。啊，这是地震！这种判断使自己警觉起来，再没有躺在床上那般玄想的惬意了。

我打开手机，五点二七分。嗯，今天是 2006 年 7 月 26 日。这时窗外传来叽叽喳喳的惊惧的议论声，又像在争吵。原来一群妇女把头伸出北窗外，交流突来的事件。一个说"我怎是被震醒了，好怕人啊"，另一个抢着说"我头都被晃晕了"，还有的说，"我下床去卫生间，差点儿摔到"……

在这惶恐又夸张的议论中，沉睡在记忆深处的往事潮涌过来……

那时还很小，但仍有依稀的记忆。20 世纪 70 年代后期，地震恐慌的阴影笼罩着全村。

听大人们说，唐山大地（1976 年 7 月 28 日）震死了很多人。

消息陆续传来，宁静的乡村一下子像炸了锅。村民行色匆匆，都放弃手中的农活，三五成群聚在一起，交头接耳，神色紧张。

村口，生产队长对着喇叭，扯着嗓门，要求各家出个代表到公房开紧急会议。村民比平日上工积极多了，都聚到公房门前。队长上传下达，布置上面要求落实的相关防震抗震的精神，最重要的说随时可能有唐山那样大地震发生，要村民家家户户搭建防震棚。

一时间，家家户户老老少少蚂蚁般忙碌起来。不到一天工夫，家家户户门外多了一个低矮的"人"字形防震棚。村民家里的坛坛罐罐大多半嵌在院中泥土里。我家的一口大水缸盛满了水，也半嵌在土中。村庄像一下子穿越到原始的部落时代。

我家的防震棚子就搭建在庭院的外面，里面铺着一层干稻草，上面铺着几片蒲席。当时是初秋，夜晚有些凉气，一家人挤在里面并不闷热。还在院子里搭了两处，祖父、祖母搭个相对较小的窝棚，以八仙桌为中心为外婆也搭建一个窝棚。

窝棚不求美观，但求保命。在白天人们依然在房屋活动，到了晚上人们就将就一下蜷缩在窝棚里，只图过个安稳夜罢了。据说唐山大地震就是发生在夜晚，人们就是在熟睡中被倒塌的房屋压死的。窝棚简便低矮，坍塌了，至多受伤，不至于死人。

祖父在村中有些文化，思想异于村民，颇为固执。坚决不住窝棚，自言自语，"'六十不造屋，七十不裁衣'，我都七十多岁随时可以死了，还怕什么地震？"父母都知道祖父的脾气，也就由他去了。

祖母、外婆原也不想睡在窝棚，但经不住父母劝说，一到晚上都自觉地蜷缩在各自的窝棚里。祖母在窝棚里，总是絮絮叨叨地咒骂倔脾气的祖父。

祖父独自睡在屋子里的老式架子床里，放着蚊帐，不以为意，呼呼大睡。

也许把生死得失置之度外，才会有很长的寿命，祖父身体很好，从没有看医生，九十三岁那年不小心绊了一跌，不愿意苟活人间，拒绝饭食，无疾而终。

众人挤在窝棚里，说话、争执，不久都迷迷糊糊的睡着了。第二天，小鸟在枝头上叫着，大家摸摸心口，还在跳动，庆幸又多活一天。

村里的老人，大多数和祖父一样，不愿意没有尊严地蜷缩在窝棚里，都固执地坚持睡在屋子里，但有时"今晚可能地震"的谣传闹得沸沸扬扬，老人们经不住晚辈的极力劝说，也出于本能的恐慌，还是自觉地蜷缩在窝棚里。然而，全村人都知道我祖父雷打不动，睡在自己的床上。

某个夜晚，狂风大作，电闪雷鸣。大家都不敢合眼，怀着忐忑不安的恐惧心理，接受死神的宣判。

那晚，外婆一直在哆嗦地说："阿弥陀佛，菩萨请您保佑全家平安。"

第二天清晨，雨过天晴，鸟雀依然在枝头欢叫。全村人从窝棚里爬出来，庆幸从死神的口里逃过一劫，颇为激动，颇为欣喜，和鸟雀一样叽叽喳喳议论不停。

突然，有一天，又有传说，说地震时，家里养的狗会发狂，红了眼，逢人乱咬，连主人都不认。

生产队长接到村部的指令，要求村民自觉地把狗杀了，全村上下都兴起了杀狗的风潮。狗很有灵性，感受到一股杀气，嗷嗷地哭泣，焦躁地到处乱跑。

我家的黑狗，跟我最有感情，整天跟在我屁股后面摇尾巴，我在野外疯玩回家，黑狗大老远就迎着跑来，拼命地摇着尾巴，亲吻着我的裤脚，上蹿下跳，欣喜异常。

黑狗尽管很温顺，但也不免一死。

早上，二位兄长早有密谋，趁黑狗不在意，突然用绳索套住狗脖子，一直勒到门前的老槐树上，黑狗眼里流着泪水，哀怜地望着主人，挣扎了很久，最后吐出舌头，软哒哒地挂着，没有了生命的迹象。

没有了黑狗，我难过了好久，后来家里再不养狗了，狗通人性，人对狗会产生感情，干脆不养，反而断了这份情感。

村民停止了一切生产活动，学校也停课了，一家人都窝在家里坐吃等死。

某天村民都在议论，说不定哪天地震，家园都毁了，人即使活着也没有意思，干脆把牲畜宰杀吃了，一了百了。

于是，家家杀鸡宰鹅，比过春节还热闹。大家都想得开，说不定哪天就地震了，命都没有了，还有什么值得留恋的呢？

那时节，人们都成了哲学家，都在讨论生与死的话题。有时也交流一些道听途说的有关地震的知识，诸如地震有哪些征兆，有的说鸡飞狗跳，有的说井水上冒，有的说池鱼跳坡，有的说老鼠挪窝……

后来，村里放露天电影《蓝光闪过之后》。"夏夜，万籁俱寂。突然，大地轰鸣，蓝光闪烁，房屋倾斜倒塌，强烈的地震发生了，人们遇到了一场空前的大灾难……"这部原本让人们认知地震、感受人间的友情的影片，事与愿违，电影反而渲染大自然的神秘力量，使得村民更加深了一层恐怖。

上了年纪的老人说，大地下面是一条大鳌鱼，地震是鳌鱼眨眼睛。由此可推鳌鱼如果翻个身，不就……人们讲究避讳，讲求意会，不敢也不愿明说，但心中的恐惧不言而喻。

地震终究没有发生，人们也渐渐走向田头，天气逐渐冷了，人们陆续把坛坛罐罐搬回房屋，也都舒舒服服地睡到各自的大床上，人们渐渐从地震的阴影中走了出来，恢复正常的生活。

但那的确是一个特别的时代。后来才知道那时全国国地都闹地震。真的不敢想象！地震不足畏惧，但全体的恐慌才是真正可怕的事。

外面小鸟又婉转地滑动美妙的音符。"天又要下雨喽——"从窗外这悠长而又懒散的谈话声中，可以听出来，人们已从短暂的惊惧中调整过来。现在的人们自然不会如那个时代的人们单纯愚钝，也就自然不会盲目轻信……

心绪渐渐平息，往事又像潮水一样寂寞地退了回去。

老旧物件

年初回老家，午间在侄子的房间休息，又看到了那个熟悉而陌生的旧家具——"书桌"。

这件老家具家里人都叫作"书桌"。表面看就是与普通的桌子别无二样，中间一个大抽屉。只是奇怪的是，抽屉底下有一个暗仓，原先可以放很多小玩意，只有把抽屉悉数抽出，放置一旁，才能尽窥其奥。

这个古怪的桌子原先就放在祖父的老屋，一度还是我的书桌。在我念中学的阶段，哥哥成家，家里人多得不能在一起居住，父母就在祖父的老屋为我安置一张木床。祖父的黑漆架子床紧靠北墙，我的木床紧靠东墙，横头正对门口。这个古怪的桌案就放在我的床前。本来不大的老屋被三件大物件挤胀欲裂。因为拥挤，也就省略了其他坐具（记得一张胡床平日就放在祖父的床下，需要时才拿出来），床沿就可兼作坐凳。我就是坐在床沿，伏在这个桌案上做功课。

记得有一年春节。几个老表到我家串年，我当时正坐在床沿伏案读书。几个老表笑语喧天，拿我戏谑。大姨母家那位一贯风趣幽默的二老表，摸着这个古怪的书桌，说："啊，这个桌子有年头了，不知多少代人在上面用过功呢，看来要出大文豪了。"在家赶驴车的二老表没有念过书，出语惊人，荒诞不经。

还记得有一回停电，我点着蜡烛用功，蜡烛已经渐渐燃尽，我把短短的蜡烛头端放在英语书上，借微弱的光亮来记诵单词，大约夜深，我竟伏案打盹，继而睡得酣畅。第二天，才发现英语书摊开的半面坟起一堆余灰，原来蜡烛头在书本耗尽膏油，竟点燃了书本。幸好只是在书本上烧一个窟窿，并没有穿透或大面积燃烧，否则，后果不堪设想。

还记得某个暑期的下午，我坐在床沿，依然伏在这个古怪的书桌上看闲书，隐约听到一阵急促的自行车铃声，接着一个陌生的口音在门外打听我的名字，邻居大妈高声地说："他在家呢。"原来是邮递员，送来的是高校录取通知书。我那时表面平静，但心如撞鹿。

依依往事就在目前，后来这桌子成了小侄子的书桌，小侄子在外念书，也很少用得着了，上面竟落了一层灰尘。

大概这个老书桌积淀着家里人深厚的感情，竟一直保留着，不忍抛弃。

书桌原先是斑斑驳驳的暗红老漆，尽显古老沧桑。后来竟被二哥用黄色的新漆又涂抹一番，仿佛古人穿上一件现代的时装，倍感别扭。

一日，我看马未都先生的《马未都说收藏》在家具篇中有这样的一段文字："还有一种很古老，储物方式又特殊的家具，叫'闷户橱'。它看上去只有抽屉，没有门。实际抽屉底下设有储物的空间，叫'闷仓'。打开抽屉后，可以在里面放东西。取其秘密储物之意，所以叫'闷仓'。"书上还附有一件明代铁力木闷户橱照片。

无论描述还是照片和老家的书桌形制完全一致。方才知道，我家用来读书的古怪书桌叫做闷户橱，那么橱的功能在于储藏，大约我家没有值得收藏的宝物，便失去了藏金纳银的贮富功能，转变为清贫寒薄的书桌。

闷户橱，是明代家具样式，那么这个古怪的书桌定然还有着很多不寻常的历史，只是其中的故事随着时间漂洗，人事沧桑，早已不得人知了。

后来到皖南旅游，在某古村落一处宗庙祠堂里，看到好多这样的橱桌，我倍感惊喜，才明白这种样式的橱桌应是古代某个时期流行款式。

除了闷户橱，先前家中还有一样奇怪的东西，像鞍马，只是四条腿呈内弧形，后来才弄明白是骡背上载物的驮架。这玩意堆在茅房杂物间，有五六个。小时候我闲得无聊时会搬出来架在院子里当鞍马跨越。

驮架是红枣木制作的非常结实，祖父说他是年轻也用过，曾赶着骡队到扬州、滁州等周边地区做生意。

据祖父所说，新中国成立前家里比较殷实，后来二叔祖嗜赌，欠债无数，把整个大家族给祸害了。二叔祖有家不归，债主天天到家里追债，太祖不胜其烦。某天傍晚，二叔祖偷偷溜回家，太祖和祖父突然袭击把他捆绑起来，吊在梁上，用事先浸泡湿漉漉的担绳，一顿抽打，打的血肉飞溅。二叔祖改邪归正了，但一个大家庭多年积累财富几乎荡尽。

祸兮福所倚，福兮祸所伏。新中国成立后实行土改，我家被判定为贫下中农。那时，举家人暗自庆幸，假如家道没有败落，被定性为地主富农也未可知。

这五六个鞍架也是旧时家境的一个印记。

原先家里还有一个八仙桌，也是红枣木做的，非常结实，被好几代人用过，但久儿弥新，桌面暗红发亮。后来分家，留在二哥家，如今还完好如初，据说这八仙桌已有百年历史。旧时物件真材实料，坚固耐用，经得起岁月磨砺。

上次回老家，看到儿时钓黄鳝用的小木桶，就放在二哥家院落一角，任由风吹雨打，早已不堪一看了。我用井水洗刷干净，竟然看到旁边一行斑驳的墨迹，依稀能辨识，"民国二十三年"，竟然是1934年制作。还记得先前还有一个盖子，如今早已不知所踪了。

过去乡村劳动非常辛劳，只能在劳动间隙吃饭，家里人用带盖的小木桶盛着大半桶稀饭，带着竹筷瓢碗，送到田头。这个本用于盛饭的小木桶，家里人叫作小僵（念晾音）子，如今人们早已忘记了制作它的用意了。它自民国二十三年就开始为一个大家庭服务了，过手了好几代人，如今被随意抛置，不禁令人嘘唏。

这些老物件，都是时代的产物，也是一个家族历史印记，积淀着家族文化。

睹物思人，抚物寻古，钩沉发幽，所获得的不只是一声感叹。

一方古砚

家有一方古砚，面貌绀紫，体态方正。因其沧桑粗陋，被懒搁一边，很少留意。

近读《马未都说收藏》古砚部分，其图文并茂，尽列其详，其中一款宋代抄手端砚，让我眼光一亮，因为图片照片中端砚和家藏旧砚形貌酷似，犹如孪生，便心生好奇。

拿出家中旧砚仔细把玩，才发现，属于石质，紫色。按照鉴赏学而言，因天长日久泥渍侵蚀氧化破损，就会产生包浆。从鉴赏角度而言，包浆是年代的见证，显得真实亲切；而从世俗眼光来看，有包浆就显得灰头土脸，不堪入目。我先前就觉得此砚鄙陋粗疏，正表明自己彼时不能识物，认知肤浅。

此砚没有款题刻字，有的却是浑身划痕，所以不能辨别其年代，但我依然能感知其自有不凡的经历，因为就其形态和材质而言就非同一般。

就其抄手形态而言，属于宋代风格。宋代以长方形砚为特色，砚底挖空，两边为墙足，可用手抄底托起。据说这是苏东坡设计的款式。如此说来，单就形态便富含深厚的文化底蕴。

再就其紫色石质而言，此砚与端砚酷似，虽不敢断言是端溪材质，但绝不是家乡附近的山石，因为江淮一带大多是玄武岩，不适宜制砚。古代砚台无非泥砚、砖砚、石砚，当然也有另类材质。而石砚多出自广东、安徽等地，如此一说，家中旧砚定然由他乡辗转，经历不凡。

另外，砚有因缘。因为砚台本身有着文化意义，为古代读书人所珍视，其也见证古代寒士青灯黄卷伏案苦读的情形。或代代相续，或几经辗转，物是人非，人事沧桑，抚物悬思，令人慨叹。

何人制研？何人何时何地购得？哪些人使用？哪些人与之相伴因发愤而发迹？哪些人与之相伴虽发愤而落魄……前事已随时光泯灭，不能知晓。

因而，此砚前事于我而言，极为虚无缥缈，但温馨处，此砚竟与我有一段机缘。

十五年前某夏，在仪征陈集某乡村亲戚家小住，闲来无事，在村前屋后、田野湖沼四处闲逛。麦苗青青，菜花灿烂，乡野风光足以怡情。欣赏陶醉，移步篱墙，突然被一物所绊，俯身一看，竟为一长方形的砖石。弯腰捡拾，颇为厚重，奇特之处是底部为弧形凹陷，尽管被泥土充实其间，但依然可见，表面泥污，竟附着一层水泥。想必是乡村泥瓦匠在地上发现此物，便发挥创造性的想象，临时充当砌墙泥抹一类的用具，用后随手一扔，作罢了事，没有下文。

正因为当时我闲得无聊，竟在溪水边，反复清洗，此物终现真容，竟是一方老砚，觉得稀奇。再看此砚属紫色石质，砚面较浅，没有图案花纹装饰，显得粗陋、简朴。因被水泥粘蚀，留下累累伤痕，但依然显现温雅的线条与弧度。出于对文物的喜爱，我用旧报纸裹束收藏，携带而归。

后来，我用墨块磨试，发现墨色均匀莹亮，洗后砚面残墨不存，恍如新出，更觉奇妙。

因为我习字多为寸许大字，便用专门的大砚，此砚存墨，显然不足，只能搁在古董架上，一任蒙尘染垢。

自读了《马未都说收藏》才明白此款砚台属于古制，近乎粗鄙的外表，竟有着不凡的身世。也在网络上查阅了相关古代抄手砚图片资料，更加坚信此砚不俗，应为古代读书人案头珍物。

如此而言，此砚辗转竟流落乡村瓦砾泥土之间，竟为我所见，真是机缘巧合。

说菠萝蜜

"菠萝蜜"是一个令人困扰的概念。

在乡间，经常听到村民训斥孩子："你真是一个'菠萝蜜'——不能碰"。儿时我一向好奇，总会纠缠村民询问："什么是'菠萝蜜'啊？"村民大多支吾含混，不知所云。

后来，我发现每当小朋友玩得好好的，突然受了点小委屈就突然嚎啕大哭起来。大一点的孩子也会模拟大人的口吻：你真是一个'菠萝蜜'——不能碰。那个好哭的小孩于是乎就是一个令人讨厌的菠萝蜜了。孩子也相互告诫，不要和那个"菠萝蜜"玩啊。

"菠萝蜜"在我们村，专指一种植物——剑麻。

小时候，我家后院就有一丛，暗绿色的叶子自根部斜刺出来，像一柄柄青色宝剑，叶尖异常锋利，经常扎破我的手指。称作剑麻是很形象，但村民甚至都不知道剑麻一词的概念，都叫它菠萝蜜。

清明时节，用镰刀把利剑般的硬叶自根部割下，放到铁锅里和水一同煮沸，退去青色，成为熟黄，再用锥子顺着缕缕丝痕，划出一条条细细的长线，用来包粽子，据说特别结实。

于是，我真的好奇不过，做了如是的联想：是不是菠萝蜜（剑麻），就是上面有刺，碰了会扎手。好哭的孩子不能碰一下，碰一下就好像被刺扎了，于是乎"菠萝蜜"专门指代好哭的孩子。

我这样牵强附会的解释，大人们似乎没有谁提出质疑，当然也有一些不屑的成分。但我总觉得心虚，因为"菠萝蜜（剑麻）"带刺会扎触碰者的手，疼的是触碰者，而好哭的孩子反倒叫菠萝蜜似乎不合情理。但这个问题似乎成了悬案，我也不再深入思考这个似乎无聊的问题，总之，便不了了之。

年岁增长，阅历渐丰。知道真正的菠萝蜜是一种可以食用的水果。

曾经有缘到海南岛，看到黝黑的老树上挂着一个个硕大的果子，好似一个个大冬瓜，又像一个个大蜂窝，并不规则的球面上是密密麻麻的小疙瘩。

当时想这么大的果子竟高高地挂在树端，掉到谁的脑袋上可没得了啊，那准把人砸晕。导游说：这就是菠萝蜜，非常好吃，清香四溢，但果子很黏，飞机不给带的。你们想尝尝也只能在海南吃咯。

后来在水果市场，看到果农戴着帆布手套，用一种特别的弯刀，把金黄的果肉剜出来，我当时还凑上前嗅嗅鼻子，一股幽幽的清香，但没有机缘品尝一下。

今天上午，我在六合一家水果店，又看到这个"雷人"的果子，其中一个被买家买去一大半，还剩一小半，我忍不住好奇，花了六十元买下了剩下的部分。带回家，用刀割使劲地切割，用手把金黄的肉包从白瓤中撕扯下来，盛放在青瓷大碗里，满屋清香，醒人心智。去核，留包，放在嘴里嚼，清脆可口，芬芳溢齿，肺腑顿开。还告诉孩子，这就是传说中的世上最大的水果——菠萝蜜。

在说笑间，我渐然感到手上有一层莫名的黏液，便到水里冲洗。呵呵，竟然越洗越黏。洗衣粉，洗手液，肥皂……竟毫无作用。

黏涩之感，好令人难受，用面纸，用湿巾，拼命地搓擦，费了好大劲，只能擦去一点黏汁。我脱口而出："菠萝蜜真不能碰啊！"妻子说："古人早就讲了菠萝蜜不能碰了。"我突然想到孩提时困扰的问题。原来好哭的小孩像菠萝蜜一样，不能碰，一碰便哭，也就惹上麻烦，脱不了干系了。一切似乎豁然而解了。我反倒为这次"遭遇"高兴地手舞足蹈起来，多少年的悬案竟然机缘巧合，给弄明白了。

先前也读过台湾作家林清玄的一篇散文《菠萝蜜》文中说："'菠萝蜜'确实是好名字，它原产于印度，根据李时珍在《本草纲目》中说：'菠萝蜜，梵语也，因此果味甘，故借名之。'菠萝蜜在佛教的原意是'到彼岸'，拿来称呼一种水果，使人在吃的时候也容易沉入了新的境界，想到那遥远的彼岸是不是金黄色，而充满着石蜜与醍醐一样的芳香呢？"

　　原来，林清玄先生也对菠萝蜜的名字有过思考，竟与佛教中的波罗蜜做了一番诗意的联想。

　　看来，菠萝蜜真是一个玄秘的词语，竟纠结我好久，而一朝了悟，这也许就是佛教中所说因缘呢。

米糖飘香

寒冬腊月，街头巷尾总有摆摊小贩在叫卖炒米糖。

街头巷尾飘散着炒米糖的焦香味，这炒米糖的香味很接地气，是一种特别的味道，是暖幼温贫的味道，也是年根的味道。

冬天里，气候寒冷，啃着炒米糖，焦香的味道，爽脆的口感，甜蜜的滋味，幸福的感觉……能把寒气驱散走，春天得招得来。

炒米糖伴随我们长大，给我们留下了甜美的记忆。

炒米糖，是炒米与糖的完美结合。炒米可以自家炒制，也可专门膨化；糖可不是通常食用的白糖或红糖，而是麦芽糖，有特殊的制作工序。制作麦芽糖和膨化大米一样都有专门的手艺人。

寒冬腊月，忙碌一年的村民都躲在家，烘火避寒，静享这一年中最难得的闲适。这时节，村头巷口空空荡荡，任由寒风剽掠。

总会有一天，听到"卖麦芽糖咯！"一声悠长的吆喝，吆喝声反反复复在村中回荡，这久违的吆喝应时而来，很有魔力，村民不约而同寻声而去，卖麦芽糖的汉子尽管穿棉袄戴棉帽，裹得严严实实，也挡不住寒风一遍遍地搜掠，冻得青头紫脸。

卖糖的担子通常歇在向阳背风处，村民口耳相传，前来购买。讲好价钱后，卖糖人根据所需的分量，盘算一下如何对案板上的那一整块麦芽糖下手，然后用铁錾子对着黏脆结实的蛮糖一角，用铁锤对准錾顶轻轻敲击，剥离下一块卖糖，再用盘秤称一下，分量正好，又錾下一小块白送给买家。因为要过年制作炒米糖，照例家家都要买的，不一会就卖完了，但村民不着急，因为小贩子隔三差五都要来吆喝一阵的，估量差不多都买了，才会游走别的村庄。

过去乡村，几乎家家户户都要买几两麦芽糖，放进锅里熬煮成黏稠的黏液，加入事先准备好的炒米，反复搓揉，在案板上使劲碾轧成条，用锋利的菜刀切成规整的炒米块,就算完事;有时用手搓捏成团,叫作炒米团。制成何种形态,完全根据个人的想象或趣味。炒米糖很耐贮存,能存放一冬,取食也很方便,是最经济的零食。

用浸泡过的糯米放进铁锅里翻炒,做成的糖板扎有劲,牙口好的大人孩子特别喜欢。还可以用轰炸出来的米即膨化过的大米,压成的炒米糖松软稀散,牙口不好的老年人比较青睐。

炒米和麦芽糖互为彼此,密不可分,但卖麦芽糖的师傅和炸炒米的师傅却此出彼没,各不相干。

炸炒米,有专业的师傅。他们走村串巷,选择人气旺盛的背风地,或干脆在热心的村民家里,架起火炉,先轰出一声震耳欲聋的巨响,叫开头炮,这先声夺人的一声巨响就是胜过无数声吆喝,自然会把腿脚快的孩童吸引过来,村中翁媪自然会从自家的米缸里挖一罐子米,蹒跚而至。

只见那师傅把一罐子白米倒进鼓肚子铁炮里,架在红彤彤的碳火上烧烤。师傅一边悠悠地拉着风箱,一边旋转大肚子的铁家伙,悠闲自在,惬意享受。

在谈笑之间,师傅瞄一眼气压仪表,遽然停止,把火炮掀离红炉子,对准硕大的竹笼子。这时孩子们条件反射似地紧紧捂着耳朵,憋着一口气等着那震耳欲聋的巨响。果然,师傅使劲一扳,"轰"的一声旷世巨响,地面被震得一哆嗦。黑乎乎的竹笼里满是白似珍珠的炒米,散发浓烈诱人的芳香。转瞬之间,恍如魔术。孩子大人都被巨大的声响和惑人香味所鼓舞,刺激而兴奋,期待而餍足,说不出的欣喜快意。

乡村的老奶奶禁不住小孙子的吵闹,从鸡窝里摸一颗热乎乎的鸡蛋,挖半瓢米,牵着孙子蹒跚到发出巨响的地方,三三两两的人汇聚而来,大家耐着性子排队,轮到自己时,兴奋不行。炸好了炒米,用一只事先准备好的大口袋,盛上鼓鼓囊囊的一大包,驮在肩上,驮回一家人的快慰。

炒米可以直接吃,制成炒米糖,便是锦上添花。

在乡村过年时,过去生活困难,计划经济时代也难买到水果糖,村民往往做好多炒米糖,大年初一小孩子登门拜年时,一声声大爷大妈喊得脆响，可不能让娃娃们空手而归。拜年馈礼这可是多少年来的乡村风俗，自家制作的炒米糖成了暖幼温贫的最佳馈礼。

正是有着这样一些牵连，每当听到炸炒米的巨响，也就意味着快过年了，大人小孩心中压抑不住兴奋。

再后来，又出现新的膨化白米的机器，只要把白米倒进斗口里，就会吐出长长的米棍。米棍细长中空，甜糯爽脆，村民戏称为老鹅屎，名字很恶俗，但村民质朴，毫无忌讳，一边嚼着一边说老鹅屎真解馋。老鹅屎尽管有部分人喜欢，但大多数人依然钟爱传统的炒米糖。

如今，物质丰富，人们有更多的选择，吃炒米糖不再是唯一选择。尽管如此，在乡间过年时，大多数人家还是喜欢制作炒米糖，自家制作的食品更有自家的本色。

在乡间，不经意间总会听到这样的对话："尝尝我家的炒米糖。""嗯，嘎嘣脆，真好吃！"

炒米糖来自民间，植根民间。

梦及其他

月光下一个长发披肩衣裙拂地的素衣人，侧身缦立，面目难辨。突然间，那人举袂伸手，那罗衫裹夹的惨白手指不断地延伸着，方向却是朝着我的脖颈。那冰凉幽冷的手指已触到我的脖子，我手脚不能动弹，喉管间只能发出绝望而持续地叫喊。

突然间，又猛然惊醒，脖颈却留着一线冰冷的划痕，不觉用手触摸，而这感觉似乎更加确切而分明。

原来是做了一个恐怖的梦。梦中醒来，却不能成眠，感到梦之荒诞，匪夷所思，却又百般上天入地，寻根溯源想弄个明白。这反而更加活跃了思维，睡意全无，索性寻着梦的话题一路思想下去。

想来，每个人的一生都做了好多的梦，如欢乐、喜庆、冒险、恐怖等等，但大多一做了之，不会当真在意。人们也很少向别人说自己的梦，也似乎只有那痴人才会逢人说梦的。

每个人做的梦也只是在梦里清晰真切，醒来便支离破碎。但无论如何梦却丰富着我们的精神活动，使我们的生活不只是白日的影像，还使我们每个人多一座极其神秘的精神花园，也使我们多一份希冀或多一份警觉。

在我的印象中，似乎孩子的梦是充满甜蜜的，每每看到婴儿在睡梦里还露出甜美的微笑，像一朵美丽的鲜花突然绽放。而成人历经了岁月风霜的洗礼和艰难生活的磨炼，每个人内心变得复杂多样，各自的梦境也就千奇百怪、意趣横生。

其实，对于梦我也只有一点肤浅的觉解，尽管翻过《周公解梦》一类玄幻的书，也翻过《梦的释义》一类所谓科学的书，但对于梦我很少去认真体会的，至多是梦醒时分的一时感慨，过后也就不曾思量了。

我总想，如果如佛陀在《金刚经》里所云，"人生如梦幻泡影，如雾亦如电，应作如是观"，那梦更是梦幻泡影之梦幻泡影，是水中月雾中花，是虚幻缥缈得如一缕游丝般的青烟。

但仔细想来，我对梦至少还是有着强烈的印象的，我对梦也是很早就有着困惑的。

记得我是由外婆带大的，童年时大部分时间跟外婆在一起。夜里常常听得外婆在梦里嗷嗷地哭叫，我吓得蜷缩一角，似乎觉得外婆在和黑夜中的鬼怪作奋力厮杀。那哭声极其含混，又极其无助。我害怕极了，真担心外婆被那鬼怪拉入地府，便奋力蹬着，大声叫唤着外婆。依稀记得我的稚拙的叫声是怨愤裹挟着恐惧。这时，外婆猛地惊醒，带着梦的雾罩说："啊，哦，刚才外婆做了一个梦呢，有很多鬼怪。"

那时外婆总会做这样的梦，我也总是既是怨愤又是恐惧地叫醒外婆，又总是倍感困惑：白天外婆似母鸡看护小鸡似的庇护着我，在梦境里却又为何这般地脆弱无助？那时，我也不敢往纵深处玄想，也没有能力往纵深处玄想，因为那一端是无边的黑暗又是无边的空洞，我的思绪总是在这黑暗面前退却，只隐隐觉得再强大的人都怕黑夜。

再后来，读中学时两个哥哥先后成家，家里房屋显得仄逼，父母在祖父的那间被柴火熏得漆黑的老屋里为我安置了一张简朴的床铺，其实是祖父既当厨房又当卧室的老屋。

祖父年寿极高，生活阅历丰富，年轻时也读过很多书，记得挂在梁上的竹篮里多是一些发霉的旧书。睡觉前我也喜欢逗引他讲述年轻时的往事。祖父年轻时曾在上海滩闯荡过，还在国民党的兵工厂待过一段时间，常讲各种枪炮的性能。我根本没有亲见过枪炮，哪怕是猎枪我都没有接触过，只是傻傻地听着。我更喜欢听他说上世纪二三十年代和他一道去上海滩闯荡的家乡那帮年轻人的传奇故事。他们中有的突然间发迹，开戏院，开赌场，贩鸦片……又突然间被仇家刺杀等等。高年的祖父在我眼里是一本厚重难读的奇书。

在我看来祖父也是极其超脱的人，亲见了新旧中国的几个时代，也经历整个家族的兴衰。听祖父说过早先我太祖和祖父及两个兄弟父子四人一同打拼，家业逐渐兴旺。家里有了田地，有了骡马。祖父也曾带着骡队到各地经商。后来我二叔祖竟沾染赌博的恶习，家道渐渐衰败。但这似乎是上天对忠厚人家的一种隐秘的庇护。不久新中国成立，因为我家那时已没有多少田地，太祖和祖父先前在地方也积德行善，口碑极好，最终被定性为"贫下中农"，"文革"中自然不是被革命的对象。

祖父每次对我讲述这段历史总显出一种坐看云起云落的超然，因此在我眼里祖父是把人生看得极淡的人。

但是就是这样的人也有着梦的困扰。共居一室，我也发现祖父睡眠的习惯极其特别，睡前总喜欢倚靠在床头静坐着，直到困倦了才宽衣解带。入睡时也很特别，总用单衣折成条盖在上半个脸上，只留出用于呼吸的鼻子。后来我也如法炮制，感觉睡眠质量果然不错。

有一回，秋风秋雨夜我突然听到嗷嗷的哭声，那是多年前早已过世的外婆睡梦时出现的声音，而这竟是祖父发出的。外面是风雨落叶的沙沙声音，屋内是充满烟熏气味的浓黑。尽管这时节的我已经不是幼小的孩童，但在这黑夜里听到这无助的嗷嗷哭泣不免感到深邃而持续的恐惧。我确乎感到人不管白日里何其的超脱何其的强大，但在黑暗的梦境里却一律是孤独无助的行者，也可以毫无顾忌地像孩童一样表达自己的喜怒哀乐。似乎在梦境里才有空前的自在，不似白日里在他人面前总要竭力掩饰自己丰富的内心情感。

那嗷嗷的含混的哭叫声绝不是一曲动听的乐音，而是一串发自内心深处的空前的悲悯与恐惧。突然间，我不忍卒听，感到毛骨悚然，也怕祖父在这梦境中走不出困苦的沼泽，不由高声叫唤着祖父。祖父也是猛然一惊，依然带着梦境的水藻，含混地说："啊，哦，刚才我做了一个梦，你死了的祖母刚才来了，坐在床前不走，我用力叫喊呢。"

那时节，我突然想到祖母，祖母在世界的另一端。似乎也意识到只有在黑夜间天地冥合的时刻，人与魂灵能自由往来。当然只有在人的梦境里，魂灵才会踩着月光似的舞步走过去。

那时候，我突然想到，大概上了年纪的人在内心里日日盘算在人世间所剩几许的光阴，因而，在夜间，在梦里，不免时常哭泣。

一时间我明白其实人都是脆弱的，只有在梦里才自然地流露出来了，这也是所有上了年纪的老人对死亡的一种深沉的恐惧。

我也想大概这种嗷嗷哭叫的梦每个人迟早会有的吧。

再回想我所做的梦，我不免觉得好笑，我自然没有到那种可以随时死去的年龄，但这种梦却早早来临，也未必没有什么理由。或许我对生活产生些许的厌倦，产生某种矫情的逃避，或者白日里受到什么暗示，梦境中这部分的阴影突然变得浓厚。

但是盘点凡是我做过的奇奇怪怪的梦里，绝少快乐，而多痛苦，也就释然了。

说来好笑，我的梦里，反复出现的梦却是考试的梦。每每在考场开考接近尾声才匆匆地跑来，或是忘记了带笔，或是面对试题一片茫然……大多结局是铩羽而归，苦不堪言。

考试的梦直到工作成家似乎依然在做。我也曾经向同事坦诚自己过去常受考试的梦困扰，不料同事们也都说也有类似的梦境。说及考试梦，据说连念小学的孩子也说常做考试考不出来的梦。我突然间明白梦是一种压迫症，是受到外界重压而自然产生的紧张情绪，或许也是一种心理迫害。

梦是千奇百怪的，但持续深刻的梦不由得要引人深思。

但无论如何，我倒喜欢梦境，因为没有了梦，人生也就没有了趣味。快乐的梦固然可以作为痛苦现实的补偿，而恐怖的梦则完全可以看作一部亲历的玄幻小说。

我们也会在梦境里和已经不在人世的先人往来，便会欣喜于生命没有了始终。也有人在梦境里想到能与死去的亲人会面，恍如安徒生笔下那卖火柴的小女孩，在困苦里也能看到温暖。

我不知道死了以后魂灵是否真的依然在空中飘荡，但能活在亲朋的记忆里，想来却是真切可靠的，便大可以释然。

梦是白日被压抑着的灵魂一次自由的飞舞，梦使人生变得更加丰盈而有意趣。

梦，竟勾出我痴人的梦呓，想来不竟哑然。

回乡闲记

近日难得有闲，闲记也只是对"闲"的一种奢望，宛然暑热中幻想有几缕凉风。

回老家自然是愉快的，尤其为母亲筹办寿宴。在人来客往、笑脸迎送间，并不觉得时光难挨，反倒觉得时光过的仓促，快意处容不得细嚼慢咽，也只能囫囵吞枣。若剖解"快乐"二字，大概就是所谓欢娱觉时短。有时想来快乐该是人生中时光极其甜糯的段落，甜而糯就难以化解，只能让日后稀薄寂寥的时光来慢慢地浸泡瓦解。

这里记些无关紧要的片段，似乎与"闲"也无多大瓜葛，但算作有闲时随手的一记，就是日后看起，也能复活思绪，再现往日的某些场景罢了。

一、始祖之谜

清秋之晨，漫步村南的河边，西风拂面，衰草凄迷。田野渐变空旷，河水渐变清洌。偶尔看到白鹭在水边娴雅地举步引项，顾影自怜。

旷野处，一个白点，渐渐变大，原来是人的身影。走近，原来是这村子最早通过高考跳出龙门的才子，现在已是某高校的教授。按班辈比我长一辈，且又年长于我，故而我称其为老爷（此地称叔为爷，读 yí；家族中弟兄年岁最末者反倒称老）。国庆期间他的侄女要出嫁，也是回故乡来吃酒的。

他已经在田野河边散步归来，大概他与我还有一些言语，便立在村南的小河堤上交谈起来。

后来，他的大哥，乡里退休教师，也加入谈话之中。教授研究方向是经贸，似乎对文史较为淡漠。他的大哥虽然是小学教师但对文史有着浓厚的兴趣，由于年辈的差距，以前我们见面只是寒暄，从未认真地交流，这次却难得谈得这般投合。

　　我的话题总是毫无端涯的。瞥见小河对面的祖坟，便发问祖先是从何处迁入此地的问题。其实，碑记上已说得清楚，即"明末从徽州府迁入"。但我并不满足这样笼统的概述。尽管光凭"卧雪堂"（被改为"雪徽堂"）就能追溯到东汉袁安，但对后面的一大段空白不免茫然，尤其最为近切的一段似乎一团迷雾。但我个性中偏偏倾向于弄清事物的来由。

　　这位大爷，说："我们祖先是明末边关将领，后来被清人施用反间计，而被崇祯皇帝冤死，死的很惨！"我说："难道是袁崇焕？"他说："对的，我们袁氏一族始祖'在功'是他的一子，后来为父报仇，隐姓埋名只称'在功'投奔闯王李自成大营，再后来闯王队伍残败，始祖流落到徽州府，继续隐姓埋名，娶妻生子，再后来又迁到六合，卜居于此，恢复姓氏，此地也就称作袁家滩。"

　　对此说法，我觉得很是奇怪，但觉得也很圆合。

　　清人编修的《明史》中记载袁督师并无子嗣。但《明史》是乾隆时代编修的，也是乾隆帝为袁崇焕平的反，乾隆帝还专门派人查找袁崇焕的后人，似乎没有什么结果，便在史书上写留下"崇焕无子"的说法。其实到乾隆时期，袁督师惨遭磔刑的冤案已过一百多年。《明史》中"崇焕无子"的断言似乎难以令人置信。因为，袁崇焕死时已经47岁，在一夫多妻的古代，男人只要有正常的生育能力是不会无子嗣的。

　　清初，汪楫编撰的《崇祯长编》有这样的详细的记载："命刑部会官磔示，依律家属十六以上处斩，十五岁以下给功臣家为奴。今止流其妻妾，子女及同产兄弟于二千里外，余俱释不问。"表明当时并没有满门抄斩。其后人流落或隐姓埋名于民间，加之古代交通闭塞，若要查证，还真难定断。

　　当然，也有人考证袁督师的后人有入满族旗籍者，后世也出了不少名将，云云。

　　我模糊地记起在极小的时候似乎听祖父说起过，祖父说先前不修家谱，只是部分族人口传心授说来自徽州府，家谱也只是在光绪年间才追忆编修的，始祖前事来历不详。但也听得祖父也隐隐说过远祖是边关将领，被冤屈惨死，但似乎闪烁其词不愿意提起那段往事。

对这段家世谜底，这位家门大爷的解说，真是极具想象力的，他还说始祖"在功"的夫人中有一位姓李。

我曾经对家乡村民个性以及长相特征做过观察比较，发现极有共性。比如，心气很高，淡泊名利，远离官场，但好逞血勇。我以前描述过，小时候村子里就有很多石锁、石担、五爪一类的原始健身器具。也比如，我们袁氏一族的长相看似文弱——皮肤白皙、鼻准高直、身形颀长，但性烈如火，这倒与袁督师有几分相像。

突然想到金庸先生在《袁崇焕评传》有这样的一段："司马迁在《留侯世家》中说，本来以为张良的相貌一定魁梧奇伟，但见到他的图形，容貌却如美女一般。我们看到袁崇焕的遗像时，恐怕也会有这样的感觉。图像中的袁崇焕虽不怎样俊美，但洵洵儒雅，很难想象这样的一个人竟会如此刚强侠烈。"

袁崇焕是进士出身，是文官，但有那样过人的胆识，让关外清人为之丧胆。可恨崇祯小儿（当时崇祯帝只有 18 岁）没有判断，竟以汉奸之名使袁督师蒙冤不白。而那些不明事理的同胞们竟排着长队，以一钱购买袁督师的肉，生啖而解恨。

真乃千古奇冤，千古奇恨，千古奇辱！

袁督师在临刑时还口占一绝："一生事业总成空，半世功名在梦中。死后不愁无勇将，忠魂依旧守辽东。"没有什么抱怨，有的只是报国的一片丹心。

当他被凌迟时，看着同胞们咀嚼着自己的肉，牙缝间流溢着自己鲜血时，内心又是如何的感受？我想，那不只是肉体意义上的疼痛，一定是一刹那间内心的大悲悯……我真的不敢再去想象那个惨烈的场景。

历史终究成为历史，很多的事情我们也许只能靠想象去涂抹瑰丽的色彩。我不敢断然相信这位大爷的说法，只当作是诗意的想象罢了。

二、但求一醉

乡村的宴席总是热闹的，村民是极珍视相聚的气氛。

露天里搭着大棚幕，下面摆放着十来个大桌子。人齐了，同时开席，热热闹闹。村民对吃喝并不讲究，只图个尽兴，要喝就得喝个脚底趔趄，身子打晃。

这样的筵席，没有一定的酒量就只能中途开溜，或作壁上观。

酒桌上偏偏有紧房大爷在座。他五十来岁，曾当过几年村主任，年轻时在村宣传队里是极红的，专门扮演有硬功夫的角色，比如《沙家浜》里的沙四龙，一上台就要腾空翻跃，做一些高难度的动作。年轻时自然是远近大姑娘小媳妇心目中的偶像。

这位大爷，最会哄酒。记得小时候，在二叔祖的长子我大爷家吃筵席，他怂恿我和他的堂弟拼酒。我们两个十来岁的孩子你一杯我一杯地喝，我整整喝了十五杯。回家后，都吐在雪地上，家里的小猪崽，争着吃带着热烘烘酒气的呕吐物，最后，猪崽也醉倒一地。

这次，这位大爷，又开始起哄了，说我是东道，他们是客人，我只能带头做表率。坐我旁边的二姐夫是乡里官员，自然是极能喝而又要面子的。他小声提醒我，一定要撑住今天这个场子。其实，我早已豪气顿起，全没有了平日的儒雅，被烈酒燃烧成一个豪情满怀的烈汉。

大家做四口把面前一大杯洋河烈酒（二两五钱左右）喝光，然后举箸吃菜。喧闹声，引来一圈圈围观者。

同一轮开席的戏班子早已吃完退席，已经到院外的戏台上演唱嘹亮的扬剧。戏是母亲点的——《宝莲灯》（分上下本）和《郭子仪上寿》，今晚该是《郭子仪上寿》了。但我们全不理会了，只在酒气中挥拳捋袖，笑语喧哗。

第二轮筵席等着要开，我们这桌还在起着哄，围观者看着我们斗酒使性带来的欢娱。

只记得，我泼泼洒洒地只用一口气把一杯烈酒喝光。惊叹声，喝彩声。

后来，他们也依次扬着脖子往喉咙里灌。不知喝了多少瓶，只知道酒是我依次倒的，十人中有九人喝酒，因为还有一个女客。我也依稀记得，一轮酒泼泼洒洒地倒三瓶（三斤）恰乎刚刚好。最后如何散席也不甚清晰了，只听得脚下的酒瓶被碰得叮当响。也只记得是大哥和侄子架着我从外面看戏的人群中穿过，到村西头侄子家休息。还依稀记得，在路上肠胃中如翻江倒海，一张口，喉管中的酒物倾泻而下。也记得往床上一倒，一个厚大的被子盖在我的肚子上，我就昏然木然地不省人事了。

半夜醒来，只听得窗外有几只蟋蟀在唧唧地叫着，我似乎没有了睡意，躺在床上听着蟋蟀的叫声，村里的蟋蟀也真能叫，唧唧唧唧唧唧唧唧唧唧唧唧唧唧唧唧唧唧唧唧唧唧一下子连续二十二次。我默数了好几遍，总觉得没有跟上叫的节奏，也总是在二十几次以上。我后来想，这大概是油蛉子的叫声。又在想，说"叫"不甚确切，应当是羽翼和身体的摩擦，否则那能"叫"出那么一长串的音符？

也听得外面有鹅的叫声和狺狺的犬吠声。外面戏班子早已散了，那些喜欢瞧戏的老头老太们也早已搬着小板凳，弯腰挪步，恋恋不舍地各自回家，倒在冷寂的床上了吧。

故乡的夜宁静得有几分寂寥，难以消受这样的夜，竟然反复不能入眠。

第二日，我早早起来，问及昨夜喝酒之事，问曰："有谁没醉？"侄子答曰："你们那一桌哪个不醉？"

是啊，依稀记得，我在喝酒时曾豪言壮语，曰："人生难得几回醉！"也记得那位大爷说："我天天醉！"我还起身抱拳拱手，曰："羡慕！羡慕！"

喝酒难得尽兴，醉酒有时也是难得一求的。

还乡随笔

昨日，回家。家，只是一个概念意义的家。原先一排老屋，早被拆除，二哥在原先的地基上盖了一座楼房，还用高墙框成一个大院子，庭院的东边是两间红砖青瓦的老屋，母亲住在里面。

家，对我而言是一种情感上的牵挂萦怀。人在外面待久了，总希望退守到能让精神得到安妥熨帖的环境，如同蜗牛无论行走到哪儿总背负着一个随时退守的壳子。有时想，每个人出身之地由不得自己选择，或许你并不喜欢，但无论如何你与周围的人物、事件、土地、树木、池塘、沟畔所有的一切产生了联系，必然形成一个神秘气场，今生今世你就不能割舍，如同鸟雀依然留恋于被捣毁的窝巢，每每绕道盘桓，呢喃作叹，怅然而往。

人如鸟雀，总对曾经的旧家留恋牵挂。

也许在城市里，只会感受到气候的变化或人情的冷暖，不能强烈地感受到自然界四季的变迁。

还家，有时是一个很好的托词，何尝不是精神上的一次叛逃。

对于出身乡村的人而言，还乡是一种值得高声炫耀的大事。因为对出身城市的人而言，家大多成了梦境中的记忆，几经变迁，那一个个街巷早已被不断翻新的大楼掩盖，儿时发生联系的有很多秘密的大街小巷早已成了记忆深处的黑白影像。

如此想来，相对于城市出身的人，在乡村成长的人并不贫瘠，并非一无所有，尽管家只是一个符号，村庄也几经变迁，但格局依然，形胜依旧，在村头野外总能找到散落的碎片与残梦。

每次回家在母亲的平房里以及屋后的菜园待的时间较多，其次就是村南的那片田野。

在田野，能感受到自然界的四节风光。

横在村南的小河上又多了一个汉白玉小桥，就在老石拱桥西首。老桥破旧沧桑但依然坚实厚重，新桥华美精致但显得单薄轻佻。若从审美的角度而言，新桥和乡村古朴的氛围很不协调，就像结着领带的村民赤着脚在水田里犁地，很浪漫，也很滑稽。

小河里，一个土坝，一个豁口，上流的水并不大，但受到约束有了落差，豁口蹴跃着浪花，发出訇訇的响声，几条白鱼在浅水里闪电般飞逝，大约快乐于夏日的到来。

河堤上，杨柳高大茂密，枝叶间发出哗哗的笑声。坡埂上，花草怒放；田野里，麦苗连片，绿色堆砌。

小河东流，流入大河，大河就横在东边。大河的河岸是一片黄白的土堤，消失了本该有的绿色。

清明节回家时就看到几辆推土车在大河埂忙碌着，原来为了迎接金牛湖奥帆赛，区里把大河（八百河）的西岸统一改造为观光大道。这段河谷北连着金牛湖，南连着六合的滁河，也是重要的水道。

原先村民在河埂上凭着兴致在各家的领地上种了各种作物：芝麻、花生、山芋、西瓜、甜瓜等等。现在政府给村民一点补贴，河堤全部收回改造。村民并不在乎那一点补贴，都陶醉在观光大道建成后的瑰丽梦想之中。他们并没有谁想到乡村世代的那份宁静也将随之消逝。或许村民宁静久了向往热闹，如同城市人热闹久了又向往宁静。

我在大河堤上无绪地踽踽而行，看到碾土车留下的一道道蹍痕，一道黄白的土堤从脚下一直往南延伸。河对岸绿意盎然，保持原有的风貌。河堤西侧满是青碧的麦田。我下了堤岸，走到田野间，看着一片绿色的麦野，麦芒已经秀出，散出青涩的香味。再有一阵子，几个大太阳，麦穗就会变黄，四野是迷人的麦香。记得儿时常在金黄的麦野，展开双臂，闭着眼，一路向前，让麦芒在手掌间轻轻地划过，那份幸福的感觉依然存在。我弯下腰，让麦苗在手掌间划过，痒痒的，麻麻的，很是奇妙。

日头高起，四野烘炽。田塍上茅草丛丛剑起，野花多如繁星。花草的香味浓郁醉人，天上云雀发出尖利的欢叫。不由想到古诗句"淑气催黄鸟，晴光转绿萍"，感佩古人描摹概括得何其贴切。

"晴光转绿萍",自然要到那西边的一串池塘。西灞、大思塘、墩灞、锅底塘、黄泥沟、绝食沟……那里散落着我儿时的碎片。这时节荇草、野菱角的叶子很鲜亮,很怡人。

我在太阳下,独自沿着干涸的沟渠来到墩灞,令人惊讶的是溏底满是龟裂纹,散发一股泥腥味。再看较深的锅底塘,也剩下中间一块潮湿,一层螺蛳拥挤在一处。

突然,几只白鹭在大思塘上方惊飞。原来,大思塘还有一片浅浅的水域。芦苇、蒲剑碧绿油亮。由于没有了水源,白鹭在空中飞了一圈又回到大思塘的另一侧默默落下。

西灞,原先是一片浩大的芦苇荡,现在没有的芦苇,早已改造为水田,底部密布着深深的裂口,如一张巨大的蜘蛛网。是啊,大地太焦渴了。

看了让人伤心不已。

从祖坟前面经过,又回到小桥,我特意从老桥上通过,又盘桓了一阵子,看看缓缓微微的河水,聆听着钻天柳那喧哗的嘲笑声,内心颇为凝重。

村口一个高挑的身影向我这边眺望着,走近原来是儿时的玩伴,在酒店当经理。我们坐在村口的条石上交谈着,漫漫无边地即景生情,生发一些人世感慨。原来他和我一样的心情,每逢节假都要回来看看老母,也看看田园。

他还有一座老楼房,和二哥家仅隔着菜园。他说等到老了还是回到农村来住,对老家的情感割舍不断。

看来他对家乡的情感更为浓烈,据他说,每年清明前三天的我们袁姓祭祖,再忙他都要参加。

故乡于我而言,正如古人所吟"看君已作无家客,犹是逢人说故乡"。是的,人们对故乡的情感可谓古今同慨,真是剪不断理还乱。

生如苇草

前天晚上七八点钟，接到老家二哥的电话，说伯父去世了，并和我约好第二天早晨在老家集镇买花圈、纸钱。昨天，上午一番吊唁祭拜，下午便送伯父遗体到殡仪馆火化。今天按例应该是"上山（下葬）"了。

按照乡村风俗，上了年岁的老人去世，丧事都会当喜事来办，除了至亲，众人并没有多少悲情，但每每静下来，思量身边熟识的人就这样突然没有了，内心总会有一层淡淡的悲凉。

我与伯父接触本不多，更谈不上了解。我是在听主祭人诵读悼词时，才知道伯父是1923年出生的。

伯父名字叫"广良"，人如其名，很善良。从没有听过他跟别人有过什么误会及冲突。从他的遗像的眼神中，看到的是平淡祥和，既看不出困惑，也看不出苦痛，更看不出有什么不了的愿望。眼神中读到的似乎是人生本来就这样平平淡淡的，读到的是"人生一世，草木一秋"，与草木一样的自然零落，无怨无悔。但我觉得这才是生命的常态，不做作，不伪饰。

大伯和所有中国农民一样，勤劳淳朴。大伯有一儿一女。据说年轻时，那个不甘平淡的大妈，带着女儿，逃异地，谋生活。最后，女儿嫁人，自己改嫁，据说过得并不如意，甚为栖遑。

大伯父子二人，虽过了一段苦日子，但凭着勤劳的双手，日子又也说得过去。后来，堂兄报名参军被录用，激动无比。参军是那个时代年轻人的梦想，穿上军装是光宗耀祖的事。但最终名单被别人替代了，堂哥没有去成，堂哥去理论，上面解释说堂哥是单身独苗，去参军了大伯没人照应。上面为了平息堂哥的愤怒，安排他进了县城红极一时的水泥厂。那时进了厂就是公家人，是公家人就吃公家饭，活不累，还有工资拿，在乡村也是梦寐以求的事。村里人整天在田地里累死累活地干活，难保温饱，而堂兄白白净净，衣着体面，骑着自行车打着响铃回家，让村民羡妒不已。

堂兄风光了好些年，但时代在变化，改革开放后，企业体制改革，水泥厂私有化，职工买断下岗，铁饭碗没有了。

堂兄是个精明人，尽管没有念一天书，但参加了水泥厂扫盲班学习，凭着天资聪慧，加上勤奋刻苦，很快就能看书写字，成了有文化的技术工人。他对无线电有着浓厚的兴趣，刻苦钻研，不久成为厂里的一名优秀的电工。凭着自己的勤奋好学，又掌握了修理电器技术，在厂里上班期间就一直没有闲着，偷偷从事第二职业。下岗后，正好大显身手，专门给人修理电视、冰箱等一切家用电器，在乡村很吃香。

堂兄会赚钱，堂嫂会持家，大伯家的日子在农村人人羡慕。

但平淡的大伯孤寂一生，对沉浮的命运似乎并不在意，一直在田地劳作，对田地有着深厚的情感。

我每次回老家，习惯在河堤田塍闲逛。有一次，看到大伯弯腰一路拾着散落路边的麦穗。他的眼神已经不好使，我叫了一声："大大（方言，大伯）。"他停下来，似乎费了好大的劲望着我。我当时担心他认不出来，他却叫着我的学名。我才感到，我的担心是多么的多余。

昨天，还听大姐说，有一回在一个河堤上，看到大伯，叫了一声"大大"，也担心他分辨不出。但出乎意料，大伯竟叫出："你是月香吧？！"，并说自己上集镇回来迷路了。可见，亲情是能够感应的。

听长辈说，我们袁家滩在新中国成立后，分为东西两个生产队。为了平衡人数，我们一大家唯独大伯父子被分在东队。

不像祖父和父亲读过书，大伯没有念过书。可能当时家境败落，大伯又是长子。当然那样年岁为生活奔波，读过书的人并不多。但有一回，听东队的人说，"老广良的《秦琼卖马》说的好哩"，我才想起大伯的确有这样的本领。

依稀记得，在某年冬天，我和几个小伙伴坐在大伯家的草窝子（农村冬天烤火用具）里烘火，支撑着脑袋，听大伯讲《罗通扫北》。大伯说书时神情专注，声情并茂，快意处情绪激扬，悲凉处嘘唏低回，我和小伙伴完全陶醉在故事里。

大伯生命的最后阶段是躺在床上，听母亲说，他在北京的女儿很孝顺，从北京赶来，精心照料了一个多月，最后大伯终于安详地走了。

突然间，又想到我父亲。在我们兄弟姊妹眼中，他言语不多，颇为严厉。

父亲能写一手漂亮的毛笔字。过年时，前后三村的村民总排着队，请父亲写春联。父亲总是让我和妹妹在前端按着红纸，充当活镇纸，稍不留神就会招来一顿数落，那时我们满心委屈，但谁也又不敢反抗，生怕招来更加严厉的训斥。

父亲喜欢看书，还喜欢写古诗，在用蝇头小楷誊写，自己订成好几册。那时没有计划生育，父母四十多岁还生下我和妹妹。小时我最顽劣，偷偷撕了父亲的个人诗集，扎四角（纸包子）和小朋友打纸包，父亲知道了，把我臭骂一顿，但从未见他动手打人，只是做出吓唬人的手势，最终只能无奈地摇头叹息。

父亲还喜欢音乐，有时一个人唱京剧中《过昭关》片段，我不懂，但觉得很好听。上海姑姑寄来一只口风琴，我怎么也吹不出调，他能吹出好多曲子，我想跟他学，他说没有闲工夫，我只能按照音位图，自己摸索，后来竟能吹出完整的曲子。

据父亲说，他十六岁就偷偷离家参加革命了，因为上过师塾，有文化，在新四军里当征税兵。参军没两年，日军宣布无条件投降，部队要父亲负责押送一队缴了械的鬼子。在行进的途中，经过一条比较宽的沟渠，在迟疑间，鬼子队长竟一手夹着父亲，跳过沟渠。父亲忆及此事时说，那时鬼子兵普遍很强壮，我们的战士食不果腹，身体普遍较弱，能把鬼子打败，凭的完全是一腔热血。

新中国成立后父亲当税务所所长，一向具有文人气质的父亲，不堪忍受那时没完没了各种政治运动，一气之下，辞官务农。他原先的老部下熬过不寻常的各种运动后，大多升官，父亲甘心回村里大材小用当个小会计。

农村的人际关系比较单纯，父亲远离官场，归园田居，反而觉得一身轻松，没有什么不平之气。村民淳朴，对文化人比较敬重，父亲在乡村活得自在舒心。

十三中全会后，很多在运动中受到不公正待遇的官员，大多平反，享受待遇。父亲有一个部下当了县委书记，他写信给父亲，要父亲到县政府申请恢复待遇，那封信几经辗转好久才到父亲手里，后来那位书记竟身染沉疴离开人世。父亲深感生老病死人世无常，认定人各有命，一切皆有定数，也早已习惯于乡间的清贫生活，无意于笑脸逢迎，为所谓的待遇去奔波，早已厌恶官场，也早已习惯于荷锄而归的乡村生活。

由于长期从事体力劳动，父亲身体一向很好。因为我读大学需要花费，父亲年近古稀还不想吃闲饭，找到在乡轮窑厂看门的工作。

我工作不久，记得某一天晌午，二姐打电话到我单位，语调哽咽，说父亲不行了（去世）。我很震惊，后来很长一段时间，消沉失意，顿感人生虚幻。

后来知道，父亲去世的前一天晚上，兴致很高，和安徽、河南等外地来打工的农民工一起喝酒，喝了斤把白酒。还被这些精神生活匮乏的农民工纠缠不过，演说了《水浒传》中精彩的段落。

第二天，安静地躺在床上，面容很平静地去世了。

父亲的去世很突然，没有铺垫，没有预期。他自小在外面革命，虽然没有马革裹尸，但年近古稀老当益壮，死在所在的岗位上。这样了无牵挂，也是洒脱，多少带有诗人的气质。或许父亲死得突然，我梦中一直有着他训斥我的神态，醒来唯觉枕席，不免神伤。

又想到我祖父，我也经常梦到祖父。祖父是有福之人，享年九十三岁。当时父亲还健在，一家老小送走老人。

迁坟时还出现灵异之事——迁坟时看到墓穴中两条蛇盘踞着。乡间习俗认为蛇就是小龙。

当时，建金江高速公路，后王山的公墓就在公路东边，有碍观瞻。政府要求户主各自迁坟。我们村子以前统一规划，要求迁到后王山，如今又要迁回村子。村里研究，要重新布局，西队的先人坟墓一律安放在清水河的南岸。

当时，我和堂兄及自家两个亲哥负责迁自家祖坟。弟兄四人从曾祖迁起。轮到祖父时，堂兄还说，"爹爹（方言祖父）是有德之人，墓穴里应该有龙（蛇）"。他还说有的人家挖到老鼠，是很忌讳的。他只是随便说说而已，但打开水泥密封的墓穴，轻轻捧出骨灰盒，底下两条一尺多长的白晰晰的蛇骨交叉盘曲，一南一北，图案很美丽，令人惊奇。我至今依然困惑蛇是怎样进入密封严实的墓穴的。

我依稀了解，祖父年轻时在大上海闯荡。我还看过祖父发黄的老照片，上面是一个西装革履，英姿勃勃的年轻人。我先前还听祖父自己说过，他在国民党的兵工厂工作，不久日本鬼子攻打上海。上海乱成一锅粥，乡村太祖严令他回乡务农经商。

祖父是长子，还有两个兄弟，还有姐姐、妹妹。回来后跟曾祖一同料理偌大的家庭，有时赶骡队到扬州做买卖。

鬼子打到八百乡时，有人推荐祖父当保甲长，祖父断然拒绝。而村里另一个人在被鬼子汉奸威逼下，答应了，当时身背盒子枪很威风，颇令眼浅的村民羡慕，唯独祖父不以为然。新中国成立后，那人被定了性，"文革"中屡经批斗，成了人人皆知的反面教材。

祖父的记忆力很好，八十多岁时还能背诵年轻时背的那些古典诗词，还每天看报纸，直到眼睛实在看不见，才罢休。最后几年，大伯和我们两家按月轮流送饭，大小月份，以及什么闰月。他尽管看不见，但心里很清楚。

祖父知识面广，经常有一些人慕名前来请教一些风俗礼仪。他也很节俭，他上海的女婿送给他好烟，他总是换成几毛钱一包老"飞凤"。

记得去世的那一天，孙男侄女披麻戴孝，在东边河堤上，向土地庙敬香后，从南边的清水河堤返回。当时荞麦青青，无边的绿野间，浩浩荡荡的白色礼丧队伍，在风幡的招引下，默默前行，场面很是壮观。附近村子有很多人还为自家小孩讨要红色的孝帽，据说能保平安。

人的生生死死，谁也不能抗拒。

再后来，母亲，兄长相继离世，渐然明白人生本是无奈。

西方哲人帕斯卡说过"人只不过是一根苇草，是自然界最脆弱的东西，但他是一根能思想的苇草。"

生命是脆弱的，人与芦苇无异。

人生镜像

人生如一段看似漫长而实则短暂的旅行，只要来到世间，就会按照时间的节奏行走，片刻不曾停留。

在开始的段落，人们都会构想未来的前程，都在天真地描摹，也会在成年人的指引下学步前行。

一路走下去，理想与现实悖谬，愿望与失望并存，怀疑与困惑膨大……直到某天似乎有所觉悟，也多是接近行程的末端。

人生，这是一个空洞而沉痛的话题，一路遐想，思绪缥缈……不妨探寻人生阶段的普遍心迹。

一、童年

童年阶段，大脑容量有限，沟回短浅，懵懵懂懂，只能从父兄以及身边成年人身上想象未来。男孩可能幻想个子有多高，力气有多大，要有很多钱，要娶像某个阿姨一样漂亮的老婆；女孩大概幻想有多美丽，身边还有像自己爸爸一样高大英俊的白马王子。总之，他们的想象多局限于身边的人事。

这个阶段是美好的，每个生命的个体因为境遇各自不同，而在人生背景上深印着不同的色调，这就足以影响一生。

小时候，总是无忧无虑地在村边随意游荡，对自然的花草鱼虫都有持续的好奇。傍晚，喜欢独自坐在村口看西天的红霞。那空中缥缈变幻的云霞，映红了芦苇荡，映红了村落。

悲悲喜喜的碎片所剩无几，日后难以玩味，童年对事物还没有形成判断，除了懵懂还是懵懂。

二、少年

这个年龄阶段的人，野心和身体一样的疯长，开始对未来有着不切实际的愿景。

这个年龄的人，极易受社会风习影响。有的想当作家，有的想当歌星，有的想当呼风唤雨的大佬……

这个年龄的人受不得半点委屈，对指手画脚的长辈充满了敌对的情绪。

这是一个危险的年龄阶段，身边需要一个良好的导师。

三、青年

青年，是人生最为灿烂的阶段，有着强健的体魄，有着充沛的精力，敢作敢为，无所顾忌。这个也是一个绚丽而烦恼相伴的阶段。

对爱情充满了幻想，尝到爱的甜蜜，也感受爱的烦恼。这个阶段是情爱的阶段，爱情似乎成了人生的全部，因爱而善，因爱而恶，陷于其中，难以自拔。

年轻是资本，年轻是骄傲。青年恣意地挥霍着光阴，来不及思考后面的旅程。

四、壮年

壮年，算是人生的极致了。这个年龄脑力体力都发展得圆满。这个阶段是有着更多的负荷，无论在家庭，还是在社会都是人生舞台的主角。这个年龄的人有青年的意气风发，有中年的沉稳练达。

这个年龄是收获的季节，荣誉成就，鲜花美酒足以让人陶醉。

似乎这个世界因为自己而旋转。

这是一个自我膨胀的人生阶段。

五、中年

台湾学者董桥先生认为中年是"天没亮就睡不着的年龄。只会感慨不会感动的年龄；只有哀愁没有愤怒的年龄。"

这个年龄的人渐渐感觉到肢体沉重，记忆衰退。

在这个年龄心理判断有了偏差，觉得身边的年轻人过于轻狂。

这个年龄有了感伤，开始悔恨，"想当初"不知不觉地成了一些人的口头禅；这个年龄开始怀旧，对现状开始不满。

六、老年

老年，是一个令人沮丧的人生阶段。头童齿脱，肌体肉弛，步履蹒跚，令人目不忍视；语不关风，声气断续，絮絮叨叨，令人耳不忍闻。

老年完全退出人生的战场，身上已经散发着腐朽的气息。人世间已经不值得留恋，开始听到厌烦的声气，看到怜悯的目光。老年人，看似昏聩眊朽，实则心里通透明亮。一场人生不过如此，个中滋味也寻常。

不痴不聋不做家翁，这个年龄没有火气，淡化了尊严。

这一生，或精彩，或平淡，或颓丧……过往都成了过往，都不必计较，恬然等待上帝的召唤。

生如夏花之绚烂，死如秋叶之静美，这是最好的安慰。

除了种种意外与不幸，人的一生大概是这样一个轨迹，这是谁也抗拒不了的。对人生的轨迹有认识，有意会，也许才会拥有平和的心态。

往事随风

袁家滩

袁家滩，一个普通的村庄，在八百镇东五华里。

明朝末年，袁氏先祖在功携赵、李二夫人及四子、二女，自徽州府，北越大江，一路劳顿，来到一片荒滩前，停下脚步。父子在此抟土构屋，开荒辟地，渐渐鸡犬之声相闻，炊烟袅绕，儿童逐闹，生机盎然，这片无名荒滩也有了名字，叫"袁家滩"。

袁家滩，迭代相继，至今已递十几代。按照辈分，依次为：在、建、天、国、金、福、士、宗、子、广、明、世、德。如今村子有百户人家，据老人们说，早在新中国成立初就分为东西两个生产队了。

为何叫"滩"，现在很少有人意会。据老辈人回忆，过去村子南边是一大片低洼水田，还纵横着几个带状的水荡。过去，每逢雨季，雨水汇集，村东西南三面成了白浪浪的一片水府泽国。只有村子还浮在水面，"滩"的概念自然形成。

说也奇怪，水线一直爬到村南边的老槐树根部，便不能再攀升了。村子就像被法海禅师使了法术的金山禅寺，任凭白娘子如何翻动滔天的洪水，就是淹不着。洪水最终无奈，一节一节地下落；村子一周留下一圈圈洪水撤退的痕迹。从古代风水学角度来看，这儿是一条龙脉，而我们村子在龙头上，水自然淹不到龙头。

如今，村东八百河南北而穿，村南清水河东西相贯，两河"丁"字相汇，整饬有序。

六合乃兵家之地，历遭兵燹，人口萧条，土地荒芜。现今的六合人祖上很少是土著，他们的祖先大多浙江、安徽一带迁来，垦荒辟地，繁衍生息，安居乐业。

袁家滩村民原非土著，但历经岁月积淀，加上家族的基因，就会形成特定的民风。据长辈说，早先村子民风极其剽悍。

家谱原先是"卧雪堂",出典于后汉名臣袁安卧雪的故事。晚清时,村上的老秀才和几个塾师认为,袁安卧雪被征召,改变命运,不如改做"雪徵堂"。

家谱至今还在,"文革"时,为了防止破四旧,先父把家谱藏在自家的粮囤里,逃过一劫。

早先村民说始祖在功是明代抗清名将袁崇焕之子,也有说是袁崇焕兄弟崇灿之子。早先如村民不愿提及此事,说崇焕被诬暗通金人(清朝之前称后金),遭活剐,太惨烈。先祖迁居于此,隐瞒身世,唯有一二族人口口相传。

村民早先好勇斗狠,非常热血。听老人们回忆,每逢插秧季节,由于村处下游,上游的水源经常被截,为了争水,经常和西边赵、秦两大姓发生械斗。

二十世纪七十年代后期某一天,村上人和西边赵秦村争夺村一处废弃古桥的木料。双方各不相让。发生了械斗。最后由政府出面,才得以和解。

袁家滩同赵秦村,祖祖辈辈就是仇家。据说从前村民上集镇必经赵秦地界,要成群结伴,否则会吃亏遭算。那次可能是最后一次惨烈的械斗。

早先村上人喜欢习武,石担、石锁、石鼓、五抓……随处可见。汉子们扎在一堆,就比试力气。

村上人也很讲义气。二十世纪九十年代初,某个夏天傍晚,大卢营一村民贩牛经过村东的八百大河,溺水身亡。死者亲属在外打工,只有妇女儿童在家。袁家滩青壮村民自告奋勇,纷纷跳入河中,如寻亲人。直到深夜,点燃松烛火把,在河里扑腾,最后有人出主意,连夜从金牛水库借来的滚钩,两边来回拉动,最终钩住死者的裤脚,把死者打捞上岸。死者亲属感激涕零,说:"大袁滩人够意思,硬铮啊!"。这里"大"字本身就是美赞。

村里人也很豪爽。过去生活条件普遍穷苦,每逢过年过节,外地总有来讨饭的灾民。灾民上门乞讨,村民都很大方,给年糕,给馒头,给扣肉,甚至还给一口老酒。村里的老人还告诫族人要有同情心,不许同贩夫走卒讨价还价。

袁氏村民多为身形细长而健壮，鼻准高直。行为风范有《香祖笔记》里"袁氏家风"的风韵。

村上还有一些特别的风俗，比如，大多数姓氏是农历二十四送灶，而我们是农历二十三送灶。还说是，自古"君三，民四"。这也透出村民的一种莫名的骄傲情绪。

年底二十九夜晚，也就是除夕前一晚，村民深夜起来，烀猪头，然后用筛子捧着热气腾腾的咸猪头，到村东河堤老树下的土地庙前，焚香祭拜一番，再捧回家。"乒乒乓乓"一阵鞭炮后，家主把透熟的猪头肉切成块，放在面碗里，端到床前，叫醒所有家庭成员，每人都要吃点，说这是"作兴（规矩）"的，叫"抢肥"。在贫穷年代，这多吃一顿肉，就让远近村民羡慕不已。据说，其他乡镇的姑娘冲这个习俗，都愿意下嫁到大袁滩呢。而乞讨的叫花子，也夜里到门前乞讨，图个吉利，村民都大方的送给几块大肉。

村上读书人不多，晚清出过一门父子两秀才。改革开放以来，也有数人考上大学。

村民似乎也不在意子女能跳出农门，村子水里有鱼有虾，孩子们整天在水里折腾，乐此不疲。鱼米之乡，不缺吃少穿。

改革开放后，村里出了好些有钱人，他们早先学瓦匠、木匠一类的手艺，大多头脑灵活，靠包工程，发了起来，对村里组织什么唱大戏之类的公益活动，他们肯花钱。

现在日子好过了，大部分村民在县城买房子。每年清明节前一天全村祭谱，大家才能云集一处，共叙旧情。

村庄绿树环合，村南边小河南岸是排列整齐的坟地，这是先前逝去的一代代村民的归宿。老祖先的墓地也在这里。

如今，社会主义新农村建设，袁家滩美丽如画。

老家虽美，但多为留守老人，每看到故旧白发婆婆，不免怆然慨叹。

门口塘

门口塘不在门口，而是在村舍之中。

据说，早先这村子只有几户人家，这池塘就在几户人家的门向之南，因此被先民称作"门口塘"。后来村子人丁兴旺，门口塘便被房舍包围起来，成了村子里面的池塘了。但村民依然叫它"门口塘"，因为一代代人都这么叫习惯了。

对这口池塘何以命名为"门口塘"，我倒从未生发过困惑，因为这门口塘就在我家的门前。我只知道这个池塘伴随我长大，给我心中层积着很多难以磨灭的往事。

这池塘除了东面是稀稀疏疏的几棵老柳，其他三面则被一层一层的绿树裹匝着，树木也大多是水柳，由于年岁久远，粗黑的树干在水边扭曲得奇奇怪怪，有的还伸到水面。长长的柳丝一直飘拂到水面，远看蓊蓊郁郁的。在傍晚或清晨，尤其是阴雨天气，那密匝的枝叶间常缥缈着薄如轻纱的烟雾，正如宋词上常描写的"杨柳堆烟"。

凡是这池塘四周的人家都各自辟有一个码头，专门用来洗衣洗菜。我家的码头就是一个幽深的小径，在密林间一条石阶路缓缓地倾斜下去，就像绿色山林间的一条小道。只要禁得起绿色冷面，幽寂冷心，再往下一阶一阶地探，便能看到亮白如镜的水面了。几大块两侧粘附着青苔的青麻石贴着水面延伸得很远，就像栈桥。站在上面久了，便似在水面悠悠地走着。先前我就喜欢偷偷地坐上码头上，长时间地盯着水面看，直看到整个人都漂浮起来，那感觉很玄妙。

那门口塘的水极其清冽爽滑。早先村民在清早起来的第一件事就是要到这门口塘挑水。肩上扁担一头担着一个空木桶吱吱呀呀地走到码头尽头，用木桶的底端在水面轻轻地划破水面，然后桶口一倾，那白花花的池水便注满一桶。村民挑着满满清水，晃晃荡荡，泼泼洒洒地走到自家的庭院，再把银亮亮的沁着冷香的水哗哗啦啦地注入自家厨房一角的大水缸里。这水甘洌纯净，煮的稀饭特别浓糯香甜。

池塘的水面很浩大，上下都有一个浅窄的小溪与外面相连着。上面的水溪在池塘的西端，那溪从北边水库主沟渠的一侧像神经的末梢，一路蜿蜒穿村过户，清亮的溪水在池塘边突然跌下来，被扯成一匹白练，这水声在夜间很是清亮。

下端的小溪在池塘的东端一路蜿蜒，绕过好几户人家，再由经长长的沟渠与村南边的大灞相连。

这门口塘的神经和外面的水系牵连着，自然就有了活力。

这池塘里先前有很多的鱼，主要是鲤鱼、鲢鱼、鲫鱼、青鱼、白鱼，另外还有很多奇奇怪怪的鱼，如头部尖长的钢丝鱼、嘴边有须有刺的昂刺鱼、通体透明的小银鱼。

记得某年夏季，一个有星月的晚上，邻居夜间收工在池塘洗脚，偶然发现池塘里的鱼都把头浮在水面。后来村民都知道这个秘密，都在有星月的夜间举着铁叉子守在码头上等待"猎物"，只要那幽静的水面浮出一点黑黑的背脊，就用力一叉，便有意外的收获。

一天夜晚，大哥在码头上也举叉静候，不一会便拖回一条数尺长的白亮亮的大鱼。那鱼的头部很大，是一条鳙鱼，足有七八斤重，举家吃了好几顿。

又有一回夜间，家里的老猫，呜呜叫着，原来是从池塘里叼上来一条数斤重的白鱼。据村里人说我家的那只猫，总是在水边转悠，有时把尾巴放在水里引诱鱼儿上钩。我不知道那只具有传奇色彩的老猫到底是怎样把水里的鱼弄上岸的，但好几回亲眼看到老猫是迈着虎步把鱼叼回来的。

想来这门口塘总会给人们带来意外的惊喜。

有一天清晨，邻居小女孩从池塘下面的那道出水溪经过，发现一条巨大的鲤鱼竟困在浅溪里，叫来家长费了好大气力才把挣扎的鲤鱼弄了回去。

当然，这池塘的鱼给我记忆也不总是愉快。

每当西风吹的时候，村里的老汉总会在池塘里撒网，在树木的空隙处收网。那跳跃的白鱼、那乱撞的鲫鱼被收入竹篓，剩下的是一堆和着淤泥的败叶残枝。我们总在这一堆堆残败的泥迹中寻找惊喜：扁小的白鱼、狭长的豆瓣鱼、狡猾的昂刺鱼，还有那通体透明的小虾米。

拉鱼的老汉也许因为视力不好，也许因为不屑于这多琐琐碎碎的翻检而浪费工夫，也许存心给尾随其后的孩子一点希望，那淤泥里总存有意外的收获。

其实那昂刺鱼往往躲藏在污泥浊水里一动不动地装死，只要用枝条一拨，它就奋力扭动身体，发出"昂刺，昂刺"的声音。这种通体金黄带有黑色斑点的昂刺鱼，两腮以及脊背各有一根硬刺，上面布满细密倒刺。有一回，我在泥污里拨弄，发现一条昂刺鱼，一阵激动，试图抓住它。那滑腻的身体倔强地扭动着，我的大拇指被狠狠地扎一下，殷红的血点如露珠似的在指头上不断地圆润起来，那胀痛的感觉也不断地扩大起来，一波一波地放大着，疼痛充塞着整个身体，迷乱着意识，我的乐趣也被疼痛挤占得精光。

尽管那次遭到昂刺鱼的袭击，也只是一时的痛感与不快，但相比而言，那一堆堆的淤泥杂物里的惊喜不亚于淘金者对金屑的发现。

有一年夏季，我家在塘里沤泡老槐树树干，据说可以防蛀也能使树木更加坚硬。有一天晌午，我发现那露出水面的树槭上趴伏着一只老鳖，在阳光底下，静静地伏着，像入定的老僧在默诵着一段长长的经文。我不小心碰出了响动，那只黑乎乎的瓦片似的老鳖似乎突然在梦里惊醒，匆匆地往水面一潜，溅起一朵小水花，只剩下那个黑漆漆的露出水面的老树槭儿。

大概那鳖受到很大的惊吓，好长时间没有现身。我每天晌午坐在码头上，看着那老树槭儿，觉得空前地失落。有一天看到那只老鳖又出现在那个水面唯一的树槭上，静静地沉思着，那神态酷似一个深沉的哲人，在参悟宇宙万物之理。我快乐极了，偷偷地观察着。那老鳖的模样怪极了，半缩着小脑袋，一动不动。我真佩服这怪物有这样持久的定力。我坐累了，只是变换一下姿势，这细微的声响竟被它捕捉。只见它慢慢地退入水中，小脑袋还露在水面，似乎在观察似乎也在倾听，似乎对它自己胆小多疑而自责。迟疑了好久，它又慢慢地爬上树橛上重新调整一个姿态，静静地趴着。我屏住气息，生怕因呼吸沉重而把它惊吓着，心房却急剧地狂跳起来，我才发现这种观察竟是这样的惊心动魄。

后来，那老鳖似乎熟悉了我发出的声响，竟接受我在水边的和它一样的静默。

一天，一个下鳖的人从门口塘经过，使劲地鼓掌，发出啪啪的声音，然后从腰间拔出铅砣往池塘深处奋力一掷，再连忙用绞盘快速地收绞着丝线，那挂满钩子的丝线忽忽地贴着水面飞向绞盘。突然，那丝线一振，一只老鳖也贴着水面，被绞了上岸，那捕鳖人一声不吭地把老鳖收进鱼篓，背起那稀里哗啦的鱼篓，不动声色，压抑着内心的狂喜，谦逊地离开。

那树橛孤零零地露在水面，再也没有那老鳖的静默的身影，我习惯于坐在码头边等待奇迹的出现，但奇迹始终没有出现。好长一段时间，我的梦中竟有着那水中孤独的哲人静默于水面的影像。

后来，有村民说夜晚纳凉的时候看到池塘有一个穿白袍子的白胡子老头，再后来传说有很多人看到了。

人们开始回忆那早已尘封的往事。我才知道这池塘曾淹死过人——一个八岁的孩子。这孩子论理还是我的堂兄。据说，这孩子不仅长得特别漂亮，而且也异常的机灵。据说他曾跟大人们一同看戏，回家后竟能唱很多的戏词，尤其擅长唱《小和尚过河》。人们还模拟那孩子唱着"背背驮驮过沙河"的情景，说那孩子把戏文给唱绝了。

据说有一天，他家的一群鹅跑到门口塘里嬉水，他不知深浅竟下水去赶。当时正值中午，人们正忙着做饭，没有人发现那在水中挣扎的孩子。孩子的父母也就是我的堂叔堂婶见孩子不见了，到处寻找。继而整个村里都炸开了锅，因为全村人都是同宗同祖的一个支系，便一起出来寻找。

后来才有人小心地说出自己的看法，建议到门口塘找找看。但门口塘又深又大无从下手，村里一个会看风水的老先生提出一个很特别的方案，要堂叔把自家的锅盖拿出来。老先生念念有词，然后把锅盖往水里一扔，那锅盖在空中打着旋飘落到水里，旋着飘着，最后定在池塘的西南角。热心胆大的村民下水扑腾几下，便拉着那孩子的衣角，把他给提溜出水面。

接下来，又由老先生安排，把孩子横趴在牯牛背上绕着村子走，那孩子喝进肚子里的水从口腔里汩汩地往外直冒，后来又使孩子趴在一口反扣在打谷场的大铁锅上。折腾了半天孩子吐了好多的清水，但就是没有活转过来，村民十分沮丧，一面叹息着，一面抱怨着。

人们再也不能看到那机灵活泼的身影，再也听不到那出自孩子稚气童音的《小和尚过河》。人们心里也开始对这口池塘产生一丝怨愤，但人们一日也离不开这个池塘，人们也只能无奈地接受现实，也极力回避淡忘这件不快的事实。

这件人们早已淡忘的一段伤心事又被人们提起，使人们产生了恐惧。还有村民说在雨夜听到那出自童声的《小和尚过河》。有人在塘角烧线香，烧纸钱。也有人在塘角撒炒熟的油菜籽，据说可以让亡魂在不断地捡拾中消磨意志，收敛罪恶。这些神秘的活动让我幼小的心灵充满了恐惧。

尽管人们并没有什么灾厄，但门口塘那幽幽的水面、那袅袅的雾气很长时间给人们心头蒙上一层挥之不去的阴霾。

再后来我还知道一件与这池塘相关的事。那是某年的冬天，我刚从学校放学回来，看到大车小车机载着村里男女青壮劳力开往村外，民众情绪很激动，像正在出征的战士。我一打听，才知道堂叔的女儿在谈婚论嫁的时候，竟跟另一个在一起打工的穷小子私奔了。气得堂叔暴跳如雷，恨的牙齿直咬。最后由线人透露，姑娘正躲在县城附近那穷小子的姐姐家。村里人都觉得有辱庄风，决定把姑娘给夺回来。也隐约听到村民私下抱怨我母亲，认为先前不该从门口塘把那女孩救活，应该把她溺死反倒干净。

原来，堂叔家的女儿（堂姐）自小特别喜欢哭泣，在田地里劳累一天的堂叔被这哭声搅扰得极其烦躁。这位以脾气暴躁而出了名的堂叔经常发狠要把好哭的女儿扔进门口塘里溺死。

一天傍晚，母亲在庭院听到那四五岁的小女孩又大声地哭叫着，继而听得门口塘里传来"咚"的一声巨响，就连忙跑到门口塘边，只见孩子的脑袋在水里浮沉着。母亲顾不得其他，直接扑入水中，硬把孩子拉上岸，抱回家。母亲狠狠地批评堂叔夫妇一顿，堂叔也懊悔不已，那受了惊吓的堂姐竟不再哭泣了。

......

再后来，这池塘的西边被填了大半，村民竟在上面建起了房舍，池塘一日日地缩小了水域，也与外界水域彻底失去了联系。

后来回家，那口池塘已不堪观瞻了，常年没有人清理淤泥，水面漂浮着垃圾。村民住上了高楼，关闭着铁门，吃着自家的井水，也就冷落了这曾经让村民一刻也离开不得的池塘。

我想，人们或许正一天天地嫌怨这里何以有这样一个大水坑，不仅有碍观瞻，更占了地基。也许某一天，村民会把这池塘填平再兴建一排房舍，人们便会彻底遗忘这叫门口塘的泥坑，这大概就是一口池塘的命运吧。

———————————

小释：如今政府推进建设新农村，门口塘得以清淤改造，四面是水泥护坡，四周围着护栏，两面建有休闲长廊，村民常常坐在长廊间闲聊，门口塘成了村中一景。

村中桥

村庄东面是河，南面是灞，白水环绕，景色优美，但出行不便。

村东是八百河，河对岸还有东队十几亩水田。

夏天多水，河水暴涨，河面开阔。村民用大木盆当作小船，两岸系上绳索，悠悠荡荡地拉来拉去。村民有时干脆凫水到对岸干农活，东队的女人孩童都是泅水的好手。

有一回，西队的一个新娘子，娘家出事，心急如焚，急需渡河。她平时怯水，害怕坐木盆，但事出突然，为了节省时间，决定抄近过河。她平时看见村民坐木盆来来往往颇似轻松，便也大大咧咧地踏进木盆。刚刚落脚，只见木盆左倾右侧前摇后摆。她吓得大呼小叫，紧抓盆沿，觳觫发抖。木盆欺生，行至半途，忽然打旋不前，新娘子魂飞魄散，体似筛糠。突然，木盆倾覆，新娘子轰然落水。好在村民都是《水浒》中的浪里白条，一个村民飞身入水，抓住新娘子的头发，劈波斩浪，把她拉到岸边。新娘子浑身湿淋淋，吓得半死，好半天才缓过神了，而救人的村民若无其事，谈笑自如。

冬天枯水季节，村民用一根房梁木搭在河谷两边，架起一座独木桥。房梁木被锯掉了弧面，变圆为方，成了跳板。长长的跳板几乎贴近水面，通过时上下弹动，令人心惊。每次也只能通过一个成年人。

儿时和外婆抄近路到大河对面前戴村姨妈家，就从这个独木桥上通过。我牵着外婆的手，提心吊胆，异常紧张，一路探雷似的探过去，快到岸边才气息长舒，心魂甫定。也许过于紧张，这种印记十分强烈，以致过独木桥的惊险之梦纠缠好些时日，也总是在刚要掉下河里时被惊醒。

在记忆中，那个独木桥极为惊险恐怖。

正是由于种种不便，桥也就成了村民们永久的梦想，都渴望政府兴建一座大桥。

八百大河在重新疏浚建堤的同时，八百政府在清水河入水口的北侧准备建一座大桥。挑河时特意留好桥基——一个四方形的大深坑。

村民喜形于色，都构想桥建成的种种美梦。上了年纪的村民说，夏天凉风习习，在桥上纳凉，无须蒲扇，那一定爽快死了，河对面刚嫁过来的新媳妇们则做起抬脚就可以到回娘家的美梦，还有的村民自作多情，开始构想桥的名字，为此还发生争执，东队说叫"袁东大桥"，西队的则提出反对，说叫"袁家滩大桥"更合理……

但后来政府把大桥的地址改到集镇附近。村民先是大惑不解，后来经高人点破才恍然大悟。原来，新址和焦营正对，那是镇里一把手书记的老家。后来那座桥也没有建成，专家说泥沙土质，不适宜建桥。村民多少带有阿Q精神，认为这是老天有眼，也就解了气。

梦是美的，但终不能成真。村民朝思暮盼的大桥只是一个传说，河边徒然留下一个空洞的大坑，像喟然长叹的大口，若干年后才被填平。

好长一段时间，村民想到河对面都要绕道北边的头牌桥，或者还是用原始的大木盆。

村南是一条自西而东的河灞：西灞、葫芦灞、鹅瘤灞、大灞、东灞。这一连串形态各异的河灞自古以来就和古称冶河的八百大河连在一起。夏天雨水泛滥，才能看到东西、南北两条白浪浪的河道。

村子正南面是鹅瘤灞，上面灞水自此有一个较大的落差，下首被冲击为一个圆圆的深潭，就像老鹅头上的瘤，整体看像鹅的头颈。较窄的鹅颈子部分是一个年代久远的石板桥。桥基桥面都是厚重的大青石条。在我记事时，石板桥不复存在，只是一堆被水冲得七零八落的巨大石块，横七竖八堆积在一起。河水从缝隙流出，被扯成大大小小银亮的瀑布，泻落深潭，发出哗哗的响声。村民到对面的田地里干农活，都要在乱石上跳来跃去，活像猿猱。老人、孩童只能小心翼翼地探身骑跨，摸索而行。

这里是通往南边大片田地的必经之路。村民多次向政府反映，最终还是如愿了。

二十世纪七十年代初，某年深秋枯水季节，村里来了一帮戴柳藤帽的工人在鹅瘤灝的乱石前指手画脚；有人猫着腰，盯着测绘仪；有人用软皮尺在地面拖来拖去；再后来画上白色的石灰线。

几十个人的工程队进驻村庄，运来好多黑色的大石块和袋装水泥。

工程队长期驻扎在村中，和村民渐渐熟悉。有些未婚的队员看上了村中的大姑娘，私下谈起了恋爱。

一个姓张的大龄青年，身材高挑，五官端正，戴着当时流行黄军帽，他和西头一个大爷家的长女私下相好。

这个姓张的青年是八百镇南边村的，家里弟兄多，穷得娶不上媳妇。那个姑娘和他属于自由恋爱，对于乡村传统保守的村民而言，却是惊世骇俗之举。她姑妈所在村庄的一个家庭条件很好的小伙子要娶她，双方都上过门了。这半路杀出个程咬金，让女方父母头疼不已，坚决反对。

这个姓张的青年就像热锅蚂蚁急得不知所措，后来受人指点，央托村庄说得上话的人。他就三天两头到我家找我父亲做媒，我父亲开始也很反感。这个青年很机灵，知道我父亲喜欢喝酒，不知从哪里弄来洋河酒，计划经济时代，酒是稀罕之物。

也许我父亲经不起那酒香的诱惑，也经不住别人的死缠烂打，最后和东队一个大爷当了媒人，促成了这个艰难的婚姻。这段因造桥而起的自由婚姻，成了前后三庄特大新闻，村民都说，姑娘太傻，姓张的青年脸皮真厚。村民也得出素朴的结论：唯有脸皮厚，才会有更多胜算。

后来，女孩嫁过去，才知道他家果真是家徒四壁，在甜蜜的爱情面前，一切贫困都变得微不足道。小伙子能说会道，头脑好使，据说后来日子过得比较美满。

也许为了赢得多方面的好感，那青年鼓动工程队的哥们帮村民挑水种菜，做好多事，还在我家里后院浇铸一副练功用的五爪子和石鼓子（类似哑铃），后来成了我练功的主要器具。

工程队在村里待了近两年。最后一个石拱桥傲然矗立在村南河灝上。村里男女老少都涌向桥头观赏赞叹。

那时流行拍照片，专门有人在桥头支起相机，做起拍照的生意。恰巧西头那位大爷在南京的外甥某回骑自行车到村里来拉风。村里的青年人都争着借用他的单车和手表，在桥面上装模装样，大摆造型，一律把袖口卷得老高，让手表被拍出来。过去家里墙上的相框里，就有大姐二姐在石桥上摆拍的时髦照片：推车戴表，神气活现。

村童喜欢在桥洞里钻来钻去，那时我还能从桥面爬到最上面的减负孔，依次向旁边的桥孔爬行，有时又从桥孔爬到桥面。放鹅遇到阵雨，村童就爬进桥孔，坐在里面神吹海聊。

那时村童最快乐的地方除了牛屋，就是石桥了。

后来河边被重新规划，挖成笔直的河道，又在西边葫芦灞上架起一个简易的水泥石板桥，村民上街就抄近道，都由此通过。后来发大水这座石板桥被冲毁了，开始被村民扶正修好，后来再没有人理会，如今只剩两个水泥桥墩。

2010 年冬天，在石拱桥西侧又多了一座漂亮的石桥。一旁的石桥像一个饱经沧桑的老人，虽然破旧但风骨犹存，新桥与之比照则未免显得单薄轻佻。

石桥是出自手工，当时很多石匠用锤子、錾子日夜敲打，火星四溅，叮叮当当，熬耗了很久，而新桥据说不到一个月的工夫就建成了。

如今村南的这两座桥，一老一少成了不同时代的印记。

村牛屋

村庄西边是打谷场，村民称作碾场，有足球场那般大。

碾场的西首是一排公房（仓库），用作收藏各类种子，诸如花生、蚕豆、玉米、小麦、大麦、水稻等等谷物。公房是一村人的居家性命，村民巴望着这些种子来年布满村头田野，开花结实，喜获丰收，家家户户分得喷香的新谷，堆满自家得粮囤，锅碗充足，孩儿肚圆。

公房只有一个大门，但很阔大，正对着村庄。大门平时也是紧闭着，挂着一把锈迹斑斑的大锁，标明这里是一个禁域。公房四面都留有窗户，窗户很高，主要是给种子通风透气的，不是给人觊觎的；窗栏很紧密，冬天都用稻草紧塞着。

村童平时在碾场上追逐打闹，更多时候是在公房后面的一排牛屋玩耍。

牛屋和公房都是平房。公房是全村的重要建筑，自然是青砖碧瓦，七架木梁，高大气派，坚固得像堡垒。牛屋则是五架梁的土坯茅屋，看似寒酸，却有道理，土坯茅屋可以接地气，构造矮小可以聚气保暖。牛屋门向朝南，正好和公房构成一个直角。

牛屋西南边是一排低矮的养猪场，猪崽子们始终在哼哼叽叽地议论与争吵，空气中飘散着缕缕泔水味和粪臭味。

公房、牛屋和猪场构成一面宽敞的大场院。场院西北角牛屋与猪场之间时常矗立着几座小山似的草堆。这样的布置在秋冬季节足以挡住冷飕飕的北风，揽住南边温暖的阳光。

场院西侧的猪场附近随意摆放着几十个备用的水泥涵管，有的侧放，有的竖立，像一个八卦阵。涵管口径足有一米多，竖立的涵管足以钻进三个五六岁的孩童，有时我们就爬进去，用干草垫着，很享受地坐着，说一些无厘头的闲话，或者在侧放的涵管中钻来钻去，玩猫捉老鼠的游戏。

孩童精力充沛，都有好动的毛病，总是闲不住。有时突发奇想，爬上梯形的草堆，坐在草堆平阔的顶上看风景。能看到远处的田畴、庄稼、池塘、芦苇、村民弯腰劳作的身影，还有莫名的幻像。

村民白天扛着农具到田地干活，孩子们则呼啸着跑到牛屋疯耍。

牛屋相当于七八间房屋，但中间没有隔墙，架梁裸露，通透一体，生产队的几个长龙似的翻水车时常搁置在两座横架梁之间。牛屋西边五六间一溜拴着十多头水牛；东边两间堆着草料，草料直达梁架。

孩子们最喜欢爬到草料堆上，躺在干草料上，嚼着一根细干草；甜丝丝、香喷喷的。有时骑坐在横架梁上，荡着双腿；更有冒险的孩子从水车的龙骨上攀援到另一个横架梁上。孩子们在架梁上做出复杂的动作，赛过猿猴。

躺在草料堆上，交流从大人们那里偷听来的闲话，瞎编一些低幼的故事。故事的主角多为旧时师塾先生和呆子。经常说的是师塾先生馋嘴的故事，比如说一个师塾先生要学生家长轮流供饭，有个学生家里很贫困。到饭点，老师准时坐到学生家里，家长实在没有鱼肉荤腥可以招待，就用潮湿的抹布在锅底抹一下，滋啦一声，先生甚为得意，点头捋须，咽着口水，肚里盘算着是一道什么好菜。说故事的孩子声情并茂，其他孩子聚精会神，看到模拟先生摇头晃脑的样子，都哈哈地大笑。孩子们似乎不关注故事情节是否曲折，而在意叙事模仿的神态，在嘻嘻哈哈的笑声中度过一段段愉快的时光。

老水牛都很安分，卧在泥地上，口中没完没了地咀嚼着，眯着眼甩着尾很享受。有时一头牛卧久了，腿脚酸麻，跌跌撞撞，很费劲地爬起来，后腿一分，酱黑色的粪便喷泻而出，噼里啪啦砸得满地生灰，像在显摆又像在示威，热辣腥臭的牛粪气味在屋内盘旋，久久不散。

负责照看老牛的子安老爹，晌午和傍晚要过来铲牛粪，浪牛尿，喂牛料。每次到牛屋，总用眼见瞟一眼草料堆，不当我们存在，他的两个儿子也混在七八孩子中间。

他一过来，孩子都会从草料堆上滑下来，看他工作。他嘴里骂骂咧咧："脏东西，屎尿到处乱拉！"

"起来，撒尿了。"浪牛尿用专门的木桶，两耳系着拖拉机轮子上废弃的黑色卡丝皮带。老牛早被训练得纯熟，老爹一走到某头牛的跟前，这头牛就趔趔趄趄地爬站起来。老爹把尿桶塞到老牛的两腿之间。牛酝酿半天，似乎没有尿意。老爹便会噘着嘴吹出一串悠长的口哨，这时白花花的牛尿一线而出，冲击着尿桶，发出骄傲的响声，继而软而无力断断续续，如檐头滴水。老爹满意地拉走尿桶，挪向下一个目标。

有时某头牛对老爹有意见，耍点小脾气或闹点小情绪，半天不肯站起来。这时，老爹就满口脏话，用脚又蹬又踹，老牛不情愿地站了起来。牛不好好撒尿，有时故意一蹬，把尿桶蹬翻，泼在老爹的裤管上、鞋子上。这时老爹怒不可遏，又打又骂。这头牛得到发泄，甚为得意，根本不在乎老爹的拳脚。每每看到这一幕，孩子们哈哈大笑。老爹没好气地说："离远点，当心溅到身上！"

每头牛跟人一样都有脾性，孩子们早已和牛们混得厮熟，分得清牯牛和牸牛，还能从牛角的造型、牛的眼神判断牛的脾性。牯牛外表威猛，具有强烈的反叛性，牛角开阔似弓；牸牛低眉顺眼，温顺驯服，牛角也内弯成圆弧。牛毕竟是牲畜，有时会发发牛脾气，孩子们吃过不少亏，吃了亏也就学会了防范，比如穿红色的衣衫不能靠近一头正在生气的老牛，它会以为你在挑衅，它会发疯地攻击。

有时趁老爹不在，走到老牛跟前，学起老爹的架势吹着口哨，老牛无动于衷，有时翻着白眼，根本看不上这堆小屁孩。

老爹话不多，也许是长期和牲口打交的缘故，开口总是骂骂咧咧的。队里把这个又脏又累得差事交付给老爹，自有道理。老爹把队里得牛伺候得膘肥体壮，村民拉去耕田犁地，轻松畅快。

老爹更有一项本领，会给牛接生。农耕母牛产犊周期较长，大约两三年才给配种产犊。母牛产犊在乡村是特大的喜讯。临产的前几日，老爹日夜不得休息，用泡得鼓胀的黄豆专门伺候待产母牛。晚上还打地铺，点风灯，躺在又臊又臭的牛屋里，观察母牛的动静。

某年冬天的早晨，母牛产犊的消息不胫而走，全村老少都涌向牛屋探看。老爹熬了一夜，眼睛红红的，身上还沾有腥臭的血迹。牛的胞衣是老爹的荣耀，标明成功接生，就摆放在牛屋门口，下面一摊血水，很是瘆人，但某种意义上来说就是一枚荣誉勋章。

屋子里，产子的母牛，若无其事，卧着反刍，不理会满脸惊喜的众人。牛犊紧紧依偎着母牛，瑟瑟发抖，还不能睁开眼睛。

老爹一时间成了全村的英雄，村民缠着老爹介绍接生的情形，老爹懒得理会，问急了，说："用手使劲往外拽呗！"

老爹家有一条大花狗，长得颇像哈奇士，很通灵。尾巴卷翘着，在老爹身边跑来跑去，有时很碍事，老爹骂它几句，便知趣地坐在一边，下巴贴着地面，眼睛半睁半闭地看着。

这条狗不是一般的灵性，有一回，还立了功。

初夏深夜，月黑风高。老爹担心暴雨来临，就到牛屋巡查。身边大花狗，突然立住，支楞起耳朵。老爹见大花狗神态异常，也一激灵，警觉起来，联想到队里的公房里面存放准备下秧的稻种。

疑惧之间，大花狗像离弦之箭，往猪场边的涵管冲过去。只听一声惨烈的叫声，一个黑影往草堆方向，一闪而过。老爹放下风灯，抄起木棍，奔过来，只见大花狗，撕咬着一个黑衣人，不肯松开，那黑衣人拼命挣扎，不能挣脱。看仓库的汉子白天干活，晚上睡得像死人，听到惊动后，才提起裤管，慌慌张张跑过来，一同擒获蟊贼。

这个外村人早已踩好点，看到仓库和牛屋之间的后窗可以下手，得手后，看到老爹提着风灯走过来，躲避不及，就藏在涵管里，没想到栽倒在机灵的猛犬口下。一大袋稻种藏在涵管里，最终被村民找到。

那是一个特别的年代，人们普遍饥荒贫困，发生这类偷盗稀松平常。厚道的村民七嘴八舌一番争论，最后对外乡人批评谴责一番，外乡人道歉认错，就不了了之。

牛屋是乡村儿童的乐园，在牛屋消磨的是一段童趣的时光，后来上学念书，就割断了与牛屋的联系。

村学堂

袁家滩对子弟读书识字之事颇为重视。

村人激励自家子弟，常常念叨："我们袁家滩在大清朝，一门父子都中了秀才。"

在古代社会，贫瘠的乡村能考中秀才是一件了不起的大事。据说，秀才可以直接和县太爷言事，而平头百姓连衙门口都不让站。

一门两秀才，扩大为同姓家族的集体荣誉，足以让袁家滩在附近村庄扬眉吐气，而直接的影响就是重视子弟教育。

早年听家父说，他儿时附近几个村庄共同兴办过义学，请了专门的师塾先生。家境好点的人家，都让男孩子上学。

新中国成立后，村里开设过扫盲班。扫盲班教村民识字，不分男女老幼，都可以参加学习，办了几期夜校，后来不知所终。

早先乡村师资严重缺乏，村部的教舍也缺乏，容纳不了众多的乡村子弟。在20世纪70年代初期，袁家滩自发组织村里稍大一点的孩童参加文化学习。村里有专门的老师，就是广选大爷。没有固定的学校，就打游击，借用村民的房舍。

开始东西两队报名读书的子弟很多。屋内容纳不下，就在我家西边邻居的庭院内上课。一面黑板搁在两张靠墙摆放的桌子上，上端斜靠墙面上。广选大爷，手拿教鞭，黑板上是几个大大的粉笔字，不外乎"人、口、手、足"之类。

孩童挨挨挤挤地坐在自家带来的各式各样的凳子上，面前没有课桌，手中也没有课本，只能紧盯着黑板。大爷一字一顿地念着，乱七八糟的童声重复着。有的学生大约家里穷得连小板凳都没有，只能倚靠在庭院的墙上，也就是我家西南边茅房的墙面上。

大爷很严厉，村童都害怕他。东队一个少年向来顽劣，招人讨厌，他家里弟兄多，很贫困，他倚墙而立，常常调皮捣蛋，便招来一顿臭骂。大爷骂出最经典一句话是"都说恨铁不成钢，别说钢了，你连铁都不是，充其量是一堆铁屎！"村童哈哈大笑，那个被称作铁屎的少年，满脸羞红，扭头就走，再也不来听课了，但铁屎的"雅号"，却由此流传开来了。

村民重男轻女，后来女孩要做一些力所能及的农活，只有为数不多的七八个男孩在读书，教室先在广选大爷家的堂屋，后来又转到我家后面广伦大爷的堂屋，再后来又搬到两个女知青的屋子里上课。

到我稍大时，村后有了一排低矮的校舍，袁滩和附近的姜营、卢营、柯庄几个村子的学龄儿童可以就近上学。

学校大约五六间房舍，五架梁的砖墙瓦房，在当是很是气派，教师的讲台和学生的课桌都是泥土垒起来的，黑板是水泥上抹几层黑漆，凳子要学生从自家带来。

小时候，看到稍大的村童每天扛着长条凳，斜挎着自家缝制的五颜六色的书包，摇摇晃晃地去上学很是羡慕。有时也尾随着看热闹。躲在墙角，等上课时，趴在窗口张望一番。

小学一共三个老师，广选大爷和卢营的一男一女两位老师。男的叫卢老师；女的叫吕老师，是卢营的媳妇。

后来我也到村庄附近的这所小学念书。

孩童穿着五颜六色自家缝制的土里土气的服装，有的还补着补丁。开学第一天，卢营村的一个小孩子竟然穿着开裆裤，小鸡鸡雄赳赳地暴露着。后来那个学生大概感觉到自己与众不同，害羞地藏着掖着，下课也躲在角落。老师发现后特别强调：上学了，是大孩子了，不能再穿开裆裤了！教室里顿时哄堂大笑。

学习倒是很轻松，只有语文、数学两门主课，并且有课本，其他体育课、劳动课、画画课没有课本，而且经常用来上自习课。一个星期放一整天，周三下午放半天。

自习课，孩子在底下写写画画，女老师坐在讲台上打毛衣，一边磕着葵花籽，瓜子壳堆在下巴之上，堆得很高，就像我家房梁上的燕子窝，那时觉得老师嗑瓜子的本领太厉害了，好像下巴上面有胶水似的。还天真地模仿过，但瓜子壳在下巴上就是挂不住。

劳动课就是铲野草，作为生产队沤肥材料，叫绿肥；或者到试验田拾棉花，捡麦穗。

有一段时间，生源不足，几个年级同在一个教室。一个年级上课，另一个年级就自习。上四年级课时，二年级的孩子就旁听，四年级的孩童读课文，念错字，不由暗自好笑，但都不敢出声。一个学生把黄继光，念成黄续（速）光。他混淆了"继"与"续"二字，乡村小学老师都不会普通话，"继续"都念成"继速"。我们窃窃地笑，背地里叫那个学生"黄续（速）光"。

后来柯庄一个女知青，到学校教我们一阵子，她说的是普通话，经常在自习课给我们讲故事，那些故事一下子照亮了蒙昧的心灵。

那个女教师姓徐，身材娇小，人长的漂亮，走路时常常奔奔跳跳，哼着小曲。村民尤其是村妇也许出于嫉妒，背地里说她是妖精，喊她"徐疯子"。

每当放学，其他年级的学生远远地尾随其后，齐声喊叫："徐疯子！徐疯子！"她很生气，但又无奈。

徐老师是南京城里人，没有多久就上调回城了。在我眼中她是最好的老师了。

后来近村的小学不再开设了，孩子都转到官塘村部专门的学校读小学。

村后的教室如今还在，做过一阵子粮食加工厂，后来分给了卢营村的贫困农户。

村庄学校的变迁，也折射着时代的进步，也反映村民对自家子弟的文化期望。

养鸭记

初夏，几个外乡人挑着大竹筐，气喘吁吁，口诵号子，从村口逶迤而来。

他们用长长的竹扁担挑着夸大的扁竹筐，扁竹筐一前一后向相反方向有节奏地左右扭摆。因为扁筐过大，前后间距过小，左摇右晃不仅便于行走，还可以让竹筐保持平衡。

外乡汉子汗流满面，敞着衣襟，用草帽使劲地扇着，一边喘着粗气。竹筐歇在公房前，布盖下传来叽叽呀呀的鸭雏声……

牛屋背后的棉花塘不久就变成了养鸭场。

鸭窝棚面对池塘，紧靠公房牛屋之间。窝棚周围圈起土陇。窝棚和池塘之间的一块场地，被修成悠长的缓坡，一直斜向水面。池塘南端半截用枝条筑成篱笆，与岸边土陇连成一个大括弧，大括弧又与牛屋北墙连在一起，酷似一张大弓。

鸭雏躲在窝棚里叽叽地叫着，饲养员用煮得烂熟的米饭掺合麦麸做饲料，小鸭子蹒跚啄食，摇摇晃晃，挨挨挤挤，跌跌撞撞，煞是可爱。

鸭雏腿脚渐稳，食物也丰富起来。蚯蚓被投放到掌印错乱的泥地上，扭曲身躯。小鸭子叽叽喳喳，炸开了锅，先是满怀好奇，不敢造次，继而一哄而上，争夺抢食。在争夺的过程中小鸭子渐有气力，显出英武。

鸭子渐渐退黄，显露热爱荤腥的本性。为了满足鸭子食欲，生产队发动村民到水田沟瀘里摸螺蛳。

村庄附近河瀘众多，水产丰富。村民各显神通，竹篮子、竹篓子、竹簸箕都派上用场，盛着湿淋淋的螺蛳，哗啦啦地倾倒在几只大扁筐里。

那段时间，几个饲养员整天坐在小板凳上，用铁锤使劲锤砸砧板上的螺蛳。腥味浓重的螺蛳肉糜和煮的烂熟小麦是小鸭子的最爱。

村主任说鸭子吃黄鳝会长得更壮大，便鼓动村里青年到沟渠池畔钓黄鳝。

钓黄鳝的钩子用废旧自行车钢丝做的。先用钢锉把细钢丝的一端磨尖，然后用火烧得通红，用老虎钳夹住，扭弯成钩，称为育钩。钩子育成后，浸入冷水，嗞啦一阵白烟，淬火后的钩子更坚硬锋利。再把铁丝钩子绑在一节削得精致的竹片上，即可告成。这样的钩子叫硬钩。因为黄鳝的嘴并不大，弯钩大小和小号鱼钩差不多大。

另外还有一种短小无柄的钩子，叫软钩；把缝被针烧红，育成弯钩，用一根尼龙线拴住。

负责养护鸭子饲料来源的是几个年轻村民，我二哥就是其中一个。二哥也是钓黄鳝的高手。他从不用软钩，他育的硬钩与众不同，钩子比通常的黄鳝钩要大许多；别人用竹篓子，他用过去祖上盛饭的小木桶。

二哥扛着大锹，挑着小木桶，晃晃悠悠地走向村南的灞水，我屁颠颠地跟在后面。他在某个拐弯处停下，用大锹把杂草轻轻挥开，一个洞穴露在眼前，里面的水上下浮沉。我屏住呼吸，气不敢出。二哥把穿上蚯蚓的大钩子倾侧着，轻轻点在洞口，口中连续地咄咄叫唤。洞口的水突然涌出，黄乎乎的脑袋探出来，吧嗒一口咬在钩尖。只见钩尖一拧，一条黑斑大鳝呼啦一下从洞里拉出半截。二哥用左手卡住黄鳝黏糊糊的脖子，轻轻放进我早已打开盖子的小木桶。黄鳝在木桶翻滚扭曲，折腾好一会才能安生。

不到半天工夫，小木桶里面挤满了黄鳝，提起来沉甸甸的。

后来，我也学会钓黄鳝，但只能和其他村民一样用小号的钩子，并且是直接探到水洞里，等黄鳝咬实，才拉出来，有时还让黄鳝脱了钩。二哥用独特的大钩，独特的手法，我没有学会。

村里年轻人把钓到的黄鳝送到鸭舍，称了分量，记录工分。然后帮助饲养员宰杀，剔除骨头，放进一口大铁锅和小麦一同煮熟。热辣腥臭的气味熏得人要呕吐，但小鸭们争夺抢食，兴味盎然。

到了盛夏，鸭子长到半斤多重，食量变大，村里鼓动年轻人摸河蚌。那时我觉得神秘而刺激，成了二哥的小尾巴，村子附近的池塘都摸了个遍。

后来，村民结伴到大河对面村庄的池塘摸，又到八百镇西边的潘徐村、夏娄朱附近的池塘摸河蚌。那时整日在各个村庄池塘河灞扑腾，以至对各个池塘河灞的特点闭目能知。

有了丰富的腥活之食，鸭子长得很壮大。

鸭子长得喜人，但却招来不速之客的侵犯，那就是水老鼠。

水老鼠体形远大于家里的仓鼠，经常把大肥鸭咬得面目全非，尸首不全。

我们几个顽劣的村童，常躲在牛屋观看这血腥的场景。

牛屋背面留有几孔小土窗，几根粗木棍做窗棂。为防北风，土窗在寒冬腊月被稻草堵得严实，只有到炎热夏季才用来透气散味。

村童脑袋挤在窗口，紧张地观察。只见几只水老鼠在水里浮着，露着长长的髭须，转动一双贼溜溜的小眼睛，悄悄靠近水中嬉戏的鸭子。水老鼠突然一跃，又狠又准地咬住鸭脖子，往水里一潜，鸭子挣扎一会就断气了。贪婪的水老鼠并不急着吃，却选择第二个目标，如法炮制……池塘岸上布满了老鼠洞，洞口血迹模糊。

老鼠胆子越来越大，有时当着饲养员的面公然撕咬。

水老鼠很狡猾，对肉少毛多的鸭雏不感兴趣，又难以对付具备防卫能力的成年鸭子，所以专对半大的鸭子下手。

饲养员投鼠忌器，怕伤害密密麻麻的鸭子，有时眼睁睁看着水老鼠肆无忌惮，只能干着急。

那时，我们手持弹弓躲在一边，趁水老鼠撕咬鸭子之机，瞄准发射，老鼠惊怵得一跳，一扭身潜入水中。但是贼心不死，还是悄悄探出湿漉漉的小脑袋，四下张望，阴森可怖。

那时，饲养员把打死的水老鼠放在老鼠洞口，陈尸示众，老鼠并不买账，好像杀不尽，灭不绝。

和水老鼠明争暗斗好些时候，终于盼到鸭子羽翼丰满可以放养的那一天。

几个鸭馆用长竹竿围着喧腾吵闹的鸭群往村南水灞里赶。鸭子多为麻鸭，个头大，脾性顽劣。鸭群一旦走出狭小的空间，奔向广阔而陌生的天地，兴奋地直叫欢，有的迫不及待地飞了起来，但也只能飞几米远，又重重地滑落到地上。鸭群抖羽展翅，精神抖擞，摇摇摆摆，喜笑颜开。

到了水灞里，鸭子钻进清澈的溪水，洗去一身的腥气，在水里相互追逐打闹，鱼虾惊得到处乱窜。

鸭子自己在灞里觅取活食，长得肥大。到了秋天，正是鸭子宰杀之时。镇上有人专门负责上门收购。

没有了鸭群，池水黄绿的棉花塘变得空荡荡的，但那呱呱的叫声似乎还在池塘上空回旋。

养鸭早已成了历史，很少有人提及，但在我记忆里是挥之不去的。

渔猎记

　　家乡水系众多，池塘沟渠，密密麻麻，成为乡村的血管，滋润这片沃土。得水滋养，庄稼喜人，草木繁茂，人物灵秀。

　　靠山吃山靠水吃水，水中之物能直接给村民带来惊喜，村民发挥想象力、创造力，总结了许多捕鱼之法。

一、水田棒击

　　初夏雨夜，田间沟渠积满雨水，水流汇入河道、池沼。

　　水流喧哗，沉寂一冬的鱼儿变得格外兴奋。

　　夜间，鱼儿一路欢歌，逆流而上，带着和人类一样的好奇心，去探寻奥秘，有时遇到激流陡坡，成为一道难以逾越的障碍，鱼群拥挤在一起，信心大跌；面对众多庸碌之辈，那些矫健有力的鱼类这时格外兴奋，做一次次跳跃尝试，最终有为数不多的强者奋力一搏，一跃而起，跳出一个新的高度、新的境界，最终游到开阔的水田里。

　　这时秧苗刚栽，水恰盈尺，这些不速之客，游弋其间，或探头探脑，或静静地思考。它们的一跳在同伴面前出尽了风头，但再也回不到故渊……

　　午间日头强劲，田水温热，这些鱼儿只能是"朝闻道夕死可矣"了。

　　在田间放水的庄稼汉，看到水田里青黑的脊背，不由得心花怒放，迅疾捕抓，那溜滑大鲶鱼一个摆尾就轻易地从那双粗糙的大手中溜走，汉子卷着库管在田里追逐半天一无所获。

　　又有几个壮汉围过来，七手八脚，水花四溅，终究无计可施。一个老农拿着耙钩（一头带弯杈的犁田工具），凑过来，静静地蹲在田边一角，不急不忙，点上一支烟，看着对面庄稼汉在水田里手忙脚乱地一气鼓噪，皱纹累累的嘴边挂着一丝嘲笑。突然间耙钩从空中划出一个优美的弧线，啪的一声，溅出一朵美丽的水花，老农慢悠悠地从水中捞出一尺多长的鲶鱼，在手中掂了掂，甚为满意。无主之物，人人可得。老农嘿嘿笑了一声，扛着耙钩，提溜着鱼，转身就走。那几个汉子一脸蒙圈。

这样木击之法虽过残忍，但却是最为高明的方法，不毁坏田间禾苗，又能轻易捕猎到大鱼。鱼受到突然一击，顿时昏迷，没有了反抗，自然唾手可得，但这一击拿捏的恰到好处，手法又狠又准，力度大小恰当，否则鱼的脑袋开花，就没有了品相。

后来总看到村民带着弯棍在水田边转悠，打的水花四溅，却少有所获。

二、水沟闸鱼

水田里的鱼比较大，但击捕需要诸多条件，首先有遇见鱼的好运气，其次还需要特别的技能。而闸鱼就相对简易，只需一锹一网。网是圈网，也有机巧，网尾的内部多结一部分卡网，鱼入网就不能出来。

初夏，雨季沟渠流水潺潺，河道里尽是戏水的鱼虾，只要把圈网闸在下水口，只消一袋烟的工夫，网内便挨挨挤挤银光闪闪。村民也不贪多，够一顿饭菜就满足了。

闸鱼其实有讲究。夜间，多为鲶鱼；清晨，多为鲫鱼；午间，多为白条鱼，傍晚，多为杂鱼。

儿时，在二哥后面拎鱼篓，二哥在水渠的入河口闸好，用手使劲地摁着，我从上游跳入水沟，手击脚踹，把鱼望下游赶，鱼儿顺流而下，一一落网，网尾赘出一个饱满的弧度。

倒入篓子里鲶鱼、鲫鱼、白鱼、昂刺鱼……有时还有螃蟹、黄鳝、泥鳅、虾米……当时真是激动不已。

那时，闸鱼的村民很多，雨季每条渠道都有收获，村民穿着短裤，在冷水中浸泡得瑟瑟发抖，但青紫的脸上每每挂着喜色。

三、池塘罩鱼

夏天，池塘水落，水深不足三尺，正适合罩鱼，鱼罩即鸡罩，也叫竹笼。鸡罩呈喇叭状，下口放大，上口收小。农家养小鸡子时，把鸡子罩住，内面放一个浅浅的水盆子，从上口撒一把碎米粒，任由不安分的小鸡仔在里面撒欢，但绝对不担心小鸡仔从上口飞出来的，那除非小鸡仔成了仙。

记得有一回干旱，门口塘快干了，村民各操鸡罩，直奔门口塘。

村民罩鱼很讲究章法。开始时，由健壮的汉子排成一行，快速有力地举落，依次往对岸罩去。平静的池塘水花四溅，噪声雷动，水中的鱼一下子受到惊吓，蹿蹦跳跃，银光耀眼。

村中老少都在塘边围观，连看门犬也兴奋地摇着尾巴呼着热气，在人群里钻来钻去，恨不得也跳入池塘表现一番。

第一轮举落鱼罩，急惊风一般从把鱼塘筛一遍，叫炸塘，让池水变浑，让池鱼失措。

接下来，各自在池塘七上八下的乱罩一通。一罩落下去，停顿片刻，如果没有撞击感，继续不厌其烦地罩，如果突然间有碰撞之感，就伸手从上口探下去，一划拉，就摸到一个惊慌失措的鱼儿，鱼儿在鸡罩这狭小的空间碰撞得昏头昏脑，失去反抗力，就很轻易地被卡住鳃，提出水面。那时鲤鱼、鳙鱼、青鱼居多。

记得大哥罩到一条大鲤鱼，让我卡住鳃，送上岸，并一再强调把鱼举离水面，不能靠水里。我骄傲地举托着，艰难地望岸边探去，心想鱼被我卡得死死的，在水中又如何，刚落水，那鲤鱼突然使劲一拧，鳃竟然被撕裂，从我手中逃脱了，我手也被划一道口子，鱼血人血竟难以分清，我半晌都傻愣着。

大哥说鱼在水里为了求生，力大无比，只要脱离水面，才老实温顺。

罩鱼是集体的狂欢，池塘里举举落落,水花飞溅,噪声起伏,鸡飞狗跳。

四、丝网捕鱼

丝网是一片狭长的丝线网，纤细柔软，细若无物，在水中袅袅娜娜，鱼儿无法发现。

游鱼经过，必然会卡在网眼。这时，鱼会拼命地扭动，力图摆脱，但细丝极有弹性，鱼儿越是挣扎，越是纠缠不清，反倒被丝线缠裹住，进退不能，动弹不得。这时只要踩着水，用圈网兜住，轻轻解开，那早已筋疲力尽的鱼儿就老实乖巧地落入圈网中。

丝网的上沿是细小的漂浮，下沿是一排细小的铅坠。丝网，始终张着，拦在水中，静等猎物。只要哪儿的漂浮动弹，下面就有鱼被缠住。

丝网是八十年代才盛行，是高科技材料制成，丝是尼龙纤维一类的，我曾经好奇，用火点燃，是一股塑料纤维的刺鼻的气味。

网眼，有大有小，小的用来捕小白鱼，大的用来捕大头鲢子（鳙鱼）。

小白鱼多在午间成群结伴地在水面游走。小白鱼总给人一种群体的印象，难怪杜甫诗云"白小群分命，天然二寸鱼"。这些精明的小白鱼，来去无踪，垂钓时，根本不上钩，有时还戏耍垂钓客，但丝网发明就是它们的一场噩梦。丝网设计高度正是小白鱼的活动范围，小白鱼根本无法逃脱，只要游走，必然一一中招。渔者直接把丝网拉上岸，绝不担心那些银白琐碎的小白鱼能挣脱。渔者把小白鱼从网眼中抽出来，蹦蹦跳跳，满满一盆。

那时大人都忙于农活，只有顽皮的村童才有时间在水边渔猎。

吃不完的小白鱼，被晒在庭院，臭气烘烘，招来令人讨厌的嘤嘤嗡嗡的苍蝇。

大头鲢子，头大无脑，比白鱼更好捕猎，但每次都会把网缠弄得残破不堪，好在这种丝网成本不高，一片丝网的价钱还比不得一条鱼的价钱。

小白鱼和大头鲢子喜欢在水面活动，宽不足两尺的丝网专门捕猎水面上层活动的鱼群，白鱼和鲢鱼自然首当其冲。

五、沟渠戽鱼

戽鱼，就是用盆子把水沟或河塘里的水戽干，竭泽而渔。

这种捕鱼方式，在村里也很常见。那时田野沟渠众多，认定沟渠、池沼有鱼，就筑个泥坝，用自家的面盆，把沟渠里水戽出来，沟渠干涸见底，鱼虾现形，就可以随意捡拾。

对村童而言，戽水是一项浩大的工程，绝非一人之力能完成，小伙伴三四人正好，人不能太多，否则人多鱼少，划不来。

第一天就商量好,第二天大早,就到那条近乎干涸的沟渠,累筑坝头,小伙伴并做一排,撅着屁股,望外戽水。

太阳升的老高,沟渠依然是汪洋一片,饥肠辘辘,腰酸背痛,不免打起退堂鼓。有的伙伴借口水中没有动静,推断说一定没有鱼,要有只能是小鱼小虾,就中途放弃了,而能咬牙坚持下来的小伙伴真的不多。

功夫不负有心人,到了傍晚,水池终于见底,鲫鱼、鲶鱼、黄鳝、泥鳅、虾、蟹在泥水里现出原形,挨挨挤挤,扭捏不安。看到艰辛付出,小有收获,小心脏怦怦直跳,满是兴奋,全然忘记腰背酸痛,蚊虫叮咬。

鱼虾都捡拾到盆中,按大小搭配,分成几堆,然后摘取身边茅草,长长短短攥在其中一个伙伴的手中,让其他小伙伴依次抽取,抽到长草的优先挑选。这就是类似于抓阄,这样比较公平,没有矛盾,分好鱼,开开心心,结伴而回。

这种捕鱼的方式是对沟渠里的小鱼小虾赶尽杀绝,那时,村童全然没有悲悯之情。

在乡村还有拉网、撒网捕鱼,还有钓鱼、照鱼,还有电鱼、醉鱼。电鱼、醉鱼是极遭村民反对的。

醉鱼据说用蚊香与酒和碎米搅拌在一起,撒在水里,鱼吃了就会浮出水面和死了一样。儿时和小伙伴也偷偷尝试了一会,结果一无所获,断定醉鱼一定有特殊的秘方,那是神秘的醉鱼人不可告人的特殊手段。

如今村民大多打工,脱离农活,打水有电泵,沟渠也少了,捕鱼已成为一代人的记忆。

挑河记

村庄东边是八百大河。

据县志记载，这条大河，古称冶水，又叫冶河，是滁河下游的一条重要支流。发源于天长分水岭，流经八百桥至县城之东，汇入滁河，全长40公里。

1959年，金牛山水库建成蓄水，八百河被拦腰截断，下游河道处于干枯状态。

为解决抗旱水源，1969年冬，全县组织近五万劳力，疏浚六合至八百段河道，以便把滁河水引至东北部地区。

1973年冬天，为了使金牛山水库水源扎根长江，县政府又兴建八百河延伸工程，从八百桥延伸金牛山。工程于11月20日开始，第二年3月5日结束。由四合、八百、樊集、新篁、马鞍、马集等6个公社的8000多名民工参加。

《六合县志》的相关记述，可以想见，新中国成立后各地兴修农田水利，大搞基础建设，百姓当家做主，战天斗地，热情高涨。

金牛山水库建成，村东的河流成了一串串深深浅浅的沟渠池塘，水草茂密地覆盖着，呈现一派原始生态景观状态。

村南边是一条自西而东的河灞，村民依次称作西灞、葫芦灞、鹅瘤灞、大灞、东灞。这一连串形态各异的河灞自古以来就和古称冶河的八百大河连在一起。夏天雨水泛滥时，才能看到东西、南北两条白浪浪的河道，继而把村南边的农田淹没成一片汪洋泽国。

某年的冬天，村里突然涌入很多青壮劳力，肩挑手提各色行李，吵吵闹闹，充满活力。

所谓兵马未到粮草先行，先由拖拉机手把粮草安放在事先落实好的各家院落。

我家和西边邻居家安排的是马鞍人。我家很少用到的最大的一口锅，让给他们做饭。

干体力活很辛苦，吃的是白米饭，但菜比较单一，通常是豆腐烧猪血，或是烧大白菜。那时，村里经常听到猪挨刀的嚎叫。人多了，村庄似乎成了熙熙攘攘的闹市。

白天，民工挑着担子、扛着大锹往村东工地进发，负责挑挖各组分配的段落。

河堤上插满彩旗，画着纵横交错的白线。人聚如蚁，往来交错，嘈杂鼎沸，热气腾腾。

河床上密密麻麻的民工，各司其职，有的负责用大锹挖，有的负责用簸箕挑，把土运往河道的两岸。

晚上，他们把干稻草铺在村民的堂屋，上面放着几张席子，十多人挨挨挤挤，一溜排躺下，覆盖着破旧的棉被，因为很疲倦，不一会便鼾声大作，梦呓声、锉牙声混成一片。

民工收工回来那是最热闹的时候，村头院落尽是沾泥带水的民工，他们有的说笑，有的争吵。

民工除了干活，日常生活很乏味，有时逗东家的孩童玩耍。住在我家的一个民工喜欢和我玩耍，常常把我抛向天空，然后又用双手接住，我惊叫着，他快乐地哈哈大笑。我每见到他就跑着躲开，他却笑着张开手臂，像老鹰捉小鸡一样，满院子疯赶。

家里为了腾让出更多的空间，把平时盛粮食杂物的几口大砂缸挪到院子。我在高过头顶的大砂缸间躲避追逐。有一回，躲避追逐时，不小心撞到大缸上，口鼻流血，哇哇大哭，那民工吓得手忙脚乱，遭到同伴的一致数落嘲骂，后来再也不追我玩闹了。

村里也开设了临时供销点，民工可以买一些烟酒之类的东西。民工有时讨好东家，买点花生米、小糖果哄哄孩子。

政府为了慰劳一下疲顿的民工，丰富一下他们的精神生活，鼓舞一下劳动斗志，在村中的碾场上还放了一回电影。电影都是黑白片，片头是一个五角星，放着光芒，下面是一行白字：八一电影制片厂。

看到闪闪的星光，村民欢呼一片，孩子更着手舞足蹈。民工大多从牛屋边的草堆上抽一把草垫在屁股底下，相互挨挤，席地而坐，看得津津有味。正面挤满附近村庄的民工和村民，很多远道村民只能在银幕后面观看，尽管字是反着的，但人像和声音都很清晰，并不影响观看，依然欢呼雀跃，热情不减。

后来，马鞍的民工走了，不久四合的民工又来安营扎寨。

抄近路走，四合距离袁家滩并不远，这回竟然还有青壮的女劳力。

村里的大龄青年心猿意马起来，张张望望，看中了某个女子，悄悄打听，假如是待字未嫁，就托人撮合。

东队的一户人家弟兄多，家庭贫困，四个弟兄全是光棍。大儿子看中住在我家的一个方姓女子。女子父亲是村主任后来和家父成了小酌对饮的好友。男的央求家父帮忙，女子嫌男方贫穷，死活不肯，但那时父母之命还是主流，最终硬是强扭苦瓜，撮合成功，婚后还生了一个胖大小子。

过了一年，村东边矗立起一条高大壮观的河堤。

原先几乎和河道齐平的河堤被加固加高，变得更加壮阔。河道被剪裁得笔直，原先的部分段落被孤立为大大小小的池塘。宽大的高堤下是一道二三十米长的缓坡，坡面下是一个近二十米的平地，平地下是斜切下去的河道，河道很深。

原来低洼浅显的河道，这时变得更加壮观，后来村部在河堤上栽上白杨树，在第一道缓坡上栽上密密的桑树，坡下平面上栽满水杉。官塘村部成立林业队，响应国家号召，走农林渔牧共同发展的道路，在清水河和八百大河交汇处的南侧大堤上建起一排茅舍，作为林业队总部。

大约在八十年代初，八百公社计划整饬农田、河道。村南边自西而东断断续续的河灞，要重兴改造。

这回由公社指挥安排附近村民挑挖。民工大多早出晚归，在村民家做一顿午饭。那时我已经到镇上读书，某回冬天放假回家，看见男男女女一院子陌生人，后来才知道是在我家歇脚烧饭的桂子山附近的民工。

　　不久，村南的河灞改造成笔直的河道，命名为"清水河"，自西往东和南北走向的八百大河垂直交汇。

　　清水河上也栽白杨树、水杉树，坡面使用权归生产队所有，上面栽着一种村民称作牢豆子的蒿草，用于沤制农田肥料。

　　那时生产条件极其落后，浩大的工程全是人力汗水所为，令人叹止。

　　八百河和清水河一直发挥着灌溉排涝的作用，也是村庄绝美的风光带。

林业队

　　袁家滩的村南是清水河，村东是八百大河。清水河南边是大片的农田，再往南一里地，横亘着一条大沟堑，被称作绝食沟。沟堑是天然的区域界限，对岸属于赵秦大队的侯万浒村。

　　八百大河，从头牌桥到绝食沟，大约四五里。大河西岸大部分在袁家滩东西两队的范围，而河堤的使用权归属官塘大队。为了管理河堤，大村部专门成立了林业队。

　　清水河自西向东汇入八百大河。林业队就设在二河交汇口南两百米处的八百大河的西大堤上。

　　大河的堤面矗立着高大的白杨树，河谷一侧的护堤缓坡栽满桑树，下面的护坡台上矗立着笔直的水杉；大堤西侧的背坡种着花生、山芋、芝麻、黄豆等农作物，堤下是袁家滩西队的水田。

　　高树密林、繁花碧草掩映着一排低矮的茅舍。茅舍顺着河堤一溜排开，门向对着东边河道，这几间茅舍就是官塘大队专设的林业队。

　　林业队只有四个人，一个队长，一个会计，两个护林员。会计是我父亲，护林员一个是驼子，一个是外号叫二兔子的年轻人。

　　除了队长很少见，两个人护林员和村民很熟识。

　　村童经常到河堤上放鹅，堤上有的是鹅雏爱吃的嫩草苗。村童把鹅雏赶的林业队附近，任由它觅食撒欢，便跑到林业队房前空地玩耍。稍大的孩子喜欢打一种叫争上游的扑克游戏，孩子坐在四面，噼里啪啦掼着扑克牌，嘴里念念叨叨，不时发出欢乐的笑声，周围还有好多围观者。驼子不在时，那个年轻的护林队员也会参与其中。

　　我有时坐在地上看看小人书，有时犯困就把化肥袋垫在白杨树根下，美美地躺着，顺着青灰色的树身往天空看，哗哗作响的白杨密叶筛着太阳的金光，露着点点蔚蓝的天空。一只有着斑斑白点的黑天牛飞来，稳稳地落在树干上，摆动着两根细长的触角，像在思索，一会又分开硬甲，露出薄薄的软翅，驾雾似地飞到半空。有时看到一只大黑蚁，急急匆匆地往树身爬，突然又停了下来，扭动小脑袋，迟疑片刻，又折身匆匆地往回爬。有时一只蝴蝶飞落到树干上，做短暂停留，又抖翅高飞……这里是昆虫的世界，它们在密林草木之间自在徜徉，全不在意人类的活动，似乎世界只属于它们。

很快眼皮沉重，竟进入绚丽的梦乡，梦中在金色的麦田里，追逐炫目的光圈……

童年生活很快逝去，没有情节只有碎片似的场景，但那些碎片却至今依然闪闪发亮。

村童很害怕那个驼子。驼子五十来岁，弯腰隆背，走路如同负重，总像驮着一个沉重的大口袋。但他有着骄傲的身世，据说参加过抗美援朝。他面貌严酷，没有笑脸。但他水性很好，经常游到大河对岸，从另一个角度查看。他做事很认真，整天在漫长的河堤上找魂似地游走。

据说驼子年轻时笔杆条直，英俊帅气。这点应当肯定，不然怎能参军？驼背是有故事的人，在村民眼中似乎很神秘。后来有人私下说，驼子有一个相好，就在河对岸马头山下某村，驼子夜会相好，星夜往返，泗水渡河。有一回深秋之夜，河水邪气入骨，驼子如服牵机之药，竟蜷缩一团，再也直不起腰来。

驼子身世神秘莫测，就像这放眼看不到底的漫漫长堤。

初夏时节，林业队最为繁忙。五六间屋子上上下下铺满了蚕匾。蚕宝宝的幼虫成长很快，每天消耗很多桑叶。大队部发动村民到河堤采摘桑叶，按照采摘的数量给几毛钱的工钱。为了这可观的工钱，附近村庄的男女老少全部出动，河畔全是忙碌的村民。

桑叶树大约一人多高，长满鲜碧的阔叶。村民用大竹篮盛着，盛满就到林业队草屋前排队称重。二兔子负责过秤，家父负责登记，人手不够还临时增派人手。

蚕宝宝一天天长大了。村民日夜用麦秸编结成密密麻麻的支架，房舍里弥散着麦秸的气息。村民说蚕宝宝要上"山"了，这挨挨挤挤的麦秸支架，就是所谓的"山"。

温暖的蚕屋是不允许村民涉足的。林业队轮班守夜，轮到我父亲时，就由二哥代劳，二哥常拉着我一同值班守夜。有这样的便利，我可以满足极大的好奇心。

灯光下，蚕宝宝贪婪地噬啮着叶片，不一会鲜嫩阔大的桑叶只剩下可怜的几个筋脉。

夜间，屋内弥散蚕沙的草腥味。一闭眼，只听得一片沙沙的声响，像下起了一场密密的春雨。

不久，蚕宝宝身躯变得臃肿肥大，亮晶晶的，纷纷爬上麦秸架子上，吐出一根银丝，银丝把自己裹束起来，虫体渐渐瘦小萎缩，最后化身为一颗洁白的茧子。

某一天早晨，看到金黄的麦秸秆上尽是白色的茧子，就像花朵怒放，简直太神奇了。

那是激动人心的时节，村民喜气洋洋帮着把蚕茧运送到镇上，又排队到林业队茅屋前，领取采桑叶的酬劳，有的村民蘸着口水，点数毛票，眉飞色舞。林业队给附近村民带来实惠，村民也更加爱护林业队。

村童最感兴趣的是黑亮鲜嫩的桑葚，堤坡上是密匝匝的矮脚桑树，上面已经结满了鲜嫩发亮的桑葚。孩子用罐头瓶盛桑葚，边摘边吃，酸甜可口，吃得口齿皆黑，牙齿发酸。

到秋天，林业队起花生、刨山芋也要请袁家滩的村民帮助。

在翻动过的一片狼藉的花生地、山芋地上，村里老人孩童都弓着腰认真地再翻检一遍，都有喜人的收获。那时，都感觉到林业队给村庄带来了种种的好处，打心底热爱林业队。

农闲时节，林业队都会备有来年所需的芝麻、黄豆、花生的种子，每晚也需要人值班过夜。

二兔子是后村姜营人，他的哥哥当了兵军，作为军属受到特殊照顾，被安排在林业队。正常由他值班过夜，父亲偶尔也值班，大哥刚结婚，守夜由二哥和我代劳。即使除夕夜，也不例外。

某年除夕夜，上面分给林业队三斤猪肉，一壶菜油。

那时，物质匮乏，不知肉味。看到这一刀肥腻腻的猪肉，二哥和那个叫二兔子的青年颇为激动，叽咕了好久。最后在灶膛架起柴火，把事先切好的五花肉往火辣的油锅一推，嗞啦一声，腾起一股白烟，肉香味弥散了一屋子，我们口里津水回转，体内馋虫蠢动。

那时，肉贵而油贱，烧这锅肉，用了足有小半壶油。柴火噼里啪啦，二兔子脸上红光闪闪，不断地咽着口水。

烧好的晶莹红亮的肥肉用一口大陶钵子盛着，袅娜着白烟，香味激荡着味蕾。我们三个人，围着这一盆绝世珍馐，怯怯地探下筷子。林业队平时没有人生火，多在自家用餐，筷子都缺乏，我用的筷子就是二兔子用桑树枝削成的。

长期饥馁的身体太需要肉类滋补了。肉入口中，一种幸福美满的香甜自口腔传布给身上每个细胞。二兔子，连连称好，大快朵颐。

我吃了好几块，最后口腔油腻打滑，实在吃不下去了，二哥也吃不下了，剩下的油腻腻的肥肉被二兔子吃个钵子底朝天。

我惊呆，从没有见到过如此强大的胃口。自从那次后，我看到肥肉就觉得油腻，就会联想那个除夕夜的景象。

那个除夕夜，没有其他饭菜，只有一钵子肥肉，和三双并不齐整的筷子。

后来，搞分田承包，林业队划归各自生产队，村民锯掉了白杨、水杉、桑树，毁掉那排茅屋，各家种上小麦、花生、山芋、黄豆……河堤变成五颜六色的百衲田。

河堤变得平旷，再也没有绿树长堤的壮美风光，再也没有一排温馨的茅舍。

林业队是时代的产物，但给村民留下了一段美好的记忆。

庚大爷

庚大爷，名叫广庚，长我一辈，年岁比我大几轮，按班辈年岁，我叫他大爷。庚大爷早些年生了坏病，六十来岁就去世了。

某年清明节，我到村头坟地上坟，一眼看到一个圆锥形的坟丘，在众多四方形水泥坟墓中很另类。经打听，说是广庚大爷的坟，我心里觉得很不是滋味：难道要用坟墓来标明死者的身世？后来不知谁提议，村上才把庚大爷的坟丘重新改建为和其他坟墓一样的形制。

庚大爷在世时是一个鳏夫，茅屋一间，吃睡一处，家徒四壁，无妻无儿，在村里是没有地位的弱势群体，但大爷不以为意，仍旧逍遥快活。

庚大爷的正常装备是一顶黄色旧军帽。据说他小时就很孤苦，得了癞痢头，没钱看病，落下残疾——光葫芦（头上没有毛），所以一年到头都要戴着一顶帽檐软哒哒的黄军帽。他嘴皮上始终沾着一支烟，是几毛钱一包的老飞凤。印象中，他时常脸如红鸡冠，一身烟酒气。

庚大爷是癞痢头，村民直接送给他一个诨名——"癞庚子"。

生产队分给庚大爷一亩地，大爷养活自己就是养活全家，村民说他"一人饱，全家饱"。

在农闲时，他给村上人打个帮手，干个体力活，少不了挣几个小钱，买瓶酒，买包烟，小日子也还不错。

每到过年过节，村民蒸年糕、包汤圆，要舂糯米，没有壮劳力的人家就请庚大爷帮忙，甚至有些壮汉也懒得出力，也请庚大爷一一代劳。那时节，庚大爷在村里很吃香，姑娘媳妇都对庚大爷恭恭敬敬，没有谁再叫他"癞庚子"这个不雅的诨名，因为大家都要仰仗庚大爷的一把力气。

那时，村上日日夜夜，总是听到一声声沉闷的舂碓声。村民大多进入梦乡，庚大爷还在灯烛下，挥汗如雨，喘着粗气，喉管发出号音，给自己加油助威，咕咚，咕咚，咕咚……一杵一杵，没完没了地望石臼里砸。

据说，那时节石碓杵都要换上好几根。村民都清楚，这绝不是大爷冲碓水平不高，这是因为石杵使用频率过高就会舂得短秃，要么石杵舂久了就会因发烫而自行折断。

人们在大冷天都穿着棉袄，只有庚大爷光着臂膀，像个练家子，青筋暴突，怒目圆睁，和石臼较上劲。灯烛下粉尘弥漫，庚大爷头上那顶黄军帽沾满了飞扬的面粉和汗渍。

这时节，庚大爷是全村的焦点，大爷也意识到在这别人不屑的体力活中能找到一丝尊重。

对庚大爷必须尊敬，大家都清楚，假如大爷一翻脸，就找不到别人帮你干这苦差。

庚大爷那间破泥屋是很少有人光顾的。我经常去，庚大爷为人和善，大爷常常给我讲一些琐事，我觉得很有趣味。他总是一边喝着小酒，一边喋喋不休，夸大其词地讲述他所经历的奇闻趣事。

作为一个小屁孩，我有一段时间是他的小跟班。他也处处维护我，夸赞我，我也很受活。那时我读小学认得几个字，有时帮他认几个字，记一些小条子。

年底，村上人都请我父亲写春联，而庚大爷特别提出让我写，对众人说：我就喜欢大侄子字！我尽管开始练毛笔字，但还是第一回给别人写，就提起毛笔一笔一画地很专注地为庚大爷书写，也写进对庚大爷的祝福。

那时我笔法稚拙，写的很慢，好在庚大爷只有一间茅屋，只需写一幅门联，一个门头批。当时意犹未尽，还给他多写一个"鸡生大蛋"，而庚大爷并不养鸡，庚大爷竟然赞不绝口，连连说好，还郑重其事地将"鸡生大蛋"贴在破屋门边一个角落。

也许在村里没有什么地位的庚大爷平生能指派别人为他做事，不免得意，逢人便说：这对联是我专门让大侄子写的，我这大侄子将来一定有出息。那时我也甚为得意。

大年初一，小伙伴约好给庚大爷拜年。也许庚大爷苦闷，除夕夜一人独饮，喝多了，早上还没有起床。我们敲打着破木门，大声说："给大爷拜年！"庚大爷披衣，跳下床，连忙开门，开心异常，格外大方，给小伙伴每人一小把糖果，别的人家糖果给的没有庚大爷的多，小伙伴们不免叽咕："哼，小气鬼，还不如庚大爷大方呢！"

庚大爷，没有什么亲戚，只有一个二姑妈，那姑妈精神不太正常，所以很少走动。据说有一回，村里人到他姑妈家为她出头，他姑妈兴奋得像孩子一般，满地打滚，说"娘家来人了，母鸡多，公鸡少（女眷去的多，男人去的少）"。这以后，村上人说别人不正常就有了口头禅"癫庚子二嬢嬢（姑妈）——神经病"。

庚大爷吃苦耐劳，为人随和，因为是孤家寡人，有什么事总是冲锋在前面。比如本村和邻村为抗旱争水源，他总是冲在最前面，手拿大锹，满脸溅朱^{（注）}，异常激动。前后三村都知道他是光棍一条，站着一竖，躺倒一横，都要让他三分。这分明是优点，但有的村民不以为然，认为庚大爷"受造（容易被人鼓动）"，只要别人在他背后鼓动一番，他就不分青红皂白，冲锋陷阵，不顾死活。于是村上又有了口头禅兼歇后语"癫庚子——受造"，所以村民贬损他人时，便说"你是癫庚子——受造！"

对于这些，庚大爷充耳不闻，全不当回事，他清楚自己在村中的地位，争辩也是徒劳。

庚大爷就是这样一个在村中里没有地位，常被人消遣的卑微民众，但他却有着常人们未必有的特别性情。

如今，世事沧桑，逝者已矣，一切都被光阴洗成一抹淡色。

注：溅朱：词语，激动愤怒而脸红。

剃头匠

在乡村，手艺人都叫匠人，比如木匠、瓦匠、漆匠、皮匠等等。在以农耕为主体的时代，手艺人往往被视作是一些干不得农活、吃不得苦的懒人或病残者，呼之为匠多少带些不屑的成分。但在日常生活中竟离不开这些走村串户的手艺人。

在乡村，女人不需要理发，头发长了，用剪刀修理一下就行了，但男人理发就是一个问题，因为过去乡村没有理发店。

但缺什么，就会有什么。剃头匠的出现，就解决了村民的剃发烦恼。

负责为我们村剃头师傅是个上了年岁人，后王村人，瘦挑个，秃脑门，面貌清癯，细胳膊细腿，不似庄稼人孔武有力。

剃头师傅姓叫王春宝，村民不叫他师傅，直接喊他老春宝。大约两个月来一回，费用在年终由村里统一结算。

剃头师傅肩头斜挎着小木箱，慢慢悠悠来到村口，早被村民看到，邀到家里。随即口口相传，一传十，十传百，村上老少都聚过来，这家人便像过节似的，热热闹闹，很有脸面。

好客的家主，早早吩咐媳妇烧一锅热水，把堂屋清理干净。

一条板凳，一张躺椅，一盆热水，一条毛巾，这是家主按照老规矩准备的，这是公益行为，图个人气，也图村民美赞。那条全村老少用过的毛巾，按理说事后只能用作擦脚布了，但村民没有那么多讲究，用烧开的碱水反复搓揉，晒干后，依然干净可用。

剃头师傅将肩上沉重而神秘的木箱子往地上一放，打开箱盖，理发剪、剃头推、剃头刀、刮胡刀、掏耳耙等等，让人目不暇接。

老师傅给人剃头很讲究，理发按照先后顺序，轮到谁就进屋，坐在长条凳上，没轮到请自觉站到一边，不许打扰。

最先剃头的很兴奋，这是因为一切用具都是最干净的。老师傅拿出一件已褪了色的蓝罩衫，慢慢条斯理地套在庄稼汉身上，又拿一条干净的旧毛巾，围在庄稼汉的脖子上，掖进衣领。

这时，老师傅从身边木箱子里拿出一只油乎乎的剃头推，一握一放，试了试，然后又上点油，然后摁一下庄稼汉脑袋，庄稼汉配合地低下头。剃头推子嘎吱嘎吱地由下而上，在脑后推着，黑乎乎的头发坠落到兰罩衫上，继而滑落到地面上，不一会，半个脑袋光亮起来，另一半还是乱蓬蓬、脏兮兮的，很是滑稽。看到这个场景，孩子们都会笑得前仰后合，说"阴阳头"。老师傅总是说："走，到旁边去玩！"

等庄稼汉周遭头发推好了，老师傅又右手操剪，左手持梳，在庄稼汉的头顶"咔嚓咔嚓"一气乱剪，那糟乱的头发散落一地。汉子感觉清爽了许多，摸摸头皮，甚为欣慰。

这时，又换了剃刀，老师傅用手刮了刮刀口，似乎觉得不够锋利，就从木箱里拽出了一条油黑乌亮的荡刀布，一头套在板凳上，一头用手绷紧，"噌噌噌"，剃刀在帆布片来回荡了几下之，便小心谨慎地在汉子后脖颈上轻轻地刮着碎发。又让汉子低头在脸盆，用口碱水清洗一下，此时，汉子相亲似的，精神百倍，神采飞扬。

最后，手口配合，一边嘴吹，一边用软毛刷子把汉子脖颈上的碎发清理干净，整个过程大约十分钟。

老师傅很细致，假如是给村童理发，除了要用垫脚凳，最后一道工序还用粉扑子先在娇嫩的小脖颈上扑上一层痱子粉，再用软毛刷慢慢地刷，生怕伤了孩子皮肤。

遇到年长老汉，还有很多讲究，让老汉斜躺在那张躺椅上，下巴上敷着烫毛巾。

在热敷的当儿，老师傅手中又玩魔术似的多出一根细长的耳耙子。只见他小心翼翼地凑到老汉耳边，眼睛似乎早已钻进老汉的耳洞里。耙子一点一点往外耙，耳屎被慢慢地耙了出来。假如老汉一皱眉，老师傅就会停顿片刻，等老汉舒坦了，继续在耳洞"探宝"。

掏完之后，用细绒刷送到耳朵眼捻上一遍。既享受热敷，又享受耳捻，那老汉眯着眼睛，无比惬意。

这一道繁琐的程序下来，最后就是刮胡子，老汉闭目养神，享受锋利的剃须刀在坚硬的胡茬上吱吱游走，那神情甚为痛快，堪比神仙。

剃头匠老春宝，心细如发，不急不躁，慢条斯理，谈笑风生，尽量满足村民的不同要求。有的要剃光头，要有的剃平头，有点要剃分头，有的要剃马盖头……他都能一一满足。

有时见村民的鼻毛过长，他就小心翼翼地用小剪刀在村民鼻孔中修理一番。

他完全把理发当做一门艺术，对艺术，首先要做到自己满意。

村邻男丁不旺，生一堆女娃，最后好不容易生了一个男娃，叫他"毛弟"，家里上上下下把他当作活宝，孩子的老祖母对这个宝贝孙子，格外看顾，每次剃头都要亲自监督，要求不能伤到一点皮毛，不断地絮叨要老春宝的动作轻一点。老春宝理解老太太的疼孙子的心情，但有时难免不耐烦，就轻声细语地说："老太太你就放心吧，我剃这么多小娃子的头呢，不会伤到你宝贝孙子。"

老太太要求宝贝孙子的头顶一圈毛发不能剪，留着扎小辫子，老春宝一一照办，小毛弟的小辫子成了村里一道风景，活脱脱的一个小葫芦娃，村民喊他"公丫头"。孩子打架时，小辫子总是首当其冲，被顽童攥在手里拉拽，疼得他哇哇乱叫。有时大孩子想捉弄他，就对说，"有一部好玩的电影，你想知道吗？"不等毛弟回答，大孩子一把揪住他的头发，说，"电影名字叫'列宁在1918（谐音一揪一拔）'"，随即一顿拉扯，毛弟疼得哇哇直叫。

小辫子成了毛弟的一大烦恼，老春宝给别的男娃剃头时，故意戏弄在一旁玩耍的毛弟，说，"男娃子又不是女娃子留什么辫子呢"，毛弟说"你就帮我剪掉吧"，这时早有孩子跑去向毛弟的老祖母汇报，老太太跌跌撞撞，骂骂咧咧地跑来，骂着老春宝，唬着小孙子。老春宝不予理会，依然故我，一边给人剃头，一边唠嗑。老太太也倍觉无趣，拉拽着孙子回家。

毛弟的这根扎着红绳的小辫子，就像贾宝玉的那块"通灵宝玉"，被家人视作"命根子"，一直被老太太完好地守护着，直到老太太去世，毛弟满十周岁时，才被他舅舅剪掉，这也是农村的一个传统习俗。

老春宝走家串户，对别人的家长里短非常清楚，老春宝与村民交往厮熟，有时有些村民考虑儿女婚事，向他打听某某村某家姑娘品貌如何，某某家的小伙子脾性怎样，有的村民干脆请他当撮合山（媒人）。

除了说说笑笑，但这件事上老春宝显得格外谨慎，推说这不是他的专长，不爱打听别人家的事情。老春宝很精明，他清楚乡里乡亲，抬头不见低头见，婚嫁之事，处理不当，往往里外不是人，也不是剃头匠所该管的事。

后来，也许是老剃头匠年岁大了，走不动，再也不见他到村里来给村民剃头，村民念叨好一阵。

再后来邻村大卢营的一个叫永生的中年男人负责给全村老少剃头，这个中年人长相清瘦，理发不温不火，剃头水平也不逊色于老春宝，态度也很好，只是沉默寡言，缺少趣味。后来听说这个人是赘婿，做事很勤快，他除了帮人理发，还卖豆腐什么的，身兼数职。

他有时也到我们村来卖豆腐，有的村民会戏谑地喊叫："喂，剃头师傅怎么不务正业，卖起豆腐了？豆腐里不会有头发吧？" 村童更是调皮，像鬣狗一样，跟他豆腐挑子后起哄，齐声高呼"嗒嗒嗒，嗒嗒嗒，一块豆腐卖到黑！"意思是从早到晚一块豆腐都卖不出去，但他没有脾气，充耳不闻，视如无物，只是慢悠悠地敲着梆子，让村童也觉得无趣无味，只得悻悻散去玩滚铁圈的游戏了。

然而，他并不是一块豆腐卖到天黑，相反他的豆腐卖的很火，尤其是他家的臭豆腐，据说有祖传的秘方浸泡，闻起来很臭，但吃起来很香，入口细密柔糯，吃罢难忘，因此，他家的臭豆腐常常脱销。

大概豆腐生意太好了，他的剃头营生在村里干不到一年的，就专职卖豆腐了。

后来又有别的剃头匠来代替，但有了比较，他们的剃头手艺总让村民不太满意，

改革开放以后，城乡差别逐渐缩小，乡村也有了发廊，理发的师傅多

是打扮入时年轻人，称谓也发生了很大变化，不再叫剃头匠，而称为理发师，理发成了一个专门的职业。

发廊装潢精美，墙壁贴满明星的发型照，可以自由选择发型，自然成了村民的首选。

如此一来，乡村剃头匠这一行当随风而逝，渐然埋没在岁月风尘之中，成为一段遥远的记忆。

后　记

　　小品文字，写于不同的时期，虽略显零乱，但客观记录了一时的人事，真实书写了一时的心境。

　　阅读可以丰富内心，写作可以体悟人生。阅读写作时日已久，自然就会成为一种习惯。

　　往事依依，但终究随风而逝。记录自己的生活，或观察，或思考，人生的踪迹心绪也自然清晰。翻阅这些的文字，或怀念，或悬思，不失为今生今世的证据。

　　有过乡村生活的经历，竟成了刻骨铭心的记忆，不能忘却。故园的风俗人情，乡村的淳朴厚重，田野的广阔美好，这里的河流、池沼、树木、芦苇、花鸟虫鱼……每当静坐书斋，闭目遐想，乡村的记忆竟每每闪现，倍觉温暖舒心，禁不住敲击键盘，记录既往的碎片，虽精力疲倦，但完篇惬意。这样日积月累，竟然成册。

　　先前的文字写于不同时期，心境不同，认知有异，内容杂乱。因此，整理归类，删削修改，颇费周章。

　　记录生活，用心文字，最后汇集付梓并非易事，需要持久的兴趣，也需要众力的襄助。十年前曾出版过散文《流年心影》，之后出版过论述类散文《芸窗晬语》，再后来结集游记类的散文《萍踪鸿影》，其中甘苦依然铭心。

　　饾饤之学，本不足观，但真诚为文，非为向壁之作，虽为土苴绪余，但羊枣昌歜，各有所爱。

　　"螻蛄蒙恩，深愧短促。思填东海，强衔一木"，恩德难报，寸心精诚。深谢编辑，深谢读者。

作　者

2023 年 9 月　于棠邑